日向一雅編

源氏物語と平安京

考古・建築・儀礼

青簡舎

はじめに

千年の長いあいだ読みつがれてきた源氏物語を正しく理解するためには、さまざまな手立てや観点が必要である。中世の読者は源氏物語の表現には漢籍や仏典の典拠や出典、和歌の引用、歴史的な准拠があると気づいて、それを確認しつつ読んだ。今日でもそれは変わらない。文学史はいうまでもなく、平安時代の歴史や中国文学の影響、仏教や神道、陰陽道などの宗教との関わりを抜きにして、源氏物語を正確に理解することはできない。

ところで、本書はもっぱら源氏物語の舞台となった平安京を最新の研究成果によって明らかにするものである。桐壺帝や光源氏の暮らした内裏や貴族の邸宅はどのようなところだったのか、歴史的な平安京の都市空間を再現してみることで、源氏物語の人物たちの暮らした世界を実体的に理解する手立てにしたいと考えた。そのために考古学、建築史、邸宅史、庭園史、宮廷儀礼などの専門分野の第一線の研究者の協力を得て編まれたものである。ここから源氏物語の平安京に分け入ろうというわけである。

こうした本書の基になったものは、明治大学古代学研究所主催のシンポジウム「源氏物語と平安京」（二〇〇六年三月）である。これは文部科学省の学術フロンティア推進事業として当研究所の取り組む、考古学・歴史学・文学を総合する古代学研究の一環である。そのシンポジウムのねらいは源氏物語に歴史学のみならず、考古学や建築史という従来文学研究ではあまり顧みられなかった分野から光を当てて、源氏物語研究に新しい活路を開きたいということであった。本書の執筆者はその時の報告者であり、原稿をお寄せいただいたことに心から感謝申し上げる。本書はそうした経緯の上に成るものである。本書を通して源氏物語の世界の確かな奥行きや新しい読みの方向性を受け止めていただければ幸いである。

日向一雅 識

目次

源氏物語と平安京

考古・建築・儀礼

考古学から見た平安京

梶川敏夫

一　源氏物語と平安京

今から千二百年以上前の西暦七九四年に、長岡京から京都盆地の中央に遷都されたのが平安京である。我が国の律令体制における最後の定都として存続し、後の摂関期や院政期含めた約四百年間を我々は平安時代と呼んでいる。

その平安時代中期、所謂摂関政治が行われていた十世紀後半から十一世紀前半にかけて平安京に生きていたのが紫式部である。彼女により編まれた『源氏物語』は、女性が執筆した我が国を代表する長編古典文学作品として、今日では世界的に知られ、多くの人々から高い評価を得ている。

『源氏物語』の存在を確認できる最初の文献資料である『紫式部日記』寛弘五年（一〇〇八）十一月一日条には、

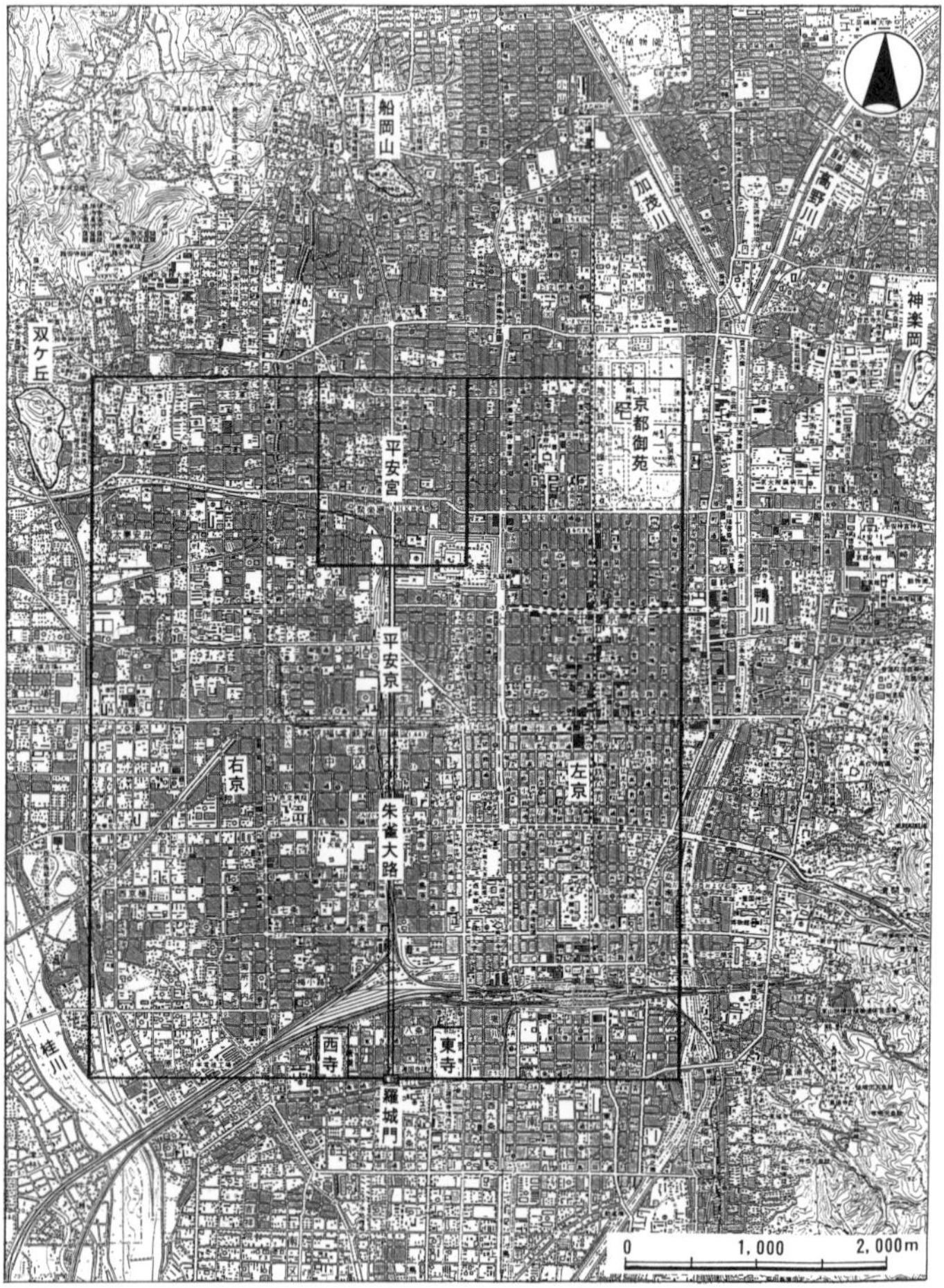
船岡山
加茂川
高野川
神楽岡
双ケ丘
京都御苑
平安宮
平安京
鴨川
右京
左京
朱雀大路
西寺
東寺
羅城門
桂川
0
1,000
2,000m

図1　平安京跡の位置図

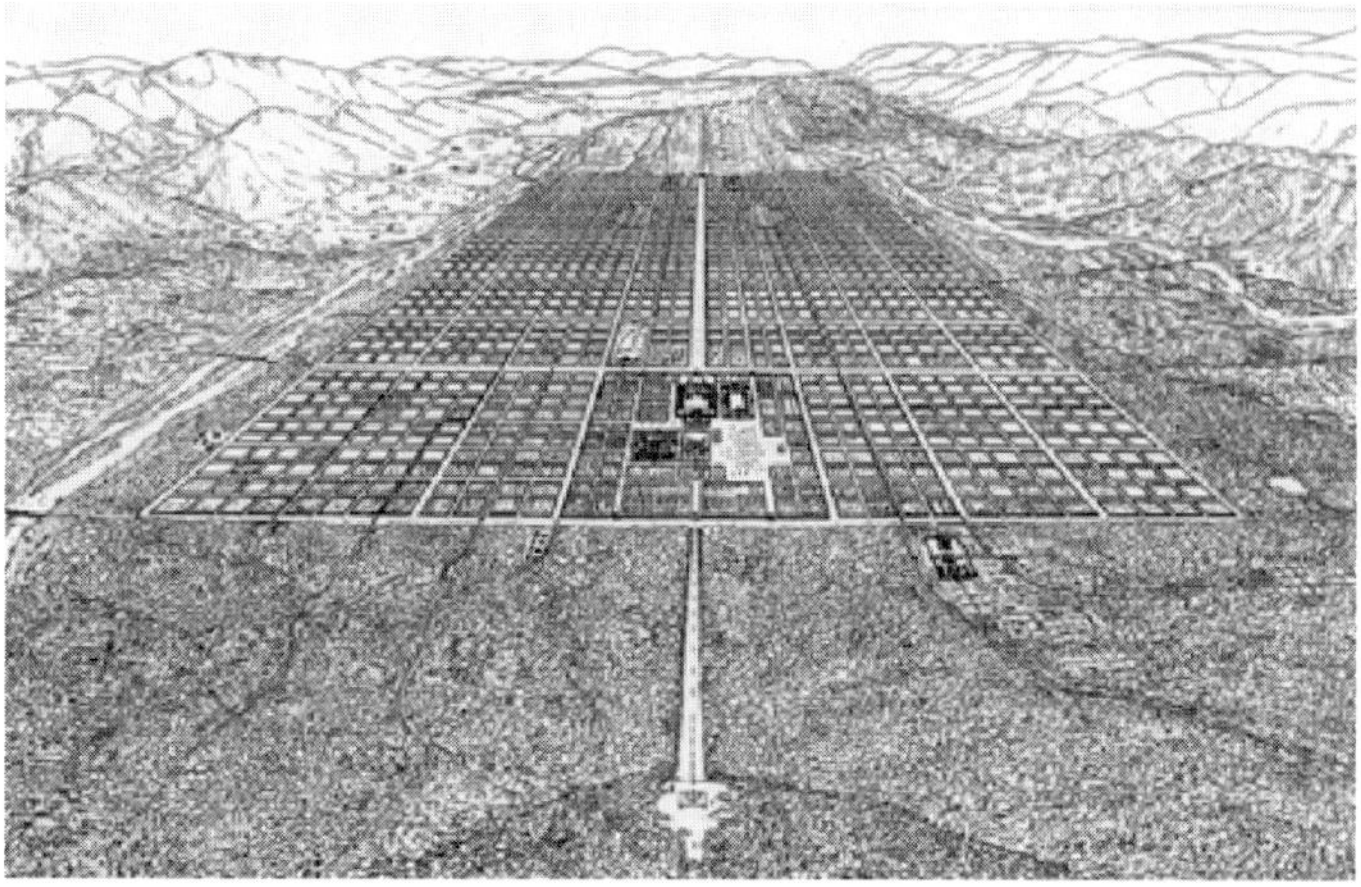

図2　平安京復原イラスト（北から）

左衛門監「あなかしこ、このわたりに若紫やさぶらふ」とうかがひたまふ、源氏に似るべき人も見えたまはぬに、かの上はまいていかでものしたまはむと、聞きゐたり。

とあり、左衛門監（藤原公任）が「若紫やさぶらふ」との問に対して「源氏に似た人も見えないのに、紫の上がいるはずがない」と紫式部の感想が記され、今を生きる我々にとって二〇〇八年十一月一日は、それから数えて千年という記念すべき節目の年を迎える。

平安京は、『日本紀略』延暦十三年（七九四）十月辛酉（二十二日）の新京の詔に「此の国、山河襟帯、自然に城を作す……」とあり、南を除く三方向をたおやかな山稜に囲まれ、都城の東・西には鴨川・桂川が流れ、南方の宇治川・木津川が合流する付近には広大な湖沼「巨椋池」があって、西方には西国へ下る古道も通っており、古来より四神相応の地といわれている。

平安京北限の一条大路から南限の九条大路まで標高差約四〇メートル、南に向かって緩やかに傾斜する盆地中央に建都された都城は、条坊制と呼ばれる大路・小路を碁盤目状に区画して一辺四〇丈四方を宅地化して建設された都市であり、その規模は東西約四・五キロメートル、南北約五・二キロメートル、人口は一〇～二〇万人ともいわれる。(1)

『日本後紀』によると、桓武天皇は、遷都後十一年目の延暦二十四年（八〇五）に藤原緒嗣と菅野真道に天下徳政を相論させ、造宮職が廃止されている。この時点で都城はまだ未完であり、平安時代後期段階において京内条坊道路が新造されていたことも近年の発掘調査で明らかになっており、初期平安京には条坊道路が敷設されていない場所も存在した。(2)

慶滋保胤の著した『池亭記』によると、十世紀代に入ると平安京は、右京が廃れて幽墟と化し、左京が繁栄すると記されている。右京域（西大宮大路以西）の発掘調査でも実際にそれを裏付けるように前期の遺構が浅い場所から単純に検出される例が多い。しかし、最近の発掘調査では中期や後期の邸宅跡も各所で見つかっており、さらに平安時代前期に邸宅が廃絶した場所でも後期になって再開発されているところもあり、文献資料等からは見えてこない平安京の実態が次々と明らかになってきている。

平安京は、日本最大の歴史都市として長い歳月をかけてクラッシュ・アンド・ビルドを繰り返しつつ都市を変貌させながら、我が国の首都として、また歴史の舞台として、その政治的機能を失う明治維新まで存続し、さらに現在でも政令指定都市として人口一四七万人を有する大都市として脈々と生き続けている。

このように平安京は悠久の歴史の中で、その時代を生きた人々が創造したあらゆる遺構・遺物が地中に重層して埋没し、遺跡と化したことから、現在の京都市内域の足元の地下には、平安京を知る上で欠くことのできない様々な情報が分厚い埋蔵文化財となって堆積しているのである。

この章では、一九七〇年代以後に目覚しく進展した平安京跡に関する埋蔵文化財発掘調査の成果について述べてみたい。ただし、これまでの膨大な調査成果を網羅するのは極めて困難であり、紙面の関係からその主だったものについて紹介する。

二　平安京跡と考古学

平安京跡へ考古学のアプローチが本格的に開始されたのは今から三十年程前からであるが、さらにその先例として、一九二七年に西田直二郎氏が右京四条二坊の淳和院跡で瓦などの遺物や溝跡を確認したのが嚆矢とされ、(3)翌年には佐藤虎雄氏が丸太町通りの工事の際に平安宮豊楽院跡の基壇跡（凝灰岩を二箇所）を発見、(4)さらに一九五一年以降は角田文衞氏を中心とする（財）古代學協會が設立され、勧学院跡や平安宮の大極殿跡など先駆的な調査例(5)がある。また羅城門の西方にあった西寺跡も一九六二年には調査が開始され、杉山信三氏らにより、東寺と西寺跡の伽藍中心線間の計測距離から平安京の造営尺を求める試み(6)も行われた。

しかし、京都市内の遺跡調査が本格化するのは、一九七一年に京都市に専門の技師が採用されたことに伴い『京都市遺跡地図』(7)が作成され、遺跡内で行われる土木工事等について事前に行政指導が行われるようになってからである。その後、一九七四年から平安京跡を南北に縦断する地下鉄烏丸線建設に伴う発掘調査成果(8)を受け、一九七七年には周知の埋蔵文化財包蔵地として「平安京跡」が遺跡地図に登録され、行政指導が徹底されることにより本格的な発掘や試掘、立会調査が行われるようになった。

その前の一九七六年には、それまで市内で調査を担当していた六勝寺研究会・鳥羽離宮跡調査研究所・平安京調査会・伏見城研究会など任意の調査団体を、京都市が統廃合して（財）京都市埋蔵文化財研究所を発足させ、調査体制の整備が図られた。

その後、平安京跡を中心に発掘調査の測量方法の改善が検討され、(9)一九七八年からは、京都市遺跡発掘調査基準点が設置されて国土座標で検出遺構の表示が可能となり、平安京条坊の大路・小路や溝跡、築地跡など、定点となる検出遺構の測量データから平安京基準モデルを作成し、その成果と『延喜式』「左右京職・京程」記載寸法との比較検討から、平安京の造営尺や方位、造営に関する測量精度などの平安京に関する様々な情報が明らかとなった。[10]
現在では、地球を周回している複数の衛星からの電波をキャッチして測量する、より精度の高いGPS測量が発掘調査現場で使用されている。

三　平安京の条坊制とその精度

平安京は、条坊制と呼ばれる東西方向を北から南に「条」、南北方向を朱雀大路から東西に「坊」とする大路・小路に区画された一町、つまり四〇丈（一二〇メートル）四方のブロックを集積して構成され、南北四町、東西四町の一六町で坊（四町で「保」ともいう）と呼び、さらに一町を四行八門制と呼ばれる一町内に小径を設けて東西に四分、南北に八分した三二区画に分割された東西一〇丈（三〇メートル）、南北五丈（一五メートル）の一戸主と呼ばれる約一三六坪（四五〇平方メートル）を最小単位として、遷都に伴って都に住む人々への宅地班給が行われた。

平安時代の宅地班給制度に関する記録は残っていないが、『日本書紀』持統五年（六九一）十二月八日条による藤原京・難波京の宅地班給の例を見ると、右大臣が四町、四位に相当する直廣弐以上が二町、五位に相当する大参が一町、六位に相当する勤以下無位に到るまでは戸口の人数に応じて一町・二分の一町・四分の一町とされ、難波京では三位以上一町以下、五（四）位以上半町以下、六位以下四分一町以下と、身分よって班給される土地の面積が異なっていた。平安京でも同様に、三位以上の公卿は一町（一四、四〇〇平方メートル、ただし皇族・摂関家の中には二町、四町を占有する場合もある）、四・五位は二分の一町（七、二〇〇平方メートル）、六位以下は四分の一町（三、六〇〇平方メートル）以下で、最小面積は一戸主となり、それぞれ身分によってかなり格差があった。

この条坊については、先の平城京の場合は、条坊を一八〇丈（約五四〇メートル）の区画線を基準に大路・小路を割り付けた分割型と呼ぶ方法が採用され、大路に面する宅地は必然的に宅地面積が小さくなり、場所によっては班給される土地にかなりの差がでることになった。

一方、先に十年続いた長岡京を経て平安京では、この不平等解消のために京域全体を方四〇丈の一町を基本単位として大路・小路を割り付ける集積型と呼ばれる区画方法が採用され、面積の不平等は解消されている。

このときに施工された平安京条坊の測量精度は、先述のとおり京都市では一九七七・七八年、平安京跡を中心に学校校舎屋上などに「京都市遺跡発掘調査基準点（一級基準点）」を三五点設置し、発掘調査は、総て近くにある基準点から測量することによる成果の統一により明らかになった[11]。これは、発掘調査で検出される平安京跡の条坊遺構（大路・小路・側溝・築地などの跡）の測量成果を、国土平面直角座標系の数値（京都市は、越前岬西方海上にある北緯三六度・東経一三六度を原点とした第VI座標系からの距離、東西方向をマイナスYcm、南北方向をマイナスXcmで表示）で表すことで、異なる場所の発掘調査成果（平面図）が、同一座標系の中において相互間の位置関係を知ることができるようになった。

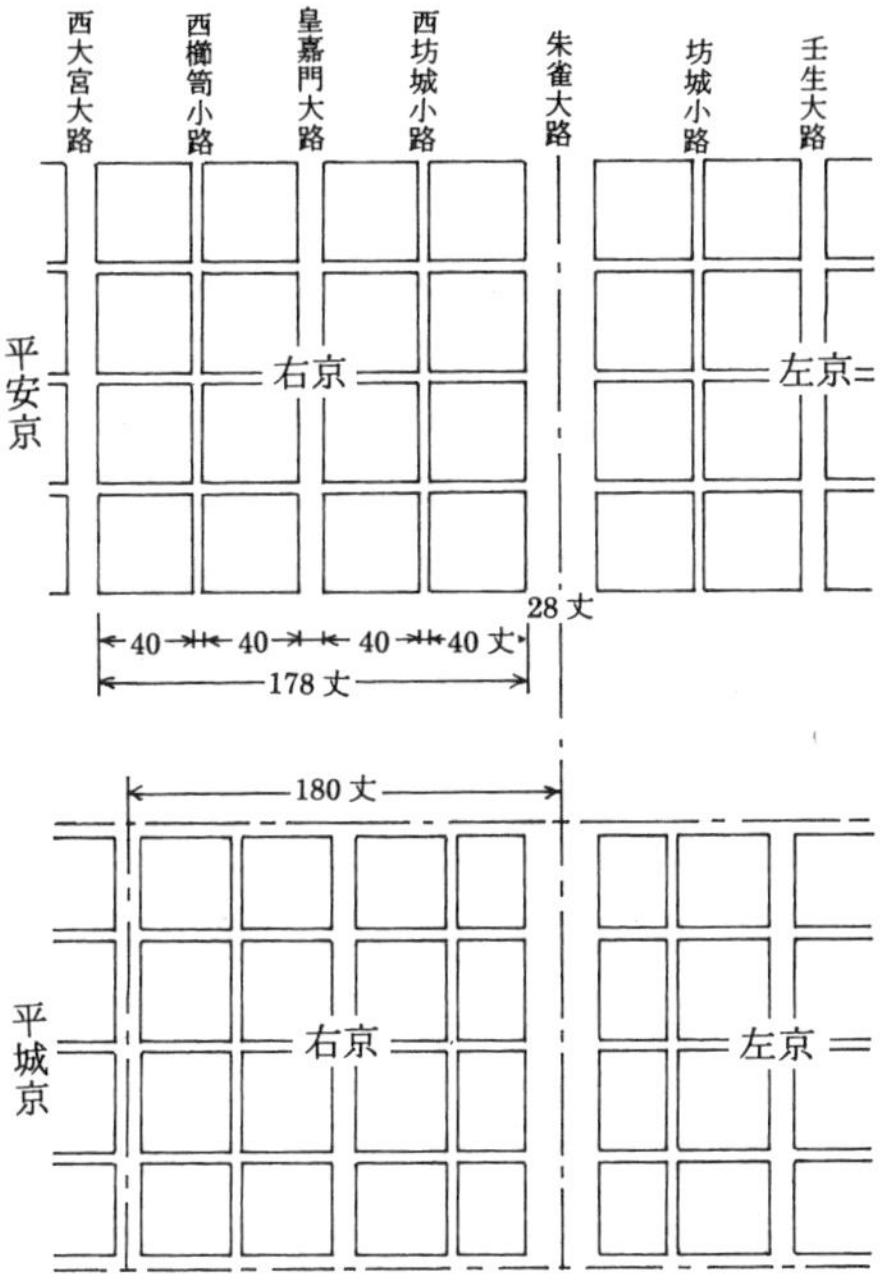

図3　平安京と平城京の条坊の違い

一方、平安京跡発掘調査の多くを手がけている（財）京都市埋蔵文化財研究所では、平安京の構造や名称、規模を記載した『延喜式』左右京職京程の条坊記載寸法を使って平安京モデル（平安京設計図）を作成し、それと実際に発掘調査で得られた数多くの遺構の中から、信憑性の高い条坊遺構

写真１　屋上に設置された基準点

の位置を基準点測量数値で求めて図上に落とし、その情報から得られた理想的な平安京モデルを勘案した結果、平安京の造営尺は一尺が二九・八四センチメートル、南北の造営方位は北が西へ一四分二三秒傾くことが明らかになり、さらに現在では、発掘調査前段階の測量で一・一九メートル程の誤差範囲で条坊遺構を予測し、検出できるようになっている。これは逆に条坊施工の際に行われた当時の測量技術の精度が極めて高かったことを裏付ける結果となった。

四　平安宮（大内裏）跡の調査成果

平安宮は、『延喜式』やこれまでの調査成果から、東西三八四丈（一、一四六メートル）・南北四六〇丈（一、三七二メートル）の規模を有していたが、十二世紀後半以後、律令体制の弛緩とともに荒廃し、いつしか内野と呼ばれる荒野になった。その後、織豊期には豊臣秀吉による聚楽第の築城によって宮跡東北域が大きく改変、さらに周辺に大名屋敷が造営された。また、徳

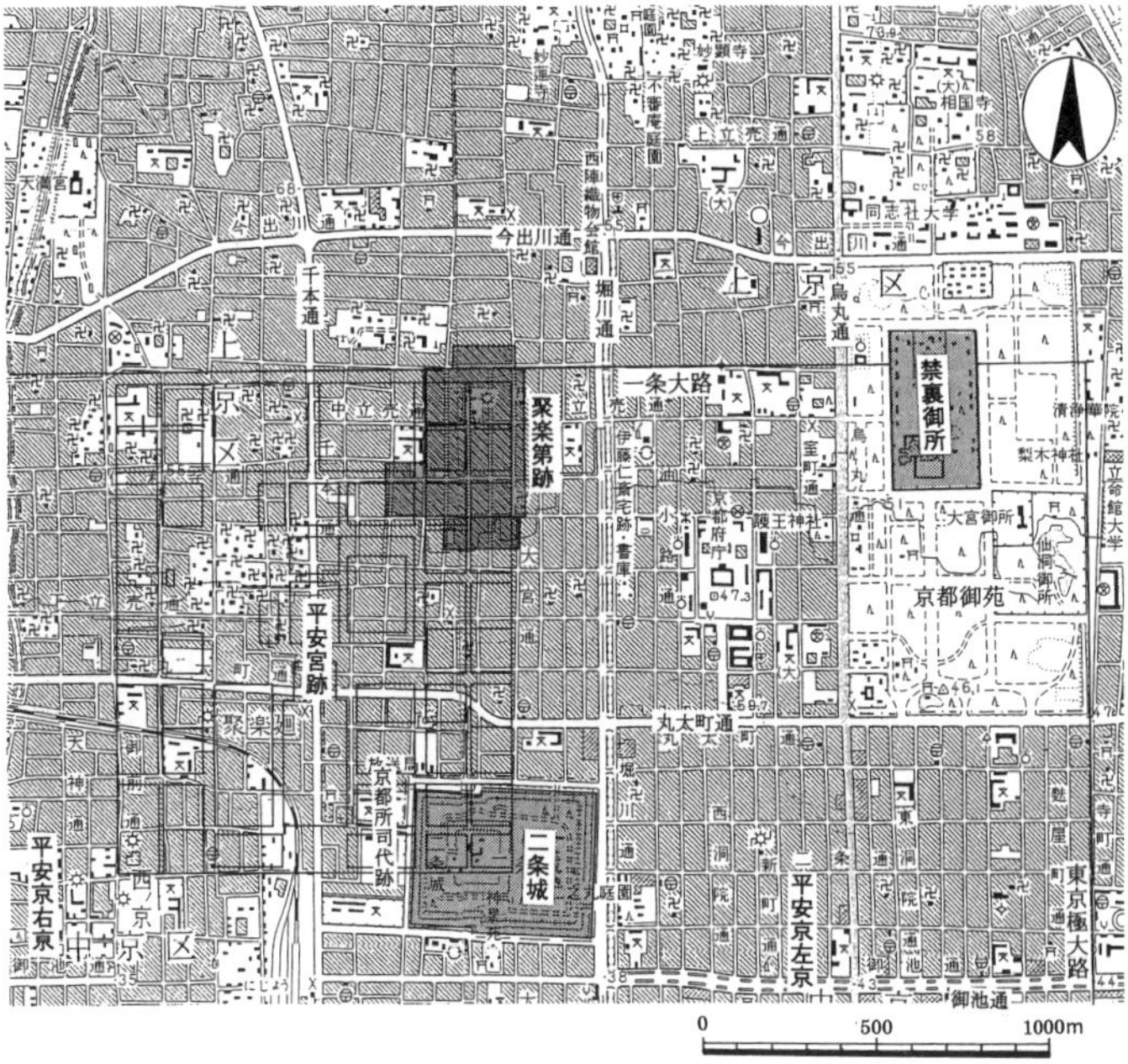

図４　平安宮跡と聚楽第跡・二条城・禁裏御所の位置関係図

川政権の時代に入って宮域跡南東に二条城が築城され、周辺には所司代下屋敷や東・西奉行所建物などが林立、さらに、近代に至っては宮跡域全体が市街地化したため、遺跡の残存状況は、場所にもよるが極めて悪いのが実情である。

　しかし、一九七二年以降、行政指導により遺跡内で行われる小規模な工事を含めて、立会・試掘・発掘等きめ細やかな調査を実施することにより、建物や築地、溝跡など平安時代の遺構が数多く検出されている。それらの成果を

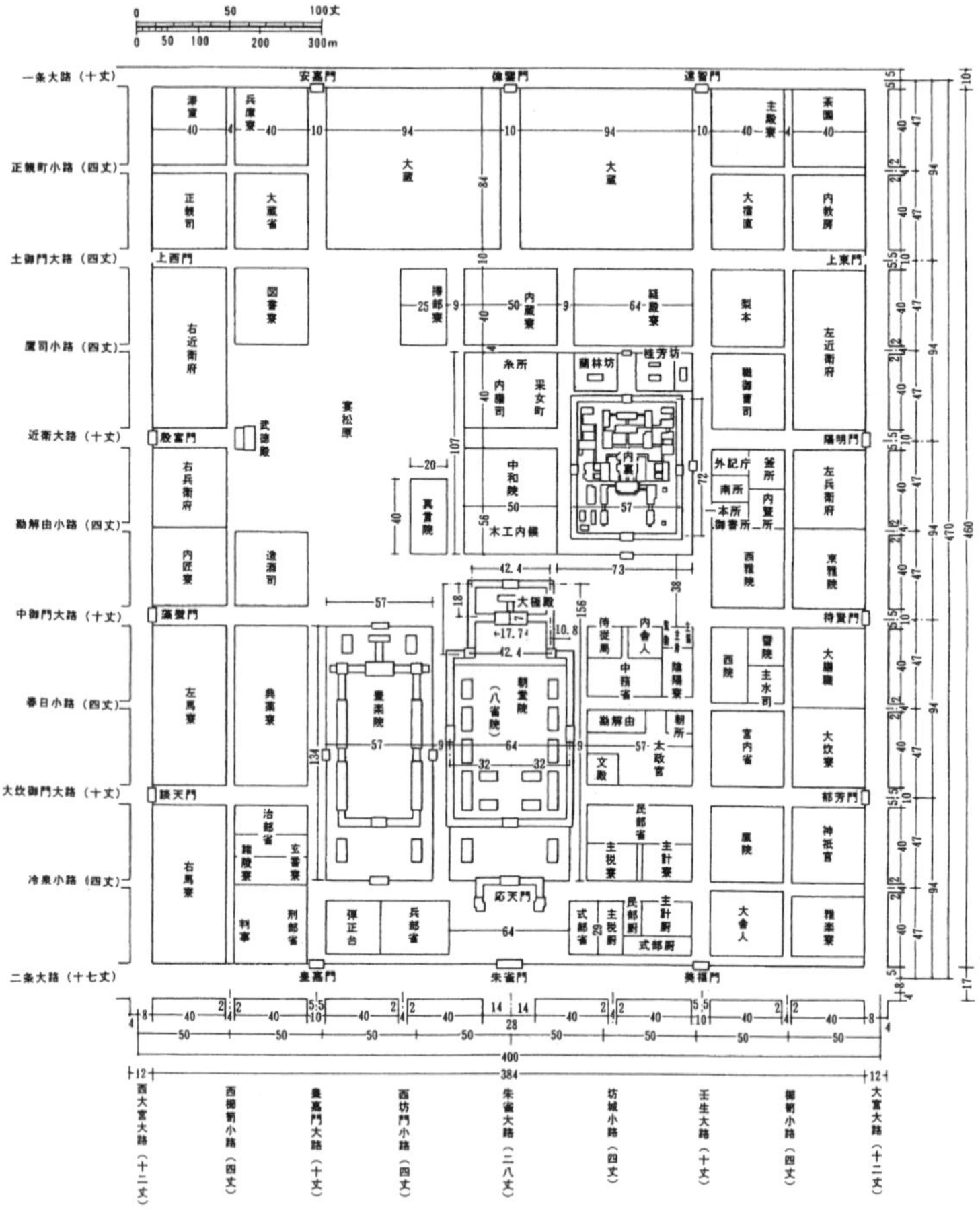

図５　平安宮復原寸法図（単位は丈）

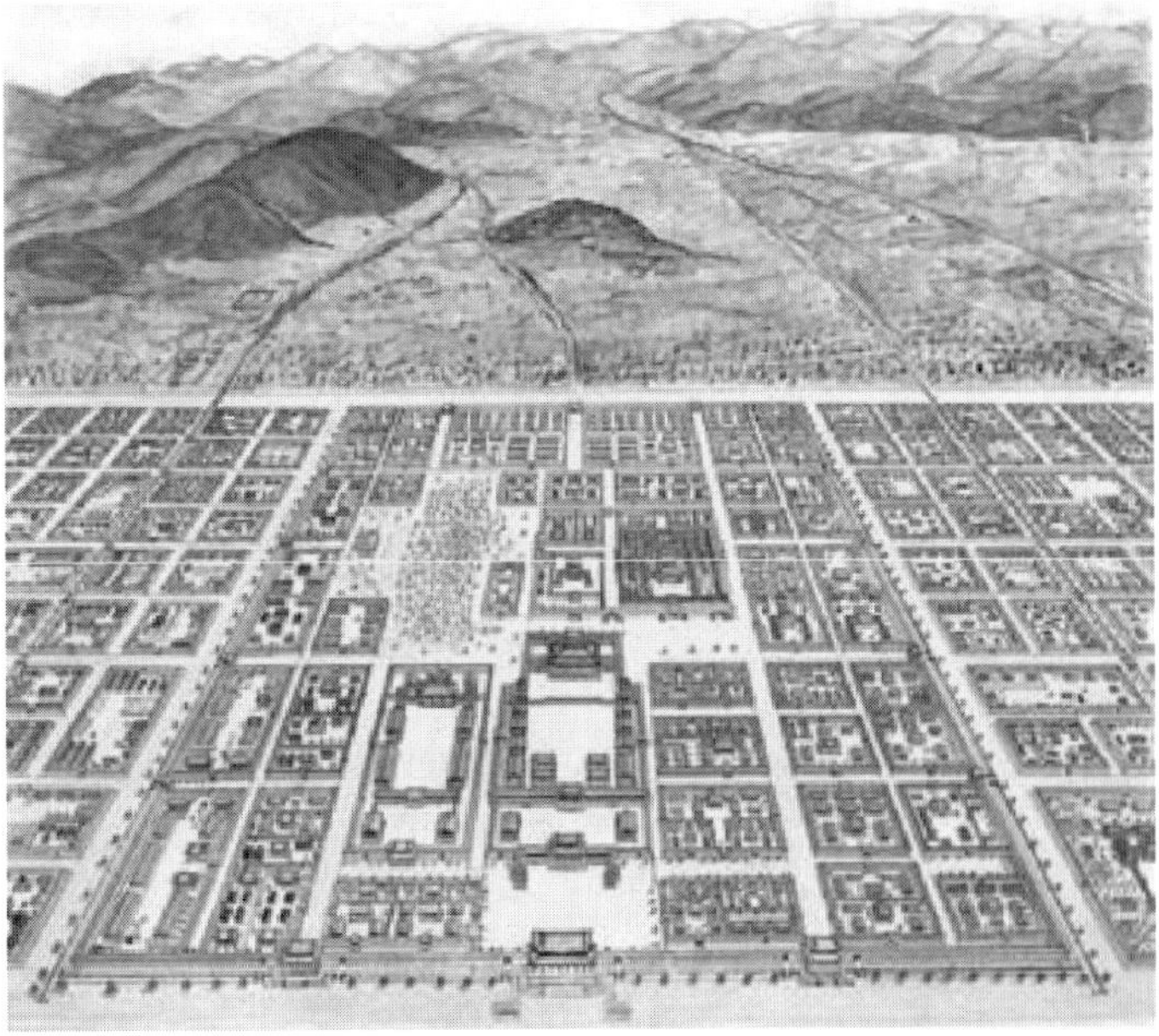

図6　平安宮復原イラスト（南から）

『延喜式』「左右京職京程」及び「左右京図」や、陽明文庫「宮城図」などの古図面を拠所に復原し、基準点測量の成果を含め、現在ではかなりの精度で平安宮の復原が可能となっている[12]。

平安京跡及び平安宮跡の発掘調査を含むこれまでの成果は、(財)京都市埋蔵文化財研究所発行の『平安宮Ⅰ』[13]や(財)古代學協會発行の『平安京提要』[14]など、それまでの調査成果としてまとめて報告されており、詳しくはそれらを参照して頂きたい。

まず、朝堂院地区では、大極

殿院跡で一九八四・八五年に凝灰岩の切石を積んだ北回廊北面基壇及び大極殿東軒廊跡が見つかり、平安建都千二百年目の一九九四年には大極殿跡南辺地業土も確認、それまで不確定であった大極殿跡の位置をほぼ特定できるようになっている。さらに、龍尾壇南方朝堂院内一二堂の凝灰岩基壇跡の一部が各所で発見され、二〇〇七年六月には、最高位の太政大臣らの座があった昌福堂北辺基壇跡の延石（凝灰岩切り四石分）約三メートルを元位置で検出、その結果、北側にあった龍尾壇の位置もほぼ確定できるようになった。[15]

豊楽院地区では、一九七六年に初めて豊楽殿基壇跡と礎石抜き取り穴を確認し[16]、その後、正

写真 2-1　朝堂院の昌福堂北辺基壇の延石（西から）

写真 2-2　大極殿院北面回廊跡（東北から）

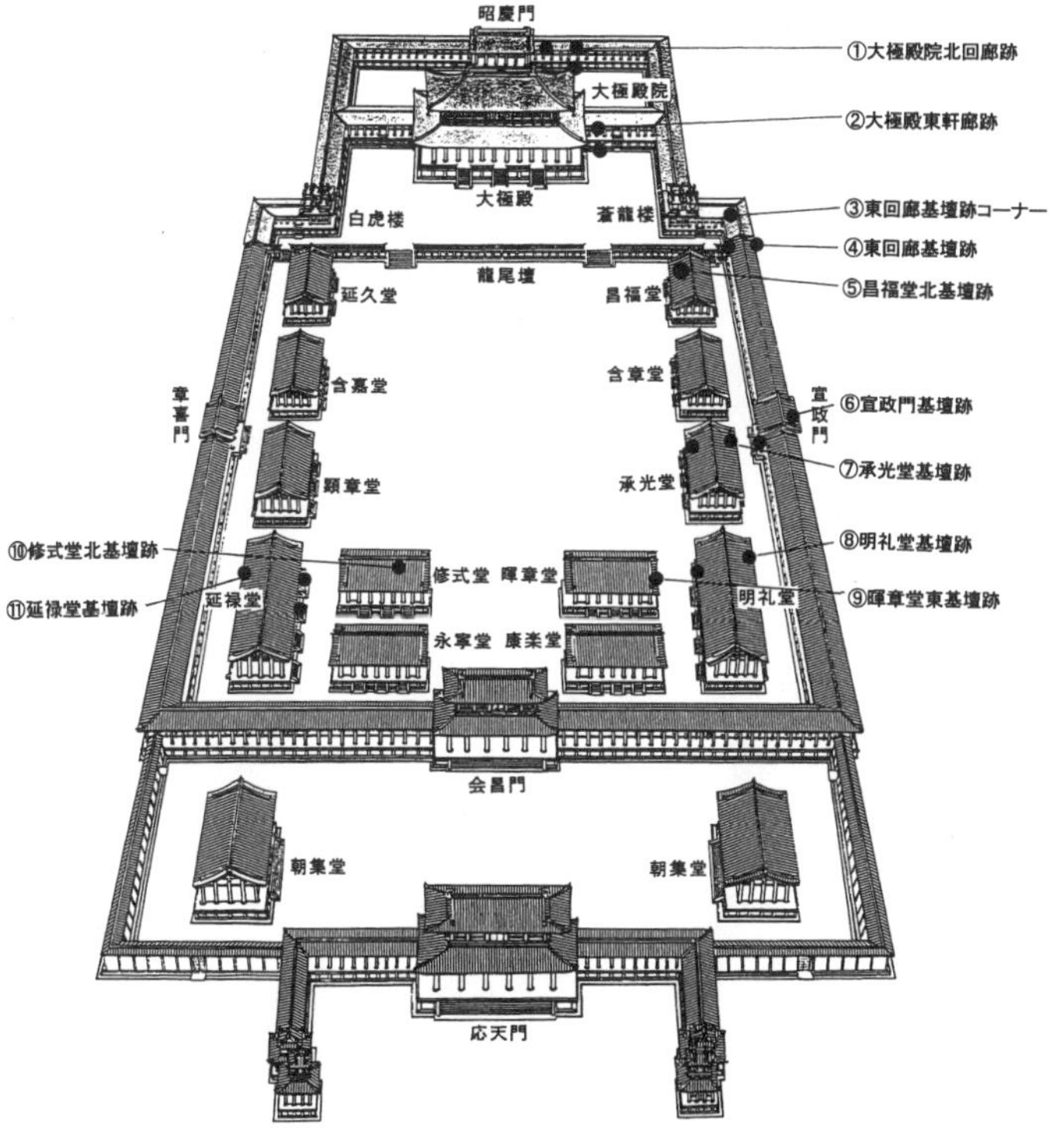

図7　朝堂院復原イラストと遺構確認場所（南から）

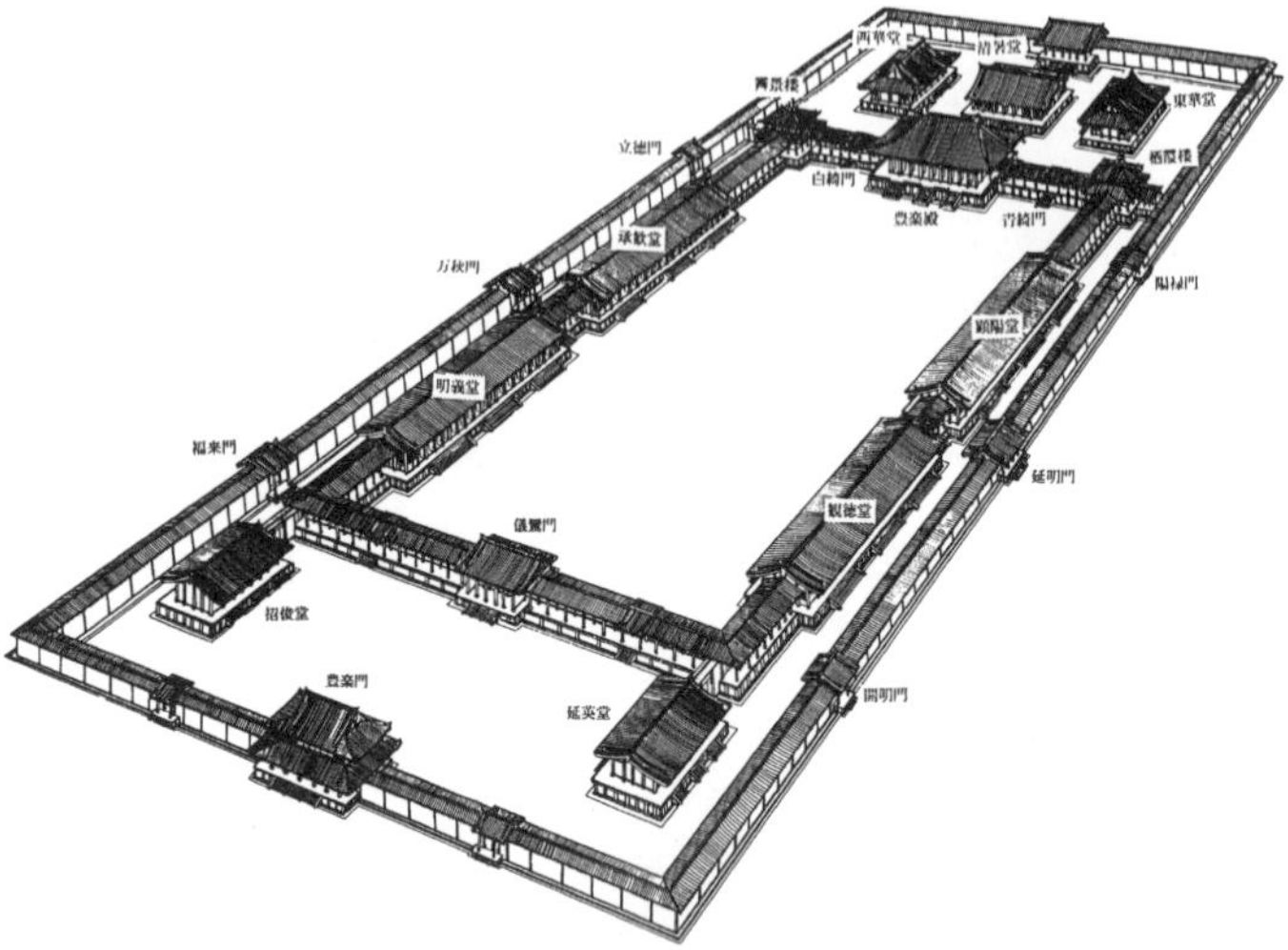

図８　豊楽院復原イラスト（南東から）

図９　豊楽殿復原イラスト（北西から）

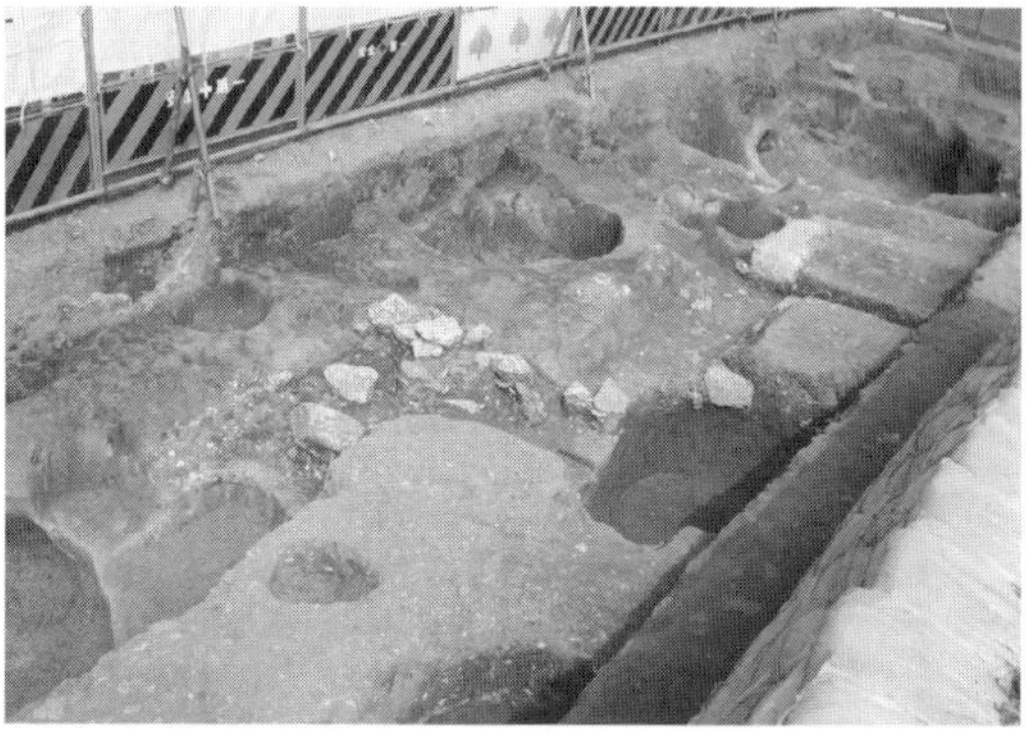

写真 3-1　清暑堂跡の南辺西側の階段部分2007年（西南から）

写真 3-2　豊楽殿北辺基壇跡（凝灰岩）検出情況　1988年（南から）　（西から）

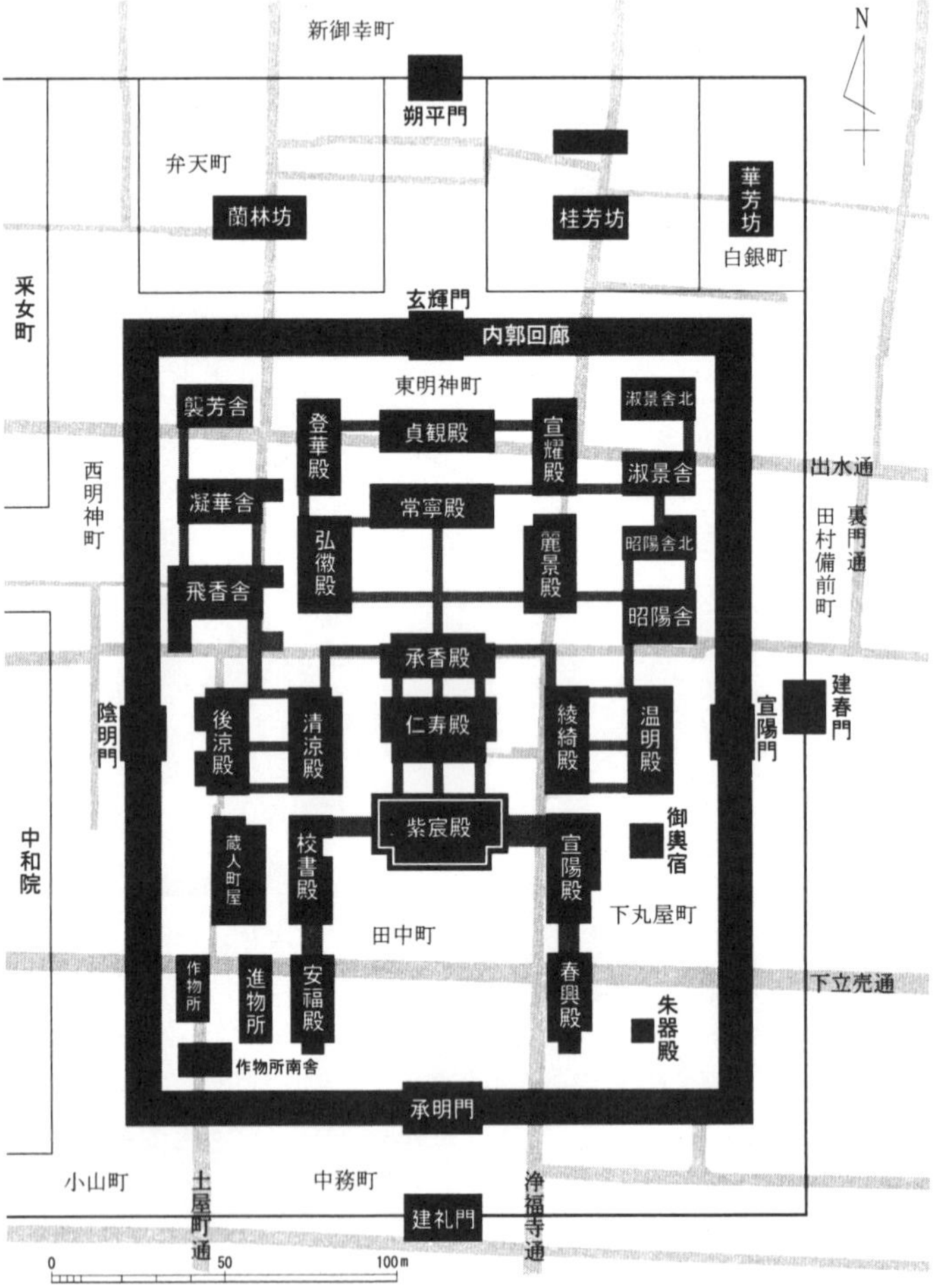
N
新御幸町
朔平門
弁天町
蘭林坊
桂芳坊
華芳坊
白銀町
采女町
玄輝門
内郭回廊
東明神町
襲芳舎
登華殿
貞観殿
宣耀殿
淑景舎北
淑景舎
出水通
西明神町
凝華舎
常寧殿
弘徽殿
麗景殿
昭陽舎北
田村備前町
裏門通
飛香舎
昭陽舎
承香殿
建春門
宣陽門
陰明門
後涼殿
清涼殿
仁寿殿
綾綺殿
温明殿
紫宸殿
御輿宿
中和院
蔵人町屋
校書殿
宣陽殿
下丸屋町
田中町
作物所
進物所
安福殿
春興殿
下立売通
朱器殿
作物所南舎
承明門
小山町
土屋町通
中務町
浄福寺通
建礼門
0
50
100m

図 10　内裏復原図

殿跡北西部分を一九八七年に発掘、五箇所の礎石抜き取り穴（桁行柱間寸法四・四七メートル、梁間柱間寸法四・一七メートル）、凝灰岩の壇正積基壇石と二箇所の階段、それに取り付く北廊を確認、基壇規模は東西四五・七メートル・南北二二・七一メートル、北廊は当初に造られたものではなく、造営後あまり時間を経ずに増設されたことも判明している。[17] この調査位置の道を隔てた北隣の敷地の発掘調査が二〇〇七年九月に行われ、豊楽殿北側の清暑堂南辺基壇跡を発見、西側階段（凝灰岩を一石）を元位置で確認、さらに両堂を結ぶ豊楽殿北廊は当初は単廊で、後に複廊に拡張されたことが判明している。[18]

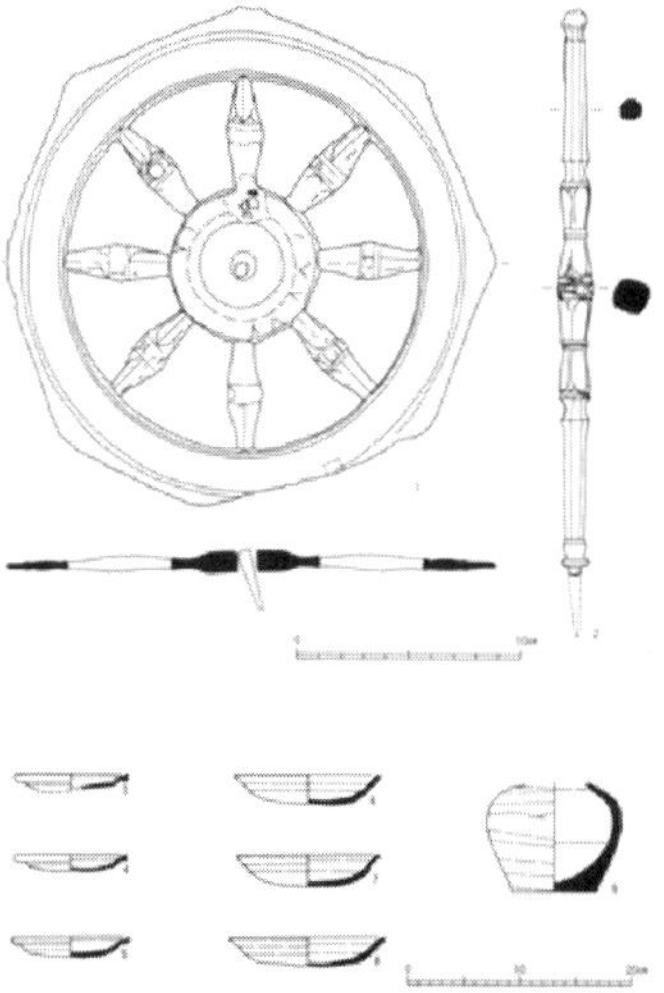

図11　内裏承明門跡出土地鎮遺物
（上左）輪宝・（上右）橛、下は土器類

　内裏地区では、内裏内郭回廊跡[19]や承明門跡[20]、蔵人町屋跡[21]ほかの遺構が確認されているが、この内裏地区北方は先述のとおり、秀吉による聚楽第築城に伴う濠等の開削により遺構が大きく壊されていることが明らかとなっている。

　平安宮跡内でも最も調査が進んでいる中務省跡では、建物跡、区画築地跡、溝跡など多くの遺構が検出され、さら

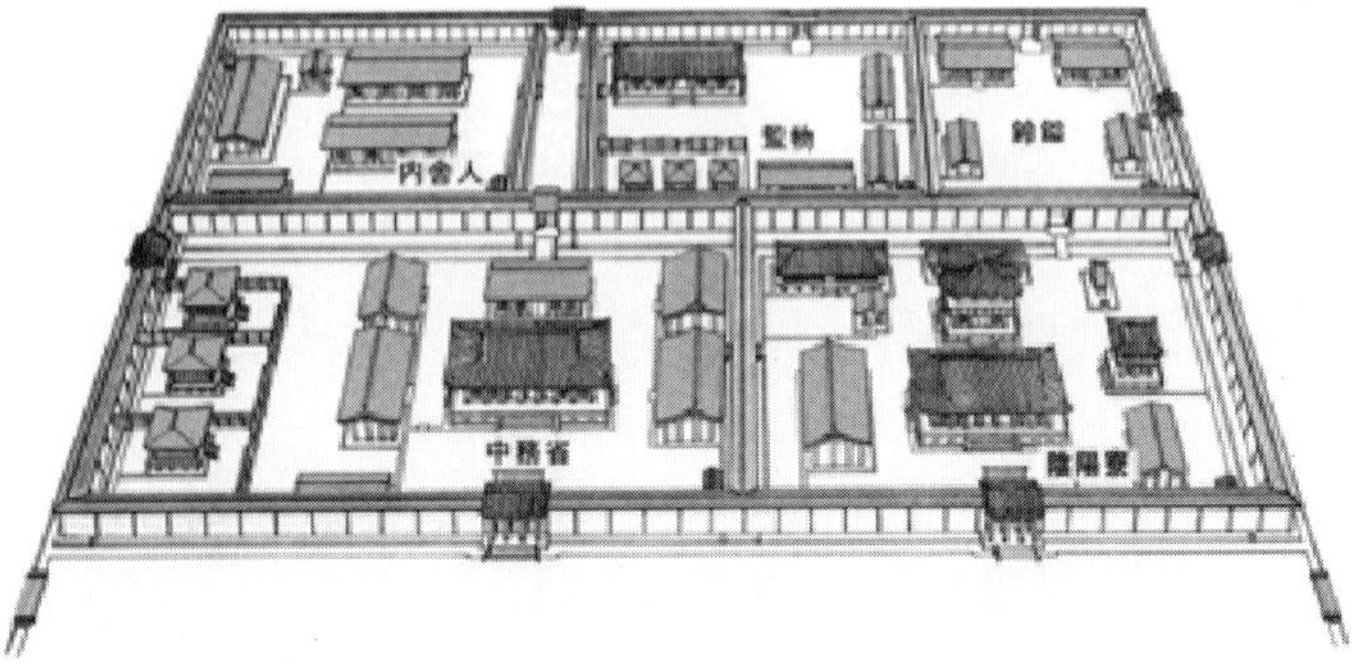

図 12　中務省復原イラスト（南から）

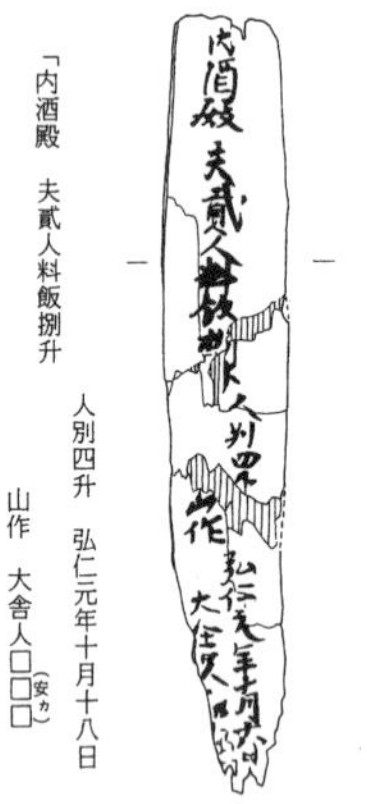

図 13　内酒殿と書かれた弘仁元年の木簡

に造酒司跡では築地遺構のほか総柱の掘立柱倉庫跡を、また一九九六年には内裏東方にあった釜所跡からは、平安宮内で初め大型井戸跡（東西五・三メートル、南北五・六メートル、深さ六・九メートル、蒸籠組木枠長さ二・一メートル）が見つかり、井戸の掘形から弘仁元年（八一〇）の年号と「内酒殿」と記された平安宮跡最初の木簡が出土し、宮城図に記載のない役所があったことが判明している。[22]

そのほか、一九七五年には民部省の南西及び南辺築地遺構のほか、太政官の内部を区切る築地や溝跡が検出されており、平安宮官衙建物を復原する基点となる成果となっている。

五　平安京跡の調査成果

平安京の規模は、『延喜式』によると東西一、五〇八丈（四、四七六メートル）、南北一、七五三丈（五、二二五メートル）で、正門である「羅城門」跡は未確認であるが、その東西にあった東寺と西寺跡は調査が進み、それぞれ東西二町、南北四町と広大な寺域を有していたことが明らかになっている。

また、平安京条坊を構成する大路・小路跡は、各所で路面や側溝、築地跡が検出されているが、遷都以後造営を継続して完成したのではなく、先述のとおり、平安時代中期から後期にかけても未整備小路が存在し、その時点で施工、あるいは道路以外の邸宅内への付け替えや、敷地が道路側へ侵蝕する例も見つかっている。

西堀川小路は、南北二箇所の発掘調査の結果から、幅二丈の堀川両側に二丈の小路を検出し、堀川小路東西両端の築地中心間距離は八丈（二四メートル）であることが判明している。[23]

平安京跡内からは、最小単位の一戸主（四五〇平方メートル）で区画する四行八門制の区画溝

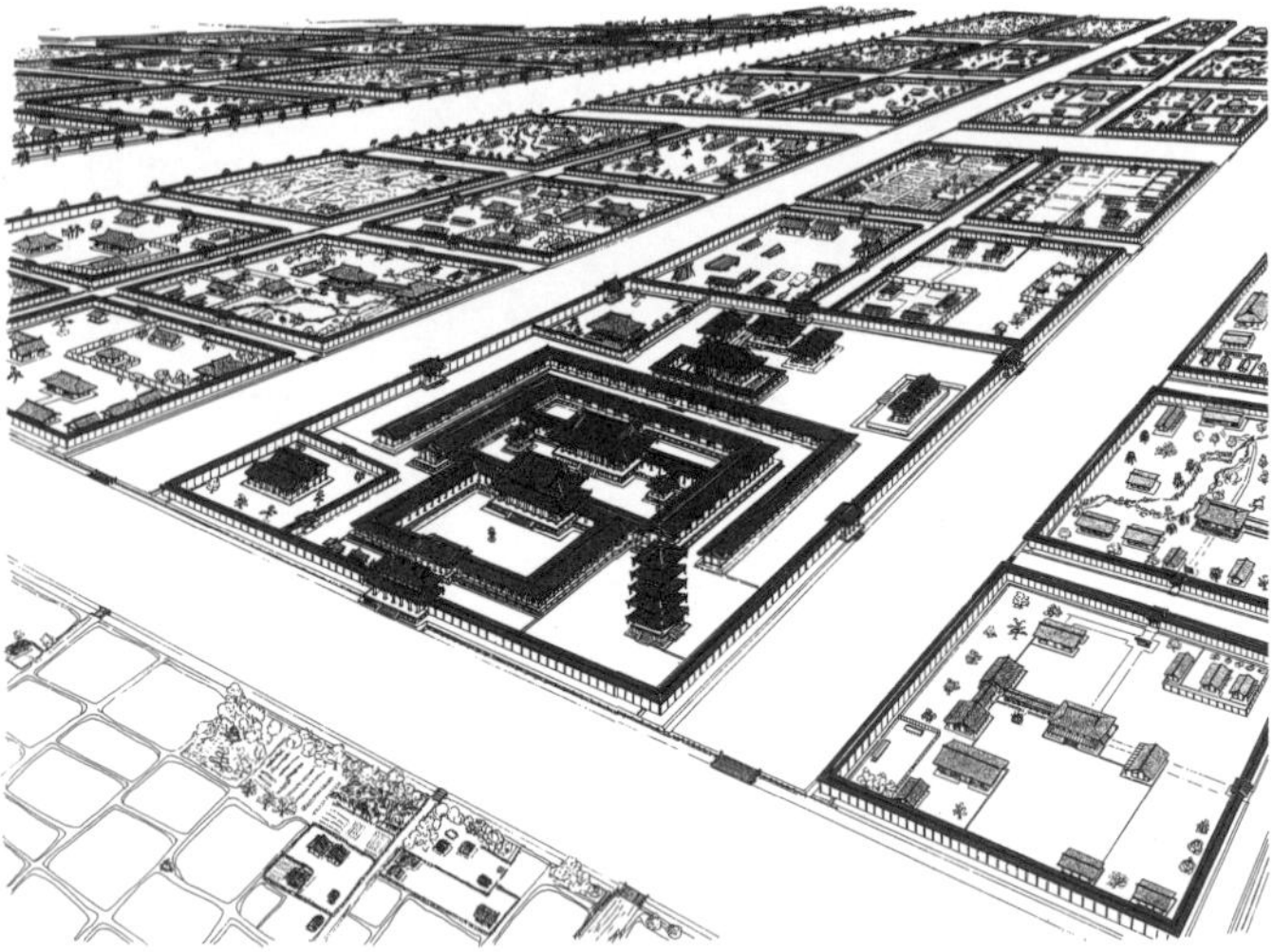

図 14　創建当初の東寺復原イラスト（南東から）

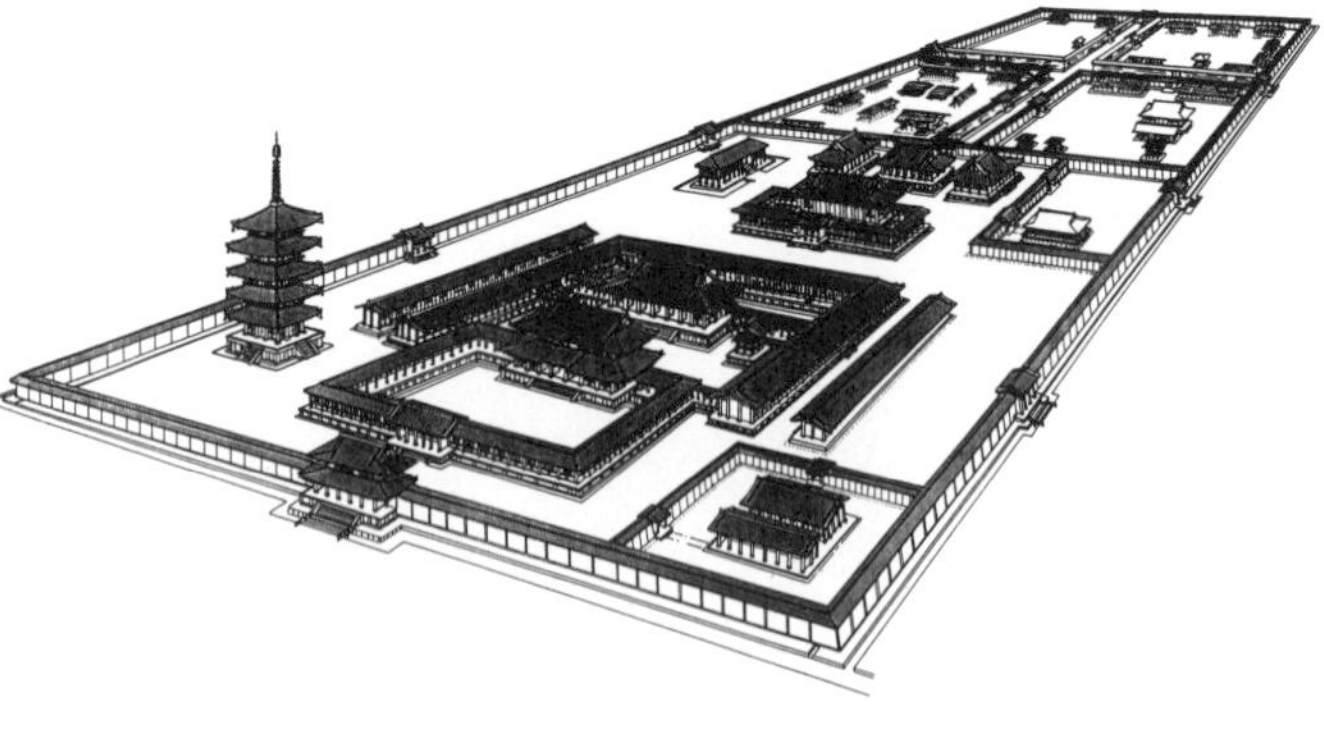

図 15　西寺復原イラスト（南東から）

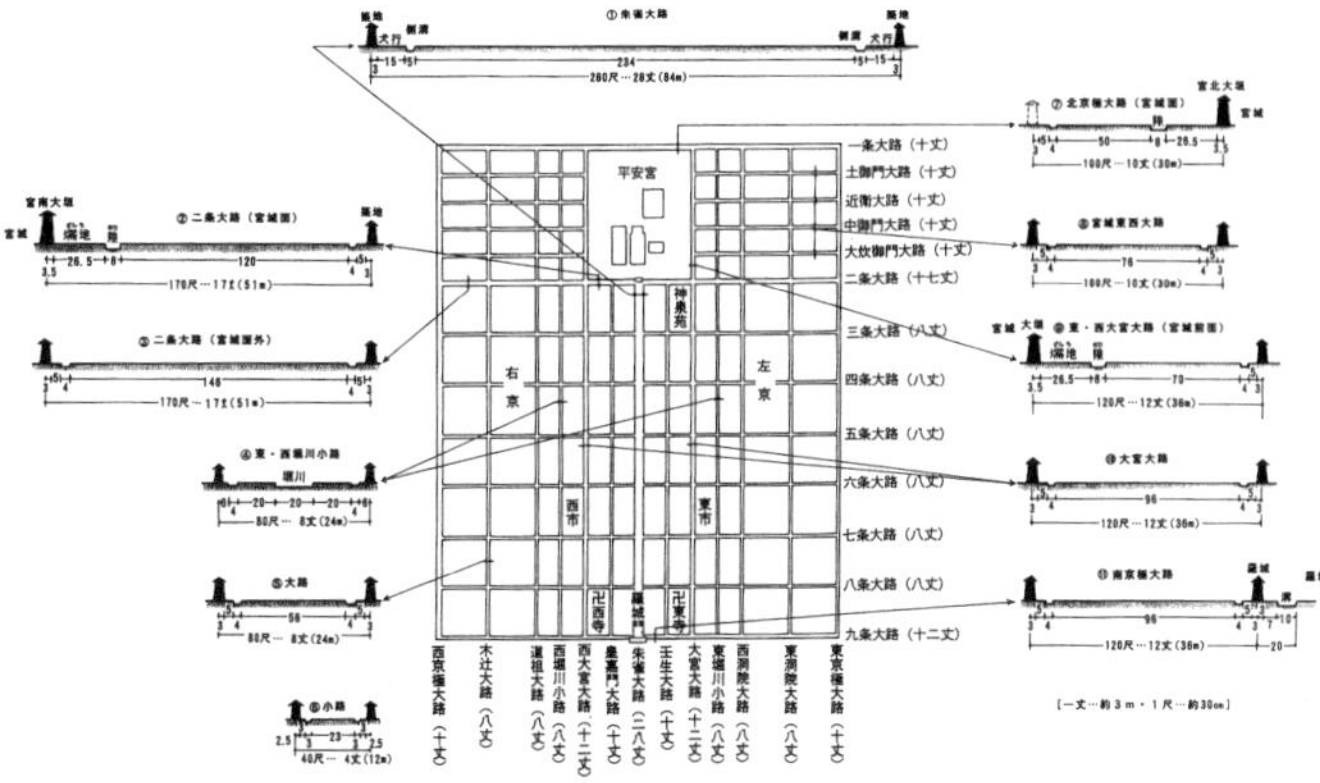

図 16 『延喜式』から復原した平安京の大路・小路の断面

や小径、一町（一二〇メートル）四方、あるいはそれ以上を占有する王臣家や高級貴族の邸宅内にあった掘立柱建物跡などが数多く見つかっているが、文献や絵図にある典型的な寝殿造り建物等の遺構はいまだに確認できていない。

一九八七～八年に行われた、右京六条一坊五町跡の一町規模の邸宅跡の発掘調査では、一町の西半が湿地で住居に適さず、東半に九世紀の掘立柱建物跡群が一四棟検出された例がある。南域を中心に正殿、渡廊や対屋などのハレの場で、南側の六条大路の間に園池を設けるスペースがないなど、寝殿造の先駆的な例として注目される(24)。

また庭園遺構で、邸宅名が明らかな例では、高陽院・堀河院・冷泉院・神泉苑・三条桟敷殿・西三条第・朱雀院・押小路殿など京内三〇箇所以上から検出され、遺水・池汀・洲浜・景石や船着き場とみら

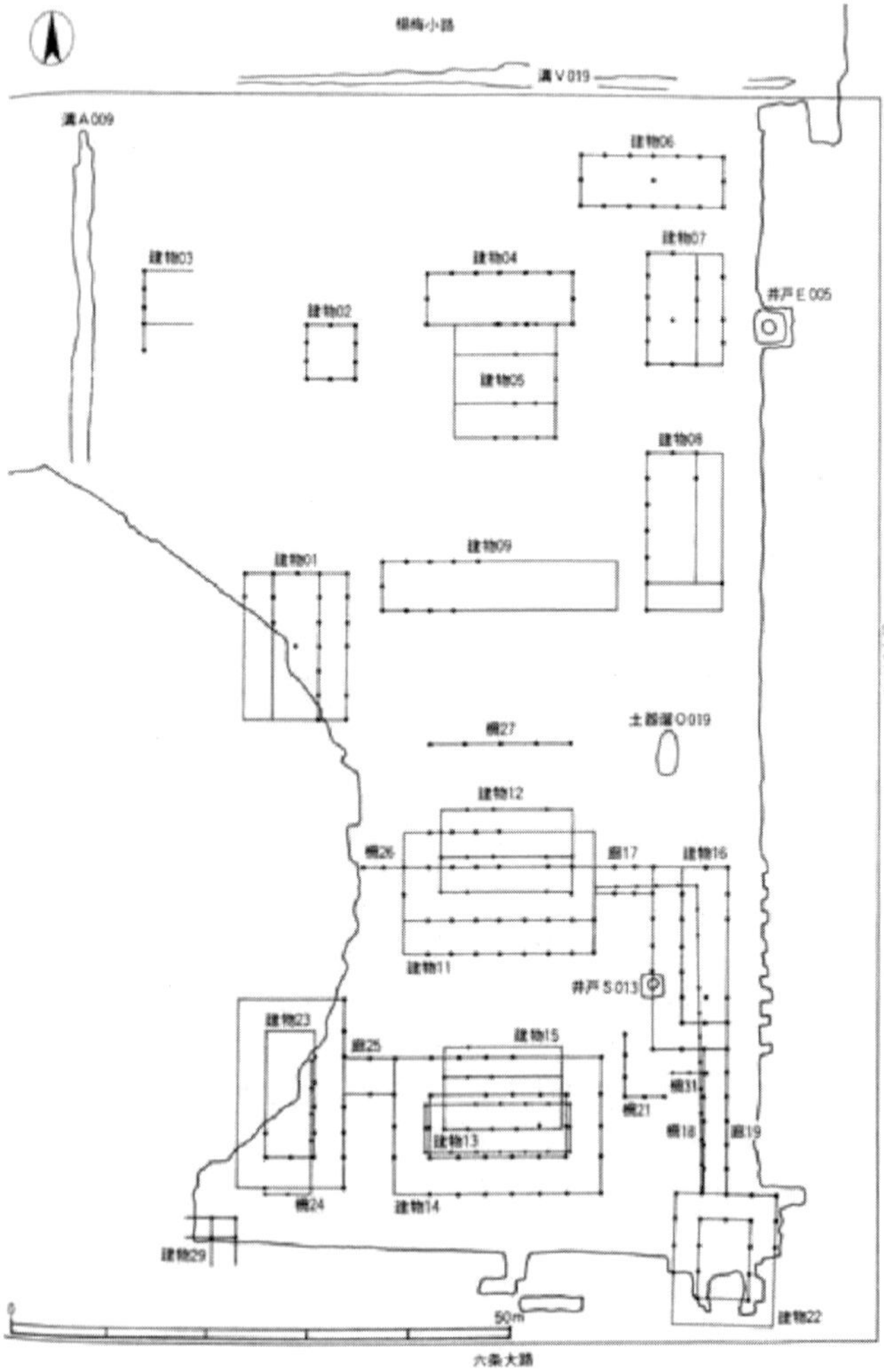

図 17　右京六条一坊五町の建物跡配置図

れる遺構も見つかっている。

平安京跡発掘調査の早い例として、一九七九年の右京一条三坊九町に当たる山城高校校内において平安時代前期の正殿を中心にした掘立柱建物跡がシンメトリクに並ぶ建物跡が見つかり[25]、一九七四～五年には右京北辺三坊七町跡の宇多院跡[26]からも掘立柱建物跡や正親町小路の側溝などの遺構が見つかっている。

一九九二・三年に行われた淳和院跡（右京四条二坊十二町）南西隅の発掘調査では、金属製品の鋳造所跡が見つかり、後院内に金属工芸品の鋳造や漆芸の生産施設が設けられていたことが判明、さらに出土遺物から推測される後院の廃絶時期が、淳和天皇崩御後の恒貞親王廃太子（承和九年（八四二）「承和の変」）の後に道康（文徳天皇）が東宮となった時期とほぼ一致するという成果が報告されている[27]。

二〇〇〇年には、右京三条二坊十六町跡（西京高校グランド）から、敷地内北西に園池を持つ一町規模の邸宅跡が発掘調査され、池内からの大量出土遺物に混じって「齋宮」「齋雑所」などの墨書土器ほか、蒸籠組みの泉からは平安京では最大の人形代《ひとかたしろ》（縦六五センチメートル・幅七センチメートル）が出土し、伊勢へ群行する前とみられる京内の斎宮関係邸宅（九世紀後半から十世紀中頃）の実態が明らかとなった[28]。

平安京のメインストリートである朱雀大路は、東西の築地間距離が二八丈（約八四メートル）

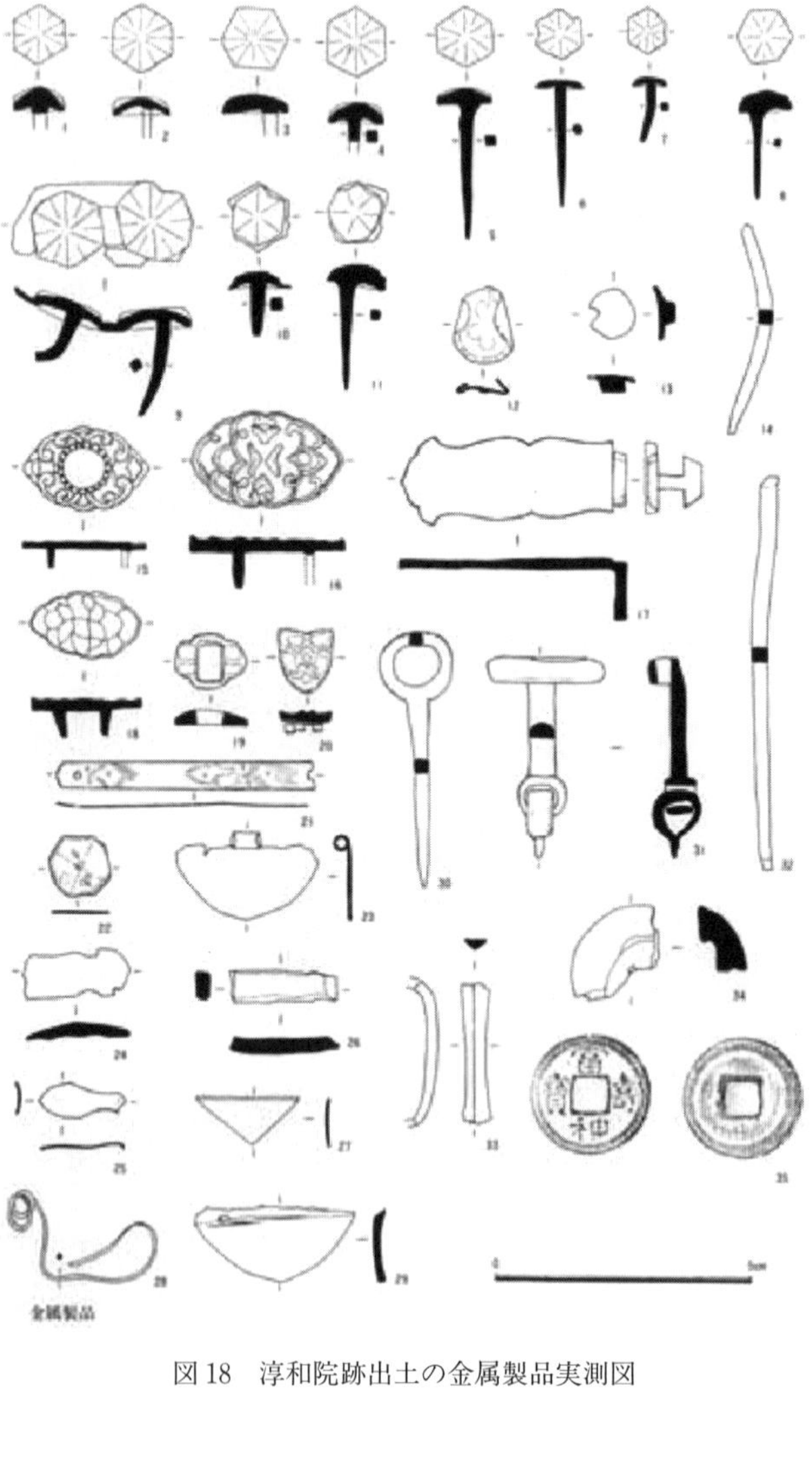

図 18　淳和院跡出土の金属製品実測図

写真4　平安京右京三条二坊十六町（斎宮邸跡）の発掘調査現場（北から）2000年

であるが、南北の検出例では右京三条一坊四町跡（JR二条駅前）付近からこれまで総長一〇八メートルが確認されている。その調査結果から、朱雀大路西側溝が埋没したのは十一世紀頃で、それまで維持管理されていたことも確認された。溝は十二世紀になって付近の条坊が再整備された段階で西にずらして新段階の溝が設けられたことも判明している[29]。

平安京跡を発掘すると、現在の大宮通り（東寺東側の南北通り）東域の右京・左京域では、長年に亘る人々の生活の痕跡を物語る何層もの遺構やそれに伴う遺物が厚く堆積し、また後世の著しい攪乱場所が多い。一方、大宮通り以西の右京域は、平安時代前期の遺構が比較的良好に

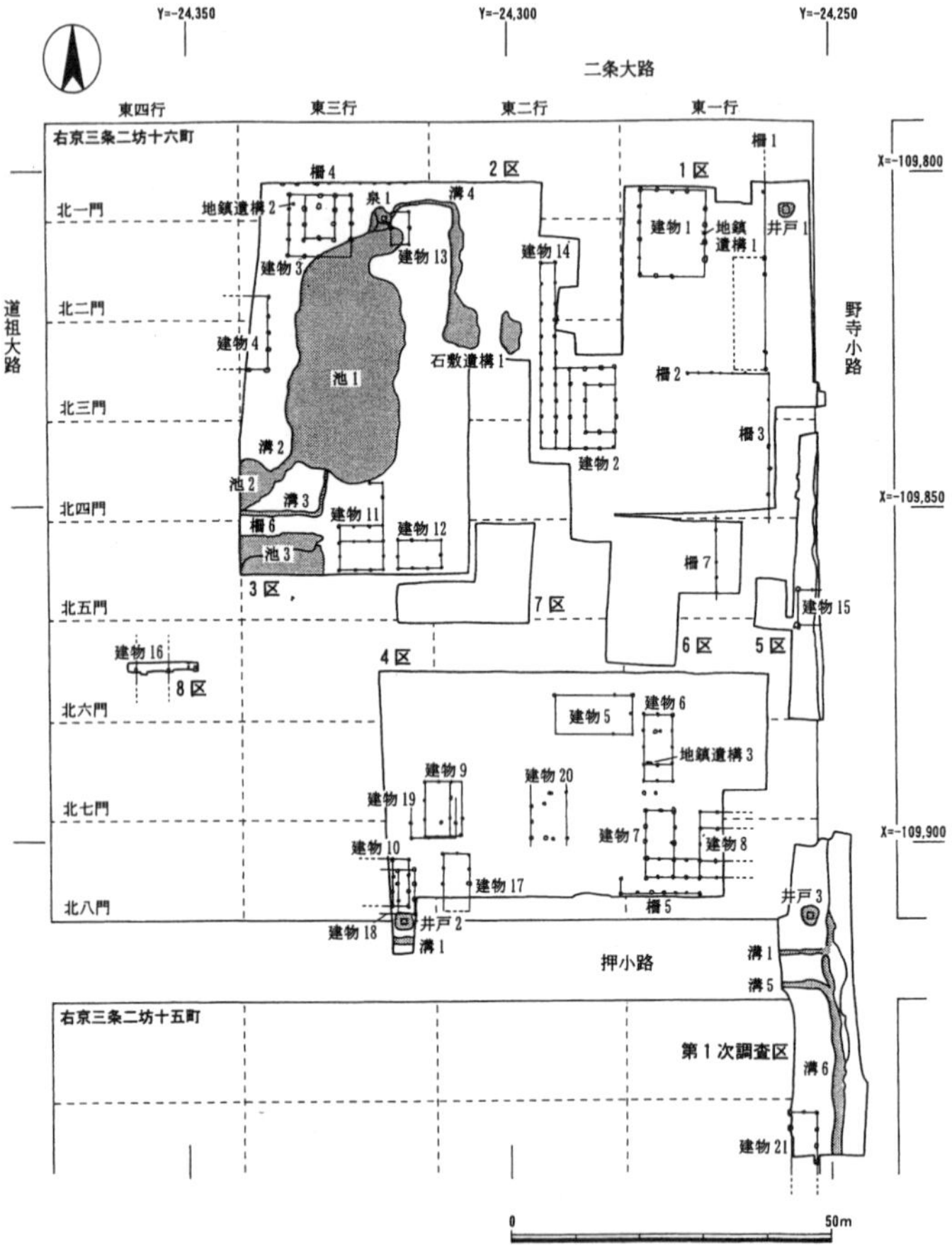

図19　右京三条二坊十六町跡（斎宮邸）
検出遺構平面実測図

検出される場所が多く、慶滋保胤『池亭記』に「人は去るは有っても来るは無い……」の記述を含め、文献から右京は十世紀以後、幽墟と化す証であるともされてきたが、近年の調査結果では平安時代中期から後期の遺構や遺物が各所で発見され、その見直しも必要となっている。

遷都後の平安京内における仏教寺院の造営は、東寺・西寺のみ認められ、その後の十一世紀初めの藤原道長ですら、平安京東京極大路の外に法成寺を造営している。

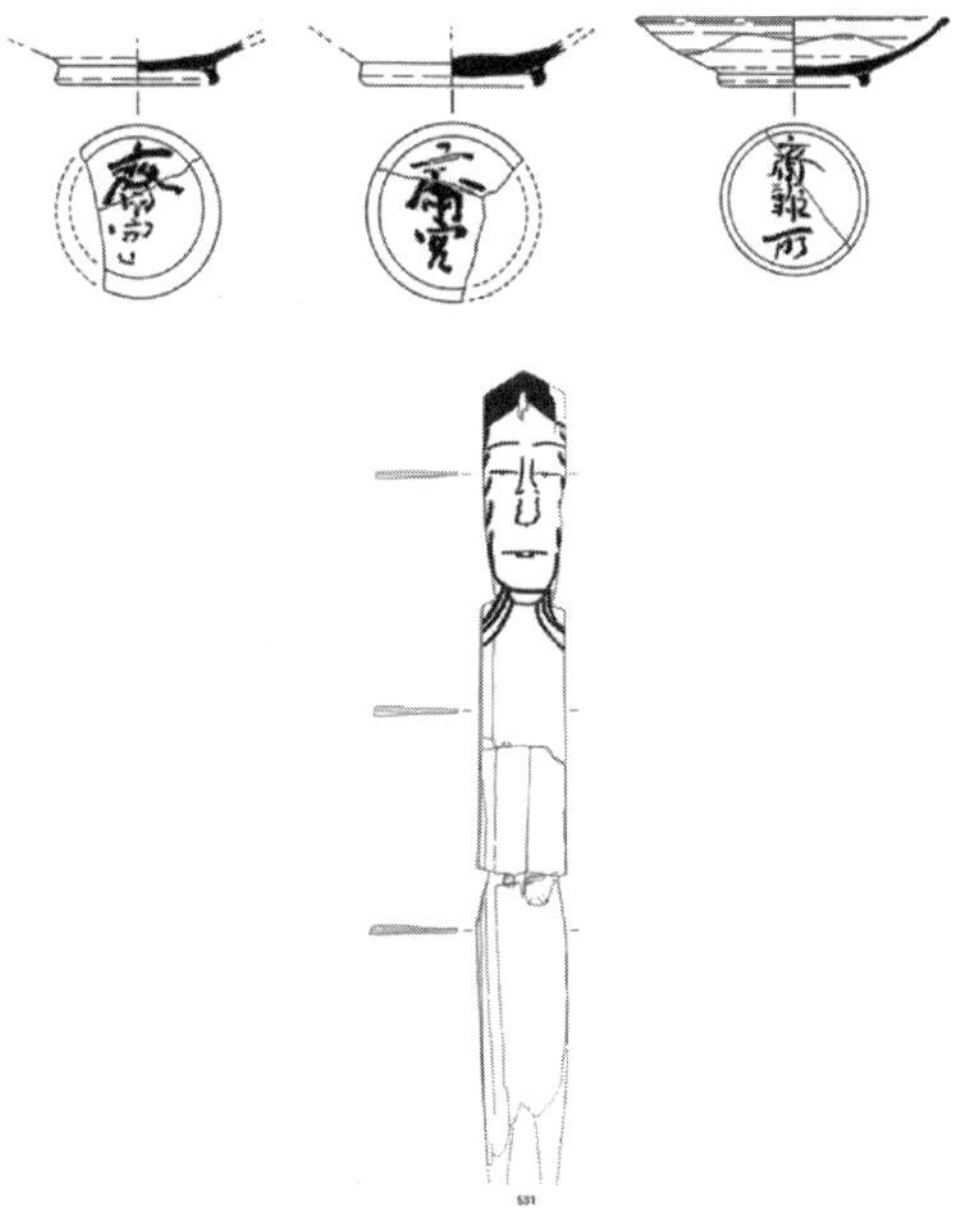

図20　（上）斎宮邸跡池跡の「齋宮」「齋雑所」銘墨書土器
（下）池の北にある泉から出土した平安京最大の人形代《ひとかたしろ》（縦65cm・幅7cm）

二〇〇一年十二月から二〇〇二年五月に行われた右京六条一坊六町跡からは、平安時代末期から鎌倉時代に存続した園池を持つ邸宅跡が見つかり、石列の雨落溝を伴う大量の河原石と粘土で積み上げた基壇上に、方三間

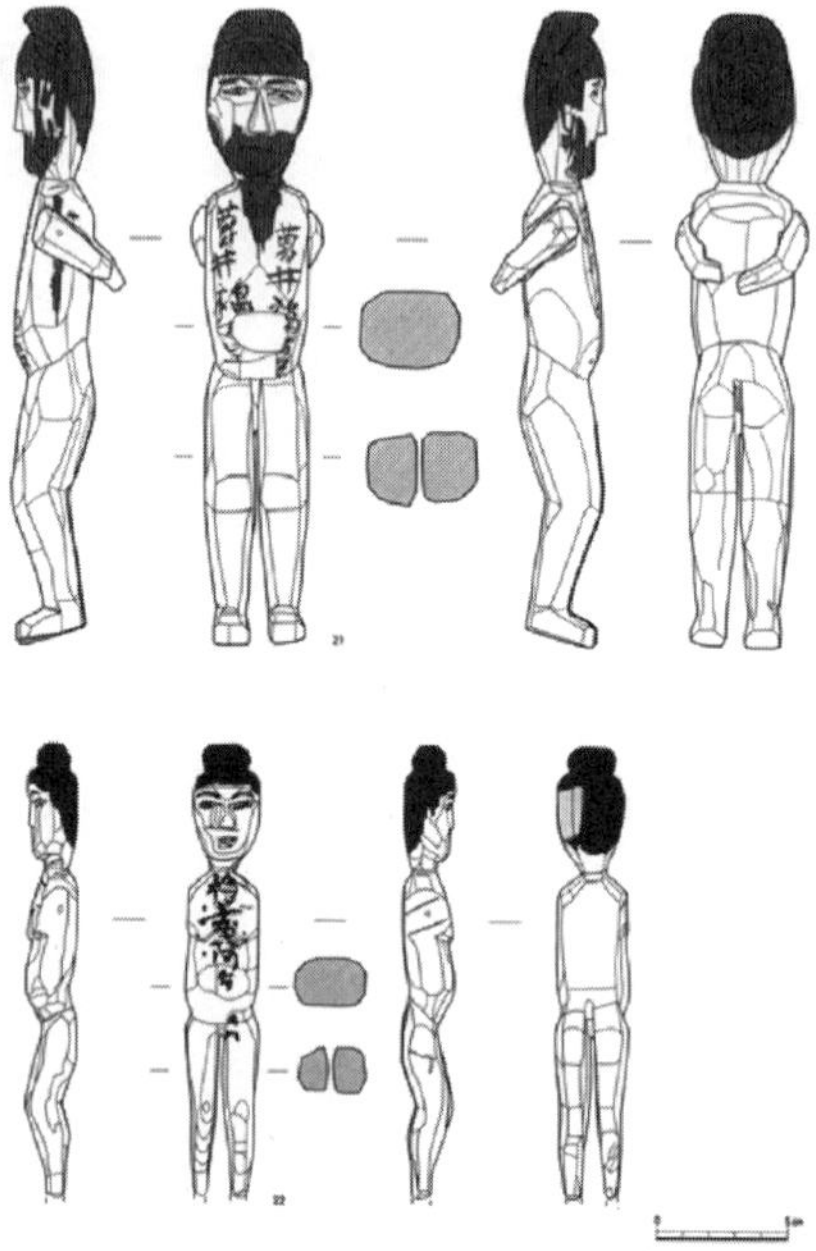

図21　右京三条六町内井戸跡出土の男女人形実測図

（一辺六メートル）の母屋に東庇（一・五メートル）と縁（〇・九メートル）、さらに南にも庇（二・四メートル）のある建物跡が検出された。平安時代後期の大量の出土瓦を伴うこの建物跡は、京内における持仏堂的な建物と推定[30]され、京内における仏教関連施設の早い例として注目されている。このように右京域では、平安時代前期段階で衰退した後、一二世紀後半になって宅地として再利用され、鎌倉前期頃まで継続して生活が営まれていたことが判明している。

そのほか平安京跡からは、瓦や土器類、木器などの生活雑器以外に、建物の地鎮遺構に伴う遺物や井戸跡・溝跡などからは人形代（ひとかたしろ）や斎串などの祭祀遺物が数多く出土している。二〇〇五年夏、右京三条六町の邸宅内井戸跡からは呪詛のために埋めたとみられる両腕を後ろ手にした立体的な男女の木製人形が出土し、話題となった[31]。

右京六条三坊八町の樋口小路北側溝付近からは、平安時代前期の大量の祭祀遺物に混ざって、馬や牛など大量の獣骨の中にオオカミと見られる骨も出土しており、数度にわたる動物供儀に関する祭祀遺構は、平安時代の人々の暮らしにおける思想や慣習を知る上で注目される遺構である[32]。さらに同現場からは十一世紀後半における路辺埋葬跡も見つかっており、さきに右京三条三坊跡から見つかった九世紀後半の邸内墓の検出例[33]など、時代の推移による平安京に対する都市機能や人々の考え方の変化を知る上でも極めて興味深い成果である。

このほか、最近の左京域の大規模な発掘調査（京都地方・簡易裁判所[34]や国立京都迎賓館[35]など）では、むしろ平安京衰退後の鎌倉から室町期及び戦国期から江戸期に到る中世以後の京都の実態を知る上で重要な遺構や遺物が相次いで検出されている。

六　平安京跡以外の調査成果

平安京跡以外では、院政期に造営された鴨東白河の六勝寺跡（白河街区跡）や城南の鳥羽離宮跡、法住寺殿跡などの発掘調査も進み、遺跡の実態が明らかになりつつある。そのほか、栢杜遺跡（醍醐寺子院跡）・法金剛院旧境内（西京極大路西半を占有）・嵯峨院跡（嵯峨天皇離宮）・雲

図22　醍醐寺子院の栢杜遺跡復原イラスト（南西から）
平安時代後期の貴族の別業遺構で、八角円堂・方形堂・三重塔が南北一直線に並ぶ特異な伽藍を持つ。

林院跡（淳和天皇離宮）など、皇室及び高級貴族の別業や寺院のほか、平安時代創建の山林寺院跡などの遺跡も各所で見つかり、さらに、平安京造営に必要な瓦を供給するための瓦生産場所跡や土器などを焼成する窯跡などの生産遺跡も、その実態が明らかになりつつある。

七　平安京跡発掘調査の現状と課題

現在、平安京跡の発掘調査は（財）京都市埋蔵文化財研究所をはじめ、京都府や大学の調査機関のほか、会社組織を含む民間調査機関などによって行われている。

平安京跡の発掘調査は先述のとおり、一九七〇年代初め頃から行政指導が本格的に開始され、これまで行われてきた数多くの調査から膨大な成果が蓄積されている。

これまで文献史学や絵画資料などから研究されてきた平安京は、埋蔵文化財の発掘調査という考古学的手法による大量の情報が加わることにより、平安京の実態がより一層明らかになりつつあるのである。

市街地中央部に埋蔵文化財「平安京跡」を抱える京都市の市街地では、数多くの各種土木工事に伴って発掘調査等の機会が増える一方、土地所有者や開発事業者にとって埋蔵文化財は、瑕疵《かし》物件の土地とする認識が一般的であり、各時代にわたる多数の遺構面や大量の出土遺物を伴う発掘調査は、調査期間確保の困難さや、調査後の整理業務を含めて高額な経費が必要であり、さらに市街地の高い地価を含めて、遺跡保存は常に困難さが伴う。

現在、平安宮跡で史跡指定し保存されているのは、内裏内郭回廊跡、豊楽殿跡（豊楽院正殿）の一部二箇所と、京都市指定史跡の造酒司倉庫跡の三箇所のみである。京域では、神泉苑跡の一部及び東寺境内と西寺跡の一部が国の史跡に指定され、そのほか京都府指定の山城高校内の邸宅跡があるものの、広大な遺跡面積や膨大な調査成果に比較して、遺跡保存が如何に進んでいないかを如実に物語っている。

京都市内では二〇〇七年度、遺跡包蔵地内で一〇〇五件の土木工事等の届出や通知があり、そのうち一五件の発掘調査、一一一件を越える試掘調査、さらに四八七件を超える立会調査が実施されている。しかし、発掘調査で検出された遺構の大半は、調査終了後に破壊されてビルや道路と化し、記録保存という方法、つまり出土した遺物を含めて実測図面や写真データなどとして残すしかないのが実情である。

それらの調査成果は、現場調査終了後、整理されて報告書に纏められ一般に公表されているが、一九七〇年代から京都市内全域から出土した遺物総数は、遺物コンテナ（60×40×15㎝）に換算して二〇万箱にも達する膨大な量となっており、それらの多くは平安京跡から出土した遺物である。その中には舶載品を含む全国各地から京に搬入された文物であり、都ぶりを示す資料的価値の極めて高い遺物を多く含んでいる。

これら二〇万箱に及ぶ出土遺物を含む発掘調査の膨大な成果は、平安京における人々の生活や生業、文化や流通経済、都市の変遷や環境変化を含めて、過去の平安京の実態を直接知り得ることのできる極めて有効な資料であり、国民共有の財産でもある。今後も開発などに伴って行われる数多くの発掘調査成果から、平安京を生きた人々の真の姿をより鮮明に復元できる可能性を秘めているのである。

最近では、一般に行われている発掘調査現地説明会や出版物のほかに、パソコンを使って平安京跡に関する様々な情報をいち早く提供できるホームページも開設されており、誰でも手軽に最新の平安京跡調査情報の入手が可能となっている。[36]

発掘調査現場では、調査員や作業員の方々など夏の酷暑や冬の寒さに耐え、泥や埃にまみれ、汗だくで日々発掘作業に従事されている。たとえ地中に残された極一部の遺構や遺物であっても、その掘削作業の手の先から検出される遺構や遺物は、真実の平安京を解明するための重要な手掛かりであるとともに、そこからまた新たな歴史的な発見があるである。

注

（1）井上満郎「平安京の人口について」『京都市歴史資料館紀要』第10号掲載、平成四年。及び、山田邦和「平安京の概要」『平安京提要』一九九四年、（財）古代學協會。

（2）家崎孝治『平安京左京八条三坊十五・十六町―京都銀行京都駅前支店新築に伴う調査―』、古代文化調査会、二〇〇五年三月。左京八条三坊十五・十六町間の塩小路の路面及び側溝は平安時代末期に造られていることが判明している。

（3）西田直二郎「淳和院舊蹟」『京都府史蹟勝地調査会報告』第8冊、京都府、一九二七年五月。

（4）佐藤虎雄「平安宮豊楽院の遺物」『古代文化』第6巻第4号、（財）古代學協會。一九五七年一二月。

(5) 安井良三「平安宮朝堂院址の調査」『古代文化』第3巻第12号、(財) 古代學協會、一九五九年一二月。及び「勧学院址の発掘調査」『古代文化』第1巻第5号、(財) 古代學協會、一九五七年一二月。

(6) 杉山信三「西寺跡発掘調査概要」『埋蔵文化財発掘調査概要報告』一九六四、京都府教育委員会、一九六四年四月。

(7) 『京都市遺跡地図・台帳』京都市文化観光局文化財保護課編、(財) 京都市文化観光資源保護財団、一九七四年八月。

(8) 『京都市高速鉄道烏丸線内遺跡調査年報Ⅰ～Ⅲ』一九八〇年三月～一九八二年三月。

(9) 田中琢・田辺昭三「平安京を中心とした京都市域の埋蔵文化財発掘調査の記録方法の改善について」『京都市文化観光資源調査会報告書』、京都市文化観光局、一九七七年三月。

(10) 辻 純一「条坊制とその復原」『平安京提要』、(財) 古代學協會、一九九四年六月。

(11) 梶川敏夫ほか『京都市遺跡発掘調査基準点』成果表・点の記、京都市文化財保護課、一九七九年三月。

(12) 角田文衞ほか『平安京提要』付図、(財) 古代學協会會、一九九四年六月。

(13) 『平安宮Ⅰ』『京都市埋蔵文化財研究所調査報告』第13冊、(財) 京都市埋蔵文化財研究所編、一九九五年五月。平安宮跡の一九九五年までの発掘調査成果が纏めて掲載されている。

(14) 角田文衞ほか『平安京提要』、(財) 古代學協會、一九九四年六月。

(15) 西森正晃「Ⅰ平安宮朝堂院跡・聚楽遺跡」『京都市内遺跡発掘調査報告』平成一九年度、京都市文化市民局、二〇〇八年三月。

（16）梶川敏夫「平安宮豊楽殿跡緊急調査概要」『平安宮跡　京都市埋蔵文化財年次報告』一九七六‐一、京都市文化観光局文化財保護課、一九七七年三月。

（17）鈴木久男「平安宮豊楽殿（1）」『平安京跡発掘調査概報』一九八八年度、京都市文化観光局、一九八八年三月。

（18）西森正晃「Ⅱ平安宮豊楽院跡・鳳瑞遺跡」『京都市内遺跡発掘調査報告』平成一九年度、京都市文化市民局、二〇〇八年三月。

（19）山本雅和「平安宮内裏内郭回廊」『京都市内遺跡発掘調査概報』平成六年度、（財）京都市埋蔵文化財研究所編、京都市文化観光局、二〇〇〇年三月。

（20）梅川光隆「平安宮内裏」『平安京跡発掘調査概報』昭和六〇年度、京都市文化観光局・（財）京都市埋蔵文化財研究所、一九八六年三月。

（21）梅川光隆「平安宮内裏（2）」『平安京跡発掘調査概報』、（財）京都市埋蔵文化財研究所編、京都市文化観光局、一九八八年三月。

（22）辻 裕司・丸川義広ほか「平安宮・京跡」『京都市埋蔵文化財調査概要』平成七年度、（財）京都市埋蔵文化財研究所、一九九七年三月。

（23）堀内明博「平安京右京五条二坊」『平安京跡発掘調査報告』昭和五五年度、京都市埋蔵文化財調査センター、一九八一年三月。及び、平尾政幸・辻 純一「右京三条二坊」『京都市埋蔵文化財調査概要』昭和五七年度、（財）京都市埋蔵文化財研究所、一九九一年三月。

（24）梅川光隆ほか「平安京右京六条一坊―平安時代前期邸宅跡の調査―」『京都市埋蔵文化財研究所調査報告』第11冊、（財）京都市埋蔵文化財研究所、一九九二年三月

(25) 平良泰久・石井清司ほか「平安京跡（右京一条三坊九町）昭和五四年度発掘調査概要」『埋蔵文化財発掘調査概報』一九八〇-三、京都府教育委員会、一九八〇年三月。
(26) 杉山信三・鈴木廣司「住宅公団花園鷹司団地建設敷地内埋蔵文化財発掘調査概報―平安京右京土御門木辻―」『埋蔵文化財発掘調査概報集』一九七六年、鳥羽離宮跡調査研究所、一九七六年。
(27) 吉川義彦「平安京右京四条二坊」『淳和院跡発掘調査報告』、関西文化財調査会、一九九七年三月。
(28) 網 伸也ほか「平安京右京三条二坊十六五・十六町―「齋宮」の邸宅跡―」『京都市埋蔵文化財研究所調査報告』第21冊、（財）京都市埋蔵文化財研究所、二〇〇二年。
(29) 網 伸也ほか『平安京右京三条一坊四町跡』『京都市埋蔵文化財研究所発掘調査概報』二〇〇四-一六、（財）京都市埋蔵文化財研究所、二〇〇五年三月。
(30) 平尾政幸ほか『平安京右京六条一坊・左京六条一坊跡』『京都市埋蔵文化財研究所発掘調査概報』二〇〇二-六、（財）京都市埋蔵文化財研究所、二〇〇二年五月。
(31) 南孝雄「平安京右京六条三坊六町跡」『京都市埋蔵文化財研究所発掘調査概報』二〇〇四-二、（財）京都市埋蔵文化財研究所、二〇〇四年七月。
(32) 堀内明博・坂本範基ほか「平安京右京六条三坊」『平安京研究調査報告』第二〇輯、平成一六年度、古代學協會、二〇〇四年三月。
(33) 平尾政幸ほか「平安京右京三条三坊」『京都市埋蔵文化財研究所調査報告』第10冊、（財）京都市埋蔵文化財研究所、一九九〇年三月。

（34）上村和直・山本雅和ほか「平安京左京二条四坊十町」『京都市埋蔵文化財研究所調査報告』第19冊、（財）京都市埋蔵文化財研究所、二〇〇一年三月。

（35）「平安京左京北辺四坊」第一（公家町形成前）・二分冊（公家町）、『京都市埋蔵文化財研究所発掘調査報告』第22冊、（財）京都市埋蔵文化財研究所、二〇〇四年一月。

（36）（財）京都市埋蔵文化財研究所では、ホームページにより、遺跡地図や報告書刊行のほか、現地説明会資料の公開や案内など平安京跡を含めた京都市域の埋蔵文化財に関する様々な情報を発信している。また民間では同志社女子大学の山田邦和教授が「平安京探偵団」で平安京の情報を公開さている。そのほか、京都市文化財保護課でもホームページにより、京都市内の遺跡地図に関する情報を提供している。

内裏と院御所の建築

鈴木　亘

『源氏物語』では、内裏と院御所における生活あるいは行事がモデルになっている。また、『紫式部日記』に、式部が女房として仕えた中宮彰子が御産のために藤原道長の土御門殿に里帰りした時の様子を比較的詳しく記している。『源氏物語』に登場する邸宅のうち、光源氏の邸宅は二条院と二条東の院、および六条院である。二条院は源氏の母桐壷更衣の里邸であり、皇室との関係から院と呼んだと思われる。二条東の院は源氏が内大臣のとき、六条院は源氏太政大臣のときにそれぞれ造営された。ともに臣下の邸宅である。光源氏は七才のときに源姓を賜り、臣籍に下った。源氏三十九才のとき准太上天皇の位を得たが、六条院の建築は院御所とどのような関係にあるのであろうか。

本稿は、『源氏物語』と同時期の平安宮内裏における主要殿舎の生活空間について建築の面から紹介する。また、源氏の邸宅のうち、特に六条院南町の寝殿を中心とする建築の構成を院御所である冷泉院、朱雀院、一条大宮院、あるいは臣下の邸宅である土御門殿と比較し、それらとの異同を考察する。

一　平安宮内裏の建築構成

平安宮全域図（248頁）において、宮城正門である朱雀門の正北、宮城の中心にあるのは大極殿と朝堂を中心とする八省院である。禁省は八省院の北から東北にかけて築地を廻らした一郭であり、内裏はその内の東方に位置する。内裏の西方には南側に中和院、北側に采女町と内膳司があった。

禁省は内裏の正南に正門である建礼門を開き、同じく東面に建春門、西面に宜秋門、北面に朔平門を開いていた。内裏は建礼門の北にあって築地回廊を廻らした一郭である。築地回廊は梁間が二間で、その中央通りを築地塀に作り、内外に回廊を廻らした構造である。これは平城宮内裏跡で発見されたので、内裏特有の施設である。平安宮内裏の規模は築地回廊の中心で測って、東西五十七丈（約一七一メートル）、南北七十二丈（約二一六メートル）であった。内裏は築地回廊の四面に閤門を開き、南閤門を承明門、東を宣陽門、西を陰明門、北を玄暉門という。内裏の建築は大きく分けて三地区により構成されていた。南の地区は公的儀式を行う紫宸殿を中心とする一郭で、紫宸殿の正南に承明門、東側に宣陽殿と春興殿、西側に校書殿と安福殿を配し、紫宸殿南庭は中庭を形成していた。中央の地区は天皇御所として創建された仁寿殿を中心とする一郭で、仁寿殿の東側に綾綺殿、西側に清涼殿を配する。東・西の両殿は御在所に充てられた。紫宸殿および仁寿殿を中心とする一郭は天皇の生活空間であり、その建築配置は中国風のいわゆる四合院配置である。四合院配置は中国では長い歴史をもち、紀元前七百年頃には成立していた。その配置が日本に伝えられ、平城宮から長岡宮、そして平安宮へ引き継がれたのである。中国の宮殿では、前堂後寝左右廂房といわれる。前堂は前方の中心にあって公的儀式を行う表向きのホールである。後寝は前堂の後方にある寝殿である。平安宮の紫宸殿は国史に前殿と記されるように前堂に相当する。その後方にある仁寿殿は寝殿であり、国史にも寝殿と記される。また、仁寿殿は南大殿ともいわれ、それに対して、北方の後宮にある皇后御殿である常寧殿は北大殿と言われた。大殿は御在所（寝殿）の古い呼び名である。貴族の邸宅は寝殿を中心とするが、内裏は寝殿の前方に前殿（ホール）を建てる、それが貴族の邸宅と違うところである。皇室関係の東宮雅院、および院御所である冷泉院、一条大宮院も同じく前殿・後寝の構成であった。それから、左右廂房は前堂の左右両脇に房があることをいう。紫宸殿の左右両脇にある宣陽殿と校書殿など、仁寿殿の両脇にある綾綺殿と清涼殿がそれに相当する。

北の地区にある後宮は前堂がなく、皇后御殿である常寧殿が内寝すなわち寝殿である。その左右両脇にある麗景殿、宣耀殿、弘徽殿、登花殿は廂房であり、女御、中宮などの御在所に充てられた。後宮の東・西両側にある五舎は平安時代初期には遡らないで、宇多天皇の遺誡にみえる。それによると、平安時代初めには内裏に入る女御の里方が五舎の地域に建物を立て、そこを曹司にしていた。建て替えが頻繁に行われ、五舎には未だ決まった形はなかった。五舎の形が整ってくるのは、おそらく仁明天皇の承和頃からではないかと考えられ、その頃に襲芳舎などの名が出てくる。

二　平安宮紫宸殿の建築様式——王朝風建築様式の特徴と成立時期

つぎに、平安時代中期から後期の紫宸殿に代表される王朝風建築様式の特徴と、その様式の成立時期について述べる。

（1）紫宸殿の平面と屋根の形式にみられる特徴

図1~3は、『年中行事絵巻』および日記などをもとに、平安時代後期の紫宸殿について復元した推定平面図と立面図である。紫宸殿は母屋と廂により構成されている。母屋は身舎とも書き、中央の間口九間、奥行三間の核となる部分をいう。廂は母屋の外側に取付く梁間一間の部分で、紫宸殿は母屋の四面に廂を付ける。これを方位により南廂、東廂などという。古代の

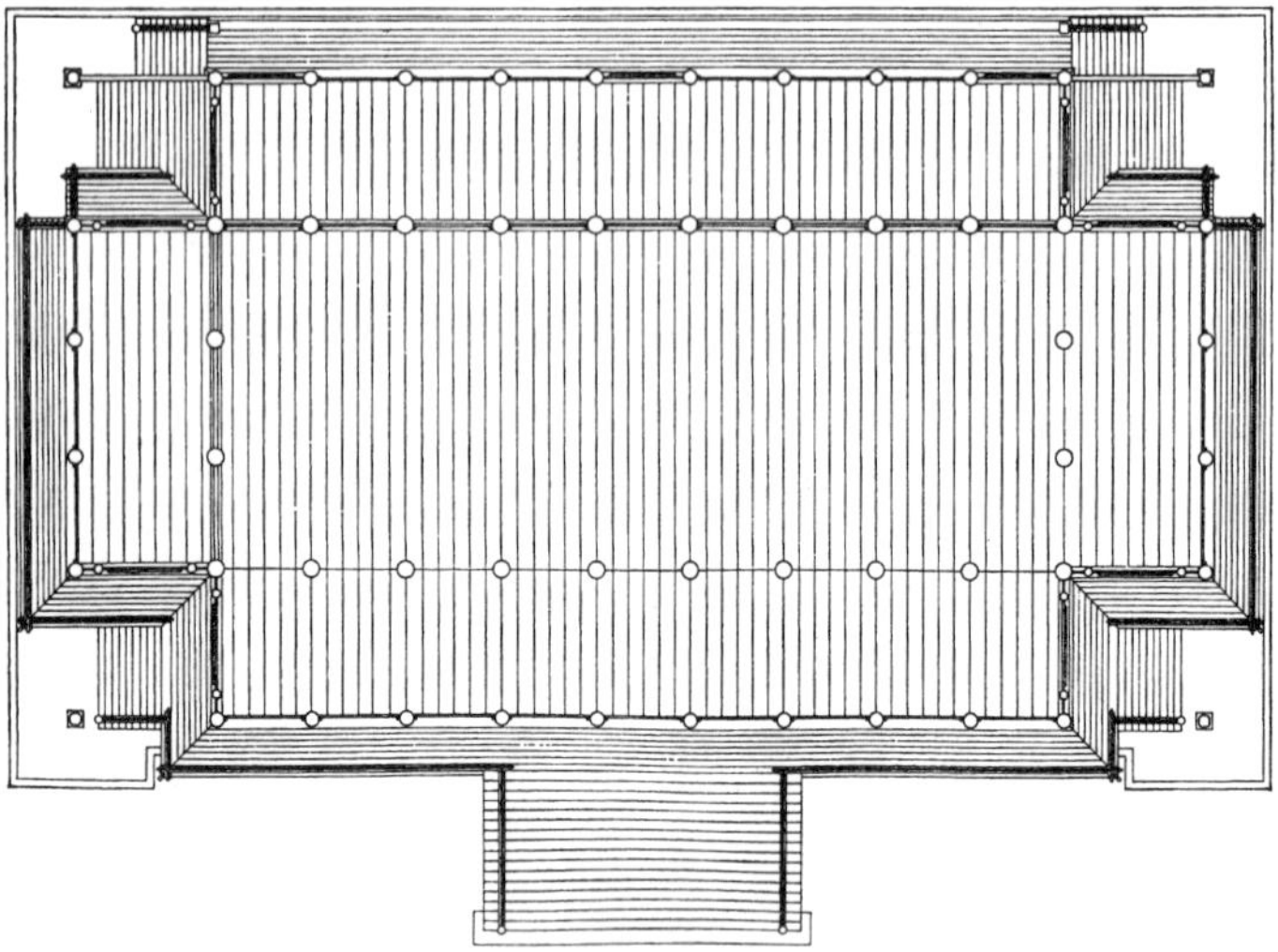

図1　平安宮紫宸殿平面図（平安時代後期、復元）

本格的な建築は母屋と廂（庇とも書く）の構造をもっていた。核になる母屋は奥行（梁間）二間が一般的であり、紫宸殿のように母屋梁間を三間にするのは内裏正殿のほか官庁の正庁など特別の建築に限られていた。平安時代の貴族の日記に、たとえば「五間四面」とあるのは母屋の間口（桁行）が五間で、その四面に廂（庇）が付くことを示す。母屋の梁間は二間が普通であるので、実際の建物規模は桁行七間、梁行四間である。五間二面とか、五間三面、五間一面という例もあり、また庇のつかない母屋だけの建物、あるいは細殿のように母屋の梁間一間の例もある。紫宸殿は母屋梁間三間であるが、九間四面と記される。紫宸殿は四面

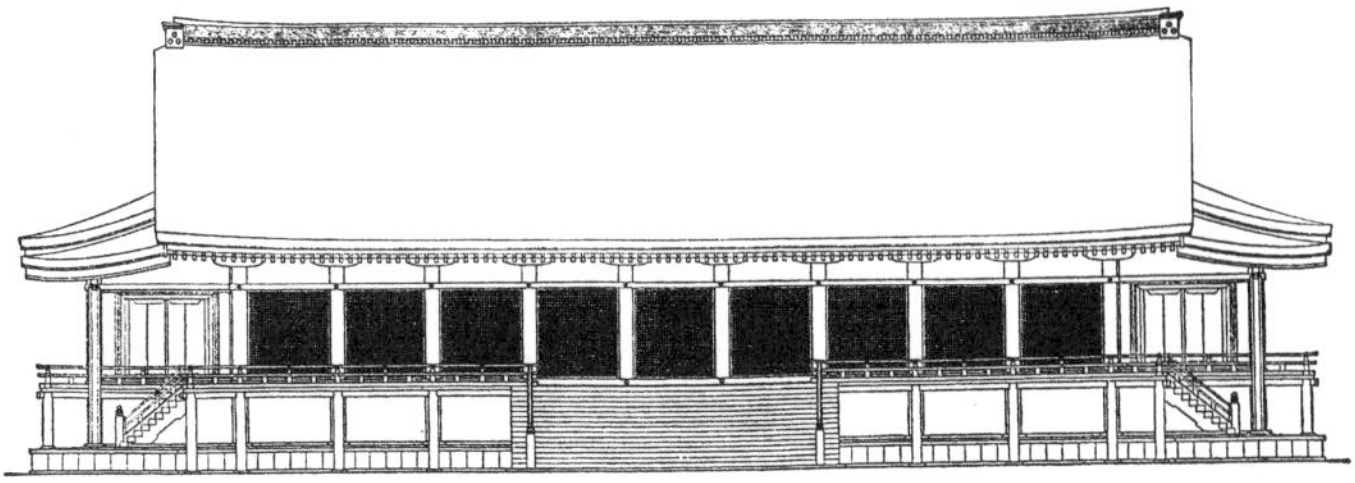

図２　平安宮紫宸殿正面（平安時代後期、復元）

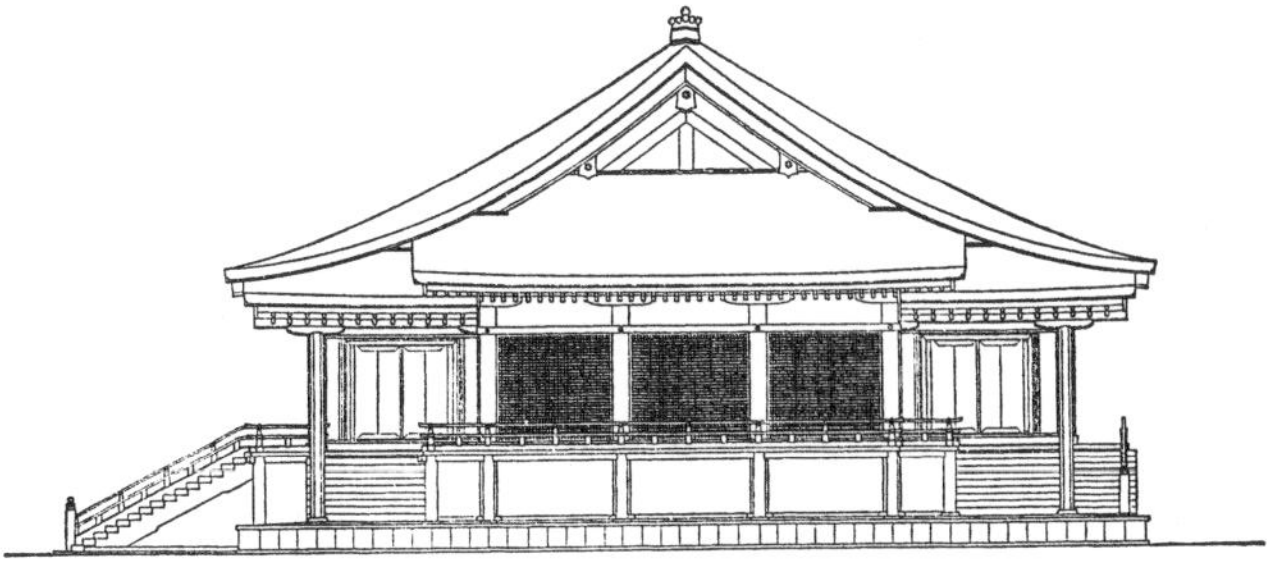

図３　平安宮紫宸殿側面（平安時代後期、復元）

廂のうち四隅を欠き、そこに東あるいは西より昇殿する階段を設けていた。このように四隅の廂を欠くのは日本的な廂の付け方である。中国建築は母屋の四周に廂を廻らすか、母屋の前後二面に廂を付けるので母屋と廂が構造的に一体化される。法隆寺金堂や唐招提寺金堂は母屋四周に廂を廻らした例、法隆寺西院食堂や同寺東院伝法堂は母屋の前後二面に廂を付けた例である。紫宸殿は母屋の南・北両面に廂を付けて桧皮葺切妻造りの大屋根を上げ、さらに東面と西面に片流れ屋根の廂を差掛けた構造である。四隅の階段部分の屋根は廂屋根より一段低い片流れの小庇であった。紫宸殿は東と西から昇殿する四隅の階段とともに、正面中央に幅三間の階段を設けていた。この階段の配置も日本的である。中国の宮殿における正殿は正面に中央階段と東階、西階の三階段を設けるか、東階、西階の二階段が一般的である。前者の日本における例は平安宮太極殿、豊楽殿にみられる。図1は平安時代後期の紫宸殿平面であり、南・北両廂の梁間が五尺縮小されて十五尺になっている点を除くと、基本的に平安時代初期・中期の紫宸殿と同じである。紫宸殿は四面廂の外側に簀子縁を廻らしていた。この形式の内裏正殿は長岡宮で初めて採用されたと考えられる。ただし、長岡宮内裏正殿は掘立柱建物であった。

図1にみるように、紫宸殿は母屋が一室の大ホールを形成し、南廂の御格子を内側に釣上げると、前面が全て開放された堂になる。柱間寸法は母屋桁行各間十尺等間、梁間は三十五尺を三つの柱間に割る。平安時代初期および中期の紫宸殿は母屋の南間と中間各十五尺、北間五尺であった。南廂と北廂の梁間は平安時代中期までは各二十尺であったが、平安時代後期に再建する時に柱間を十五尺に縮小した。東・西両廂梁間は各十尺である。以上にのべて紫宸殿の平面と屋根の形式は図1～3に示した通りである。

（2） 基壇と高床の併用

平城宮の内裏正殿以下の殿舎は掘立柱建物であったことが発掘調査により明らかにされた。また、長岡宮の発掘調査によると、長岡宮内裏正殿も掘立柱建物であった。それが平安宮になると、内裏の主要殿舎は基壇積建物になる。基壇を築いて礎石を据え、礎石の上に柱をたてる方式である。中国の唐代における宮殿建築は基壇上に据えた礎石に柱を立てていた。床は塼などを敷いた土間である。唐招提寺金堂などの仏堂も基壇積、土間床である。ところが、平安宮紫宸殿は基壇積でなおかつ高床式の建築であった。平安宮内裏の仁寿殿も同じである。この形式は平安宮内裏において初めて成立したと思われる。これが創建当初に遡るか否かは記録の上で確かめるのは難しい。けれども、『政事要略』に引く寛平二年（八九〇）の蔵人式や、『西宮記』などによると、貞観以後（九世紀後半）の平安宮内裏において紫宸殿および宣陽・春興・安福などの諸殿は基壇上に建っていたことが知られるので、この形式は平安遷都の初めに整えられた可能性が大きいと推定される。掘立柱建物は、記紀に「底つ岩根に宮柱太しり立て」といわれ、礎石建の建物に比べて地震に対して安定した構造であった。紫宸殿の軸組をみると、柱頭に舟肘木を置き、その上に母屋では虹梁を架けて母屋桁を受け、廂では繋虹梁を架けて軒桁を渡すだけで、柱頂を繋ぐ頭貫を用いない。また、壁面は母屋西面のみにあって壁量（土壁）が極端に少なく、寺院の金堂などに比べると地震に対して不利な構造である。それをカバーしているのが足固めの役割を果たす床組および床下の土壁であり、また内法位置で母屋および四面廂の周囲に廻らした上・下長押である。床と内法に長押を廻す手法は東大寺法華堂に見られ、天平年間には成立していたので、技術的には奈良朝の内裏建築を礎石建ちにすることは可能であったと思われる。内裏において礎石建てへの移行が遅れた理由は詳らかでないが、壁面が少なく、地震に対する構造的な不安感が払拭し切れなかったのかもしれない。

（3）御格子の採用

紫宸殿の外観を特徴付けているのは、四面廂の表面に立てた御格子である。復元図にみられるように紫宸殿の南廂表面九間、東・西両廂表面各三間、北廂表面の妻戸三具を除く六間は全て御格子である。格子は縦横に組子を組んだ建具である。紫宸殿の御格子は十尺の柱間に一枚の格子戸を立てる。御格子の幅は柱間十尺から柱の太さを減じた値（約八尺）、高さは六尺七寸から七尺くらいである。それは外に開けられないので、内側に跳ね上げ、天井の垂木に取付けた釣り金具で釣る、内釣の格子である。こうした内釣の格子は、平安時代の絵巻や記録、物語などにみられる。『年中行事絵巻』によると、紫宸殿、仁寿殿、清涼殿の格子は内釣りである。また、綾綺殿、法住寺殿西対、東三条殿寝殿の南廂と西廂の格子も内釣りである。なぜそうかと言うと、内釣格子の場合、御簾は外側に懸ける。外側に御簾が下りていれば、それの建具は内釣格子である。『年中行事絵巻』の中でも、綾綺殿の東廂、校書殿の東廂、それに貴族邸宅の寝殿南面の建具は上下二枚より成り、上蔀を外に釣り上げた蔀戸である。格子戸と蔀戸の相異は後述するが、『年中行事絵巻』はそれを描き分けている。日記では『台記』保延二年（一一三六）十二月二十一日条に東三条殿東対南面の指図（平面）を載せ、その南孫庇（広庇）より一間内側に入った南廂の外側に「御垂簾」、内側に「裏格子」と書き入れる。これは内釣りの格子である。これらの例から、格子を用いた建物は格式が高く、普通の建物は蔀戸、半蔀を用いていたと考えられる。格子と蔀戸の違いをあげると、蔀（シトミ）はシトム（風止）の名詞で、風雨を防ぐ建具であり、板を張った板戸である。板戸の外側に格子を組むことが多く、それを蔀格子という。一方、格子は光りを採り入れる建具である。紫宸殿の御格子は黒漆塗りで、組子の間を透かしていた。『猪熊関白記』建暦元年正月七日条に「午時許参内、直向直廬著束帯参上、候朝餉。（中略）、余向南殿、自東廂格子穴、見仗座事、主上密々渡御有御覧、」と記す。南殿（紫宸殿）東廂の格子こしに左近陣における陣定の様子を御覧になったのである。また、『権記』寛仁元年八月二十一日条に「（前略）、供奉御共上卿員多、昆明障子東狭窄、仍為快見御前儀、到南殿自格子伺見、」と記す。これは一条院内裏の御在所（中殿）で行われた東宮拝覲の記事であり、著者は南殿北廂の格子こしにそれを見物したのである。紫宸殿の御格子は組子の間から光りと風を採り入れることが出来た。平安時代の日記を見ると、里内裏の寝殿に建てた格子に紗または和紙を貼ったものがあったことが推察できる。格子と蔀戸は、少なくとも平安時代中期までは格式と用途の異なる建具として区別されていた。平安時代末から鎌倉時代になると、格子と蔀戸の区別が曖昧になり、蔀格子のことを蔀あるいは格子と記している。『源氏物語』では、格子は六条院や常陸宮、桃園宮など邸宅の寝殿、対などに見られるのに対して、蔀、半蔀は夕顔の家（五条あたりの小家）および八宮宇治山荘の記述に限られている。しかも、宇治山荘の記述では、新築前の簡素な寝殿と新築後の清らに造った寝殿とで、それぞれの建具を蔀と格子に使い分けている。すなわち、新築前の山荘の寝殿について

宵すこし過ぐるほどに、風の、音荒らかにうち吹くに、はかなきさまなる蔀などは、ひし〱と、まぎるゝ音に、（總角巻）

と記し、一方、新築後の寝殿について

寝殿の南おもてに、火ほのかに暗う見えて、そよ〱と音する。まゐりて、また、人は、起きて侍るべし。たゞ、これより、おはしまさんと、しるべして、入れたてまつる。やをら、のぼりて、格子の隙あるを見つけて、より給ふに、伊予簾は、さら〱と鳴るも、つゝまし。新しう、清げに造りたれど、さすがに荒々しくて、隙ありけるを、誰かは、来て見んと、うち解けて、穴もふたがず、几帳の帷子、うちかけて、おしやりたり。火、明うともして、物縫ふ人、三四人居たり。（浮舟巻）

など、寝殿の建具を格子と記す。また、これによると、格子は組子の間を透かし、内が見えたようである。伊予簾は格子の外側に懸けられたのであろう。

中国では漢代の建築に格子が用いられており、格子戸は中国建築の影響下に日本に伝えられたと推察される。釣上形式の格子戸が日本に、また、内裏の建築に採用された時期が問題になる。これは難しい問題であるが、内釣りの格子戸が用いられるようになったのは、おそらく平安時代に入ってからであろうと思われる。記録の上で格子を用いたことが知られる初期の建物をみると、平安時代初期に中国からもたらされた天台・真言寺院の仏堂などがある。たとえば、観心寺如法堂、東寺西院大師堂、延暦寺東塔法華堂である。元慶七年（八八三）につくられた『河内国観心寺縁起資財帳』に、如法堂について、「三間桧皮葺如法堂壱間在四面庇戸四具内、隔子戸四具外」と記す。如法堂は三間四面の仏堂で、両開戸四具を母屋柱間に、隔子戸四具を庇柱間に建て、堂内を内・外陣に分けていた。隔子戸四具は外廻りに立てるので、そこを出入口にすると、両開扉であった可能性が大きい。観心寺は天長四年（八二七）に実恵の弟子真紹によって創立された真言宗の寺院であり、承和初年に伽藍を整えたらしい。如法堂は、講堂とともに当寺の中心建物であり、この頃には建立されていたと思われる。

東寺西院大師堂は平安時代の記録に御室、寝殿、大師御房といわれ、空海の住房、阿闍梨房として天長年間に創建された。創建以来数度の修造を経て南北朝期まで存続したが、康暦元年

（一二七九）十二月の西院回禄によって焼失した。『東宝記』に「西院根本図様」として記載する大師堂の指図によると、大師堂は桧皮葺五間四面、北孫庇付の建物で、南面に格子を建てていた。現在の大師堂は康暦元年火災後に再建された建物で、南面の蔀格子は内釣りである。内釣りの格子は古い形式を伝えるのであろう。

延暦寺東塔法華堂は最澄が中国から伝えた御堂であり、そこに古くから御格子が建てられていた。「比叡山東塔絵図」（京都国立博物館『古絵図』、一九六八年）に法華堂・常行堂を南北に並立して、両堂を渡廊で繋いだ形が描かれている。北側の法華堂は方五間、桧皮葺・宝形造で、外面に格子を建てている。法華・常行両堂を渡廊で繋ぐ形式は平安時代には成立していたので、同絵図に描かれた法華堂の形は、少なくとも康保三年（九六八）の再建時（法華堂は康保三年に最初の回禄に会った）まで遡るであろう。『門葉記』（山務六）に、座主による法華堂上格子の次第について、「抑座主自上当堂格子事、慈覚大師其濫觴也云々」と記す。また、『康富記』嘉吉三年六月三日条に、東塔法華堂に参詣した時の伝聞として、つぎのように記す。

次詣法華堂（常行堂之北也）、伝教大師之御影等置也、大師御自作也云々、翌日（四日）拝見了、此蔀格子、大師御作也云々、此格子者座主御拝堂之時許被開云々、伝教大師之御作之格子ニ、慈恵大師又令作継給云々、

これによると、当時、法華堂の格子は最澄の創作にかかわるものと考えられていたこと、御

拝堂の時に座主自ら法華堂の格子を上げるのは、平安時代初期以来の慣例であると伝承されていたことが知られる。

これらの点を考えると、平安時代初期に天台・真言の密教系仏堂あるいは住房を通して格子が日本に伝えられたと推察される。それら仏堂および住房に用いられた格子は廂の表面に建てられた。平安宮の紫宸殿は母屋の四面に廂を差架けた形であり、その廂に格子を建てる。また、仁寿殿、常寧殿は孫庇の外側柱に格子を建てるので（図5、図6）、庇（廂）が発達してきた段階で、その外面に内釣の御格子が建てられたことが推測できる。平安宮内裏は貞観五年から七年（八六三〜六五）に仁寿殿、清涼殿の再建をともなう大規模な修造を受けた。紫宸殿などに格子が採用されたのはこの時期と推定される。

（4）賢聖障子の新設

紫宸殿の母屋北面に立てた障子は賢聖之障子と呼ばれ、漢から唐代における中国の賢臣三十六人の像が画かれていた。賢聖障子の制作年代については諸説があって一定しないが、『日本紀略』延長七年九月条に、少内記小野道風をして紫宸殿障子賢臣像の賛を改書せしめた、先年道風書く所である、と記すので、賢聖障子は延長七年（九二九）以前に作られたことが知られる。また、『吏部王記』および『九暦記』によると、寛平年中（八八九〜九七）には紫宸殿に賢聖障子が立てられていたらしく、御格子よりやや遅れて紫宸殿の内部が整えられ、賢聖障子が立てられたと推察される。賢聖障子は平安時代初期における唐絵の代表作の一つであり、室内に唐風の華やいだ感じを与えていたであろう。なお、平安時代中期における内裏の建築は障壁画に唐絵とともに大和絵が描かれ、室内を飾っていた。そのうち、唐絵障子は紫宸殿や清涼殿昼御座などハレ向きの場に用いられたのに対して、大和絵障子は清涼殿台盤所のように内向きケの場に用いられた。屏風絵も同じで、表向き儀式に唐絵屏風、奥向き行事に大和絵屏風を用いた。すなわち、陰陽により大和絵と唐絵を使い分けていた。

三　内裏主要建物の室内構成

内裏の主要建物のうち各地区の中から一棟ないし二棟を選び（紫宸殿については、すでに述べた）、その復元平面図を図4から図9に示す。以下、簡単に説明する。

（1）清涼殿（図4）

先述したように、各建物は母屋と廂より成る。そのうち清涼殿は室内構成と各室の用途がよく分かる。清涼殿は東を正面とする南北棟の建物で、母屋は九間に二間の大きさである。母屋の南五間は昼御座御帳台を置く昼間の生活空間であり、その北側の二間四方は夜御殿、すなわち塗籠（寝室）で、南面に大妻戸を開き、殿内に夜御帳台を置く。母屋北二間は東・西二室に分けて、それぞれ御局としていた。昼御座御帳台のある部屋を「母屋」といい、「母屋」と塗籠（寝室）をもうけるのが平安時代中期頃までの貴族の寝殿や対の基本的な考え方であった。ただ、十一世紀頃になると昼御帳で就寝することが多くなったようである。母屋の東と西面に

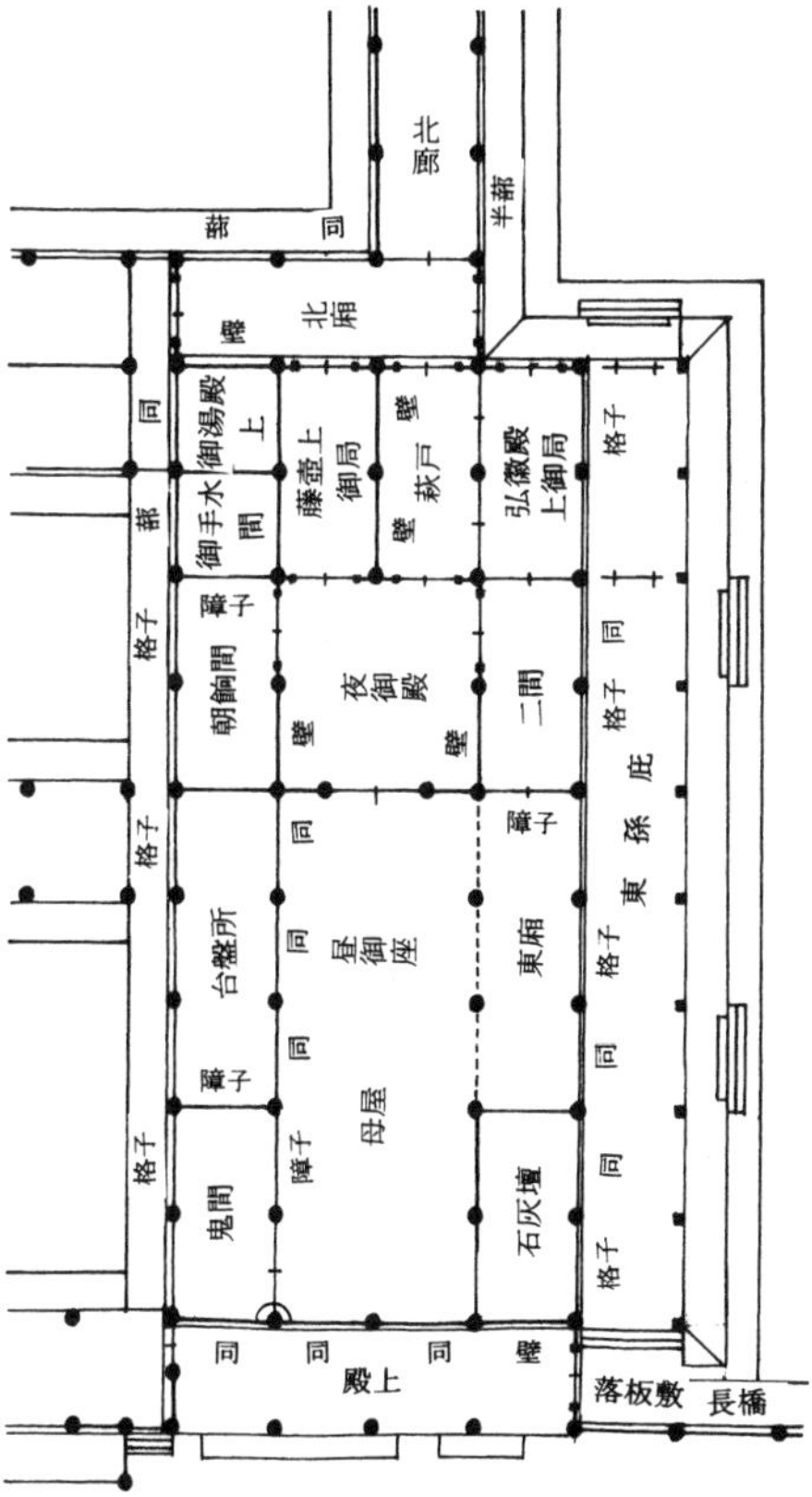

図4　平安宮清涼殿平面図

母屋桁行と同じ九間の廂を設け、さらに東廂の先に孫庇を付ける。母屋と廂の柱は円柱であるのに対して、孫庇は略して方柱とする。この母屋と東・西両廂に桧皮葺・切妻造りの屋根を架け、東孫庇の屋根まで葺き下ろす。北廂は母屋と西廂の先に付けた桁行三間の部屋で、差掛けの屋根を架けていたと推定される。桁行四間の南廂は殿上の間であり、差掛けの屋根を架ける。東南隅の落板敷は清涼殿東孫庇の屋根と紫宸殿西北廊（梁間二間）の屋根が重なる所である。『年中行事絵巻』は、この箇所に西北廊北軒先の雨水を受ける横樋を描く。すなわち、清涼殿の屋根は桧皮葺・切妻造りであったと思われる。

清涼殿東廂南二間は石灰壇といい、床を白土仕上げとした特別の部屋である。天皇は毎日早朝、石灰壇に出御して伊勢神宮を遥拝した。平安時代初期の天皇御在所は仁寿殿であったので、石灰壇は仁寿殿の東南隅庇間に設けられた。石灰壇北側の東廂三間は昼御座が置かれた所である。その北、夜御殿の東側にある「二間」は東寺長者が毎月十八日、玉体安穏のために観音供を修した部屋である。観音供は、空海が唐土の風に準じて御在所仁寿殿内の一室を荘厳して始行したと伝えられる。清涼殿の「二間」は古く仁寿殿内に設けられた念誦堂に相当し、そこに御持仏聖観音像（居仏殿）を安置していた。「二間」の北二間は御局である。清涼殿東廂は東面に内釣りの御格子を建て、その外側に御簾を懸けていた。東孫庇は柱間を吹放した広庇である。西廂は南より鬼間（二間）、台盤所（三間）、朝餉間（二間）、御手水間（一間）、御湯殿上（一間）

などの小部屋に分かれていた。鬼間は南壁に白沢王の鬼を切る壁画があり、母屋への出入口になる。東面母屋と鳥居障子で仕切る。台盤所は台盤を置いた女房の候所である。朝餉間は天皇の居室であり、朝餉をここで召しあがる。西廂西面の建具は朝餉以南が内釣り御格子、御手水間と御湯殿上は外釣りの蔀戸である。

(2) 仁寿殿（図5）

図5は平安時代初期の仁寿殿復元平面図である。この平面は平安時代末まで踏襲された。主屋は七間二面（桁行七間、梁行四間）の規模であり、その南・北両面に孫庇を付けて桧皮葺切妻造りの大屋根を架け、その東・西両面に桁行四間の廂を付けた形式である。四隅は庇間として、一段低い片流れの小屋根を架け、庇間の東と西側に殿上に昇る階段を設ける。この屋根形式は紫宸殿に近似し、仁寿殿は四隅を庇間とし、その外に階段を設ける点が異なる。仁寿殿は基壇積、高床式で、東・西両側の階段部分を除き、四周に簀子縁を廻らす。その平面は中央に間口三間、奥行四間の大きな夜御殿を設け、殿内に大きな御帳台を置いていた。夜御殿の建具は南面三間に妻戸を立て、東・西両面に妻戸と連子窓各二間、北面中央に妻戸を立て、両脇を壁とする。建物の中央に大きな寝室を設けるのは中国宮殿に認められる。夜御殿の東側の二間に四間は「母屋」すなわち昼御座所であり、天皇は妻戸を背に東面して坐し、東廂に出坐した臣下

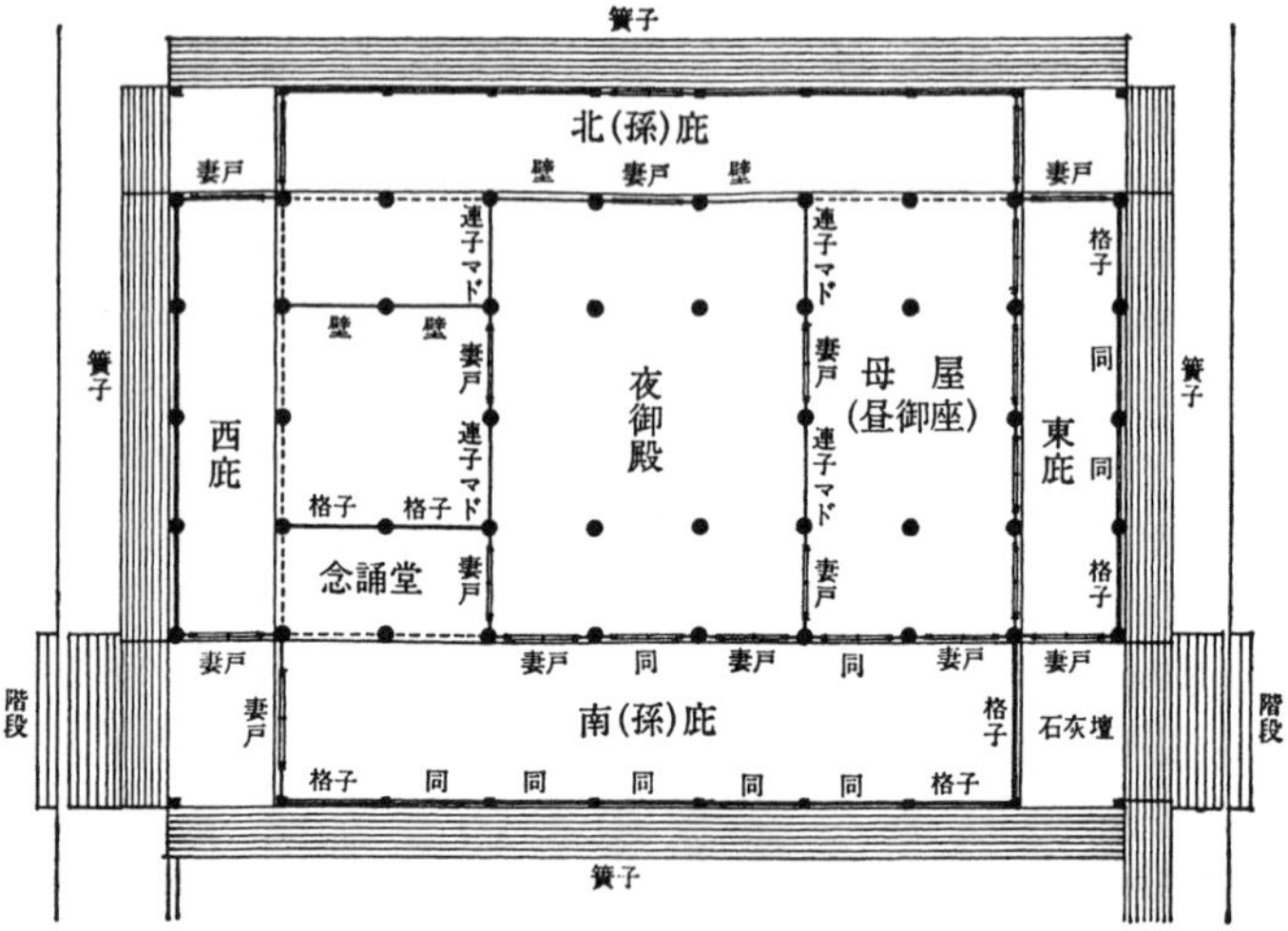

図5　平安宮仁寿殿推定平面（平安時代初期）

と対面した。夜御殿西側の方二間の部屋は天皇の居間であったと考えられ、その南に「二間」の念誦堂がある。南廂は昼御座が置かれ、内宴のとき天皇はそこに坐した。南廂の建具は南面と東面に内釣りの御格子、西面に妻戸、東廂は東面に内釣りの御格子、南・北両面に妻戸を立てていた。仁寿殿北廂の用途は未詳であるが、清涼殿西廂のように小室に隔てられていた可能性がある。

(3) 常寧殿（図6、図7）

図6は平安時代初期の常寧殿復元平面図である。常寧殿は、仁寿殿と同じ桁行九間、梁行六間、基壇積の建物で、屋内は低い板敷の床を張り、四周に基壇の瓦

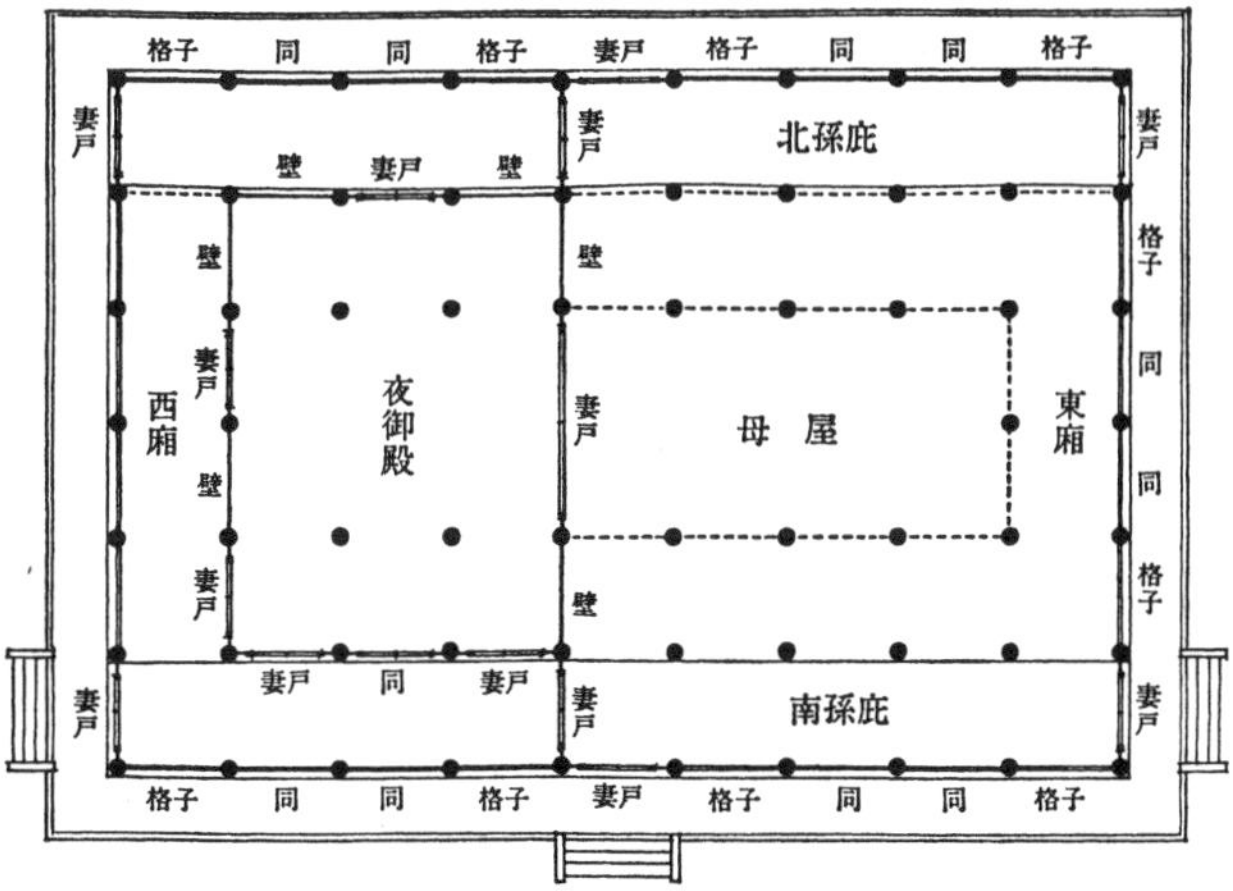

図 6　平安宮常寧殿平面（平安時代初期）

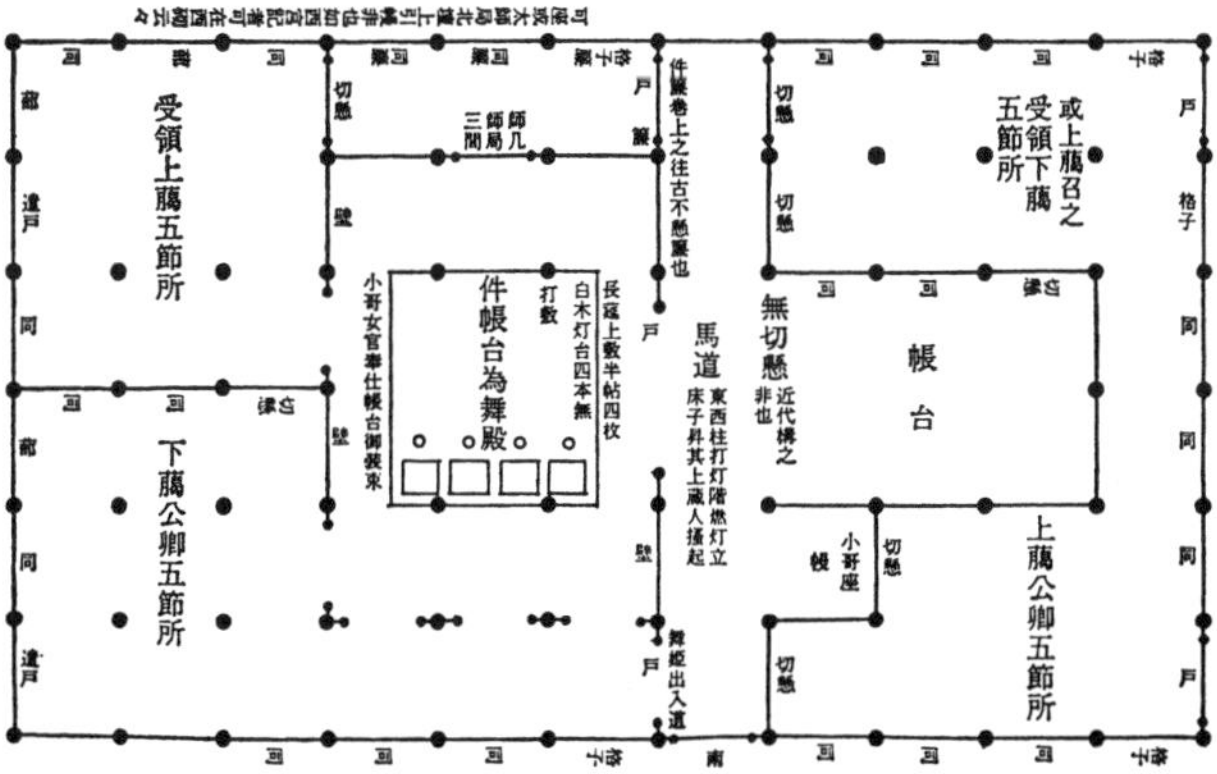

図 7　平安宮常寧殿指図（『雲図抄』所収）

敷を表わしていた。四周に簀子縁を廻らさないのは、中国の陰陽思想による皇后御殿の表現であろうか。図7は十二世紀前半に書かれた『雲図抄』にのせる常寧殿における五節帳台試の時の装束を示した指図である。帳台試は、毎年十一月中辰日の豊明節会に先立つ中丑日に行われた舞姫の試演を天皇が御覧になる儀式で、平安時代中期以降、常寧殿が帳台試に用いられた。『雲図抄』によると、平安時代後期の常寧殿は七間四面南・北・西三面孫庇、西孫々庇の形式で、規模は桁行十一間、梁行六間であった。仁寿殿と同じ大きさの夜御殿を主屋西側に設け、殿内に二間四方（約六メートル四方）の大きな帳台を置いていた。夜御殿の東側を馬道とするのは帳台試の時の舞姫参入のためで、御在所当時は馬道が無く、主屋東側の「母屋」に面して夜御殿の大妻戸を立てていた。なお、舞姫は帳台の上で舞い、天皇と師匠は北孫庇の妻戸を開けてそれを御覧になった。図に帳台上南寄りに敷いた舞姫座四枚と、その前に立てた白木燈台四本を描く。『雲図抄』（図7）の東側「母屋」に「帳台」と書き入れるのは御在所当時、昼御座御帳台がそこに置かれたことを示す。「母屋」北側の廂や孫庇などは女房達が控える所、また西廂は内向きの居間であったと推測されるが、未詳である。常寧殿は平安時代初期に皇后御在所に充てられたが、中期以降は御在所として用いられなくなり、それに代って弘徽殿、飛香舎が中宮御所に充てられるようになった。天皇、皇后御所は当初、中国風の平面を採用したが、次第に清涼殿のような簡略化した平面の建物を御在所とするようになったと考えられる。

（4）弘徽殿（図8）

図8は後宮五殿の一つで、常寧殿の西南にある弘徽殿の平面である。母屋は七間に二間の大きさで、南四間を昼御座所、その北側を塗籠としていたらしい。母屋四面に廂を設け、東面に柱間を吹放した孫庇を付ける。西廂は細殿といわれ、古くは廊であったらしい。『栄華物語』の頃に、細殿は女房の局に充てられた。『源氏物語』（賢木巻）にも「昔おぼえたる細殿の局」の記述がある。また、花宴巻に

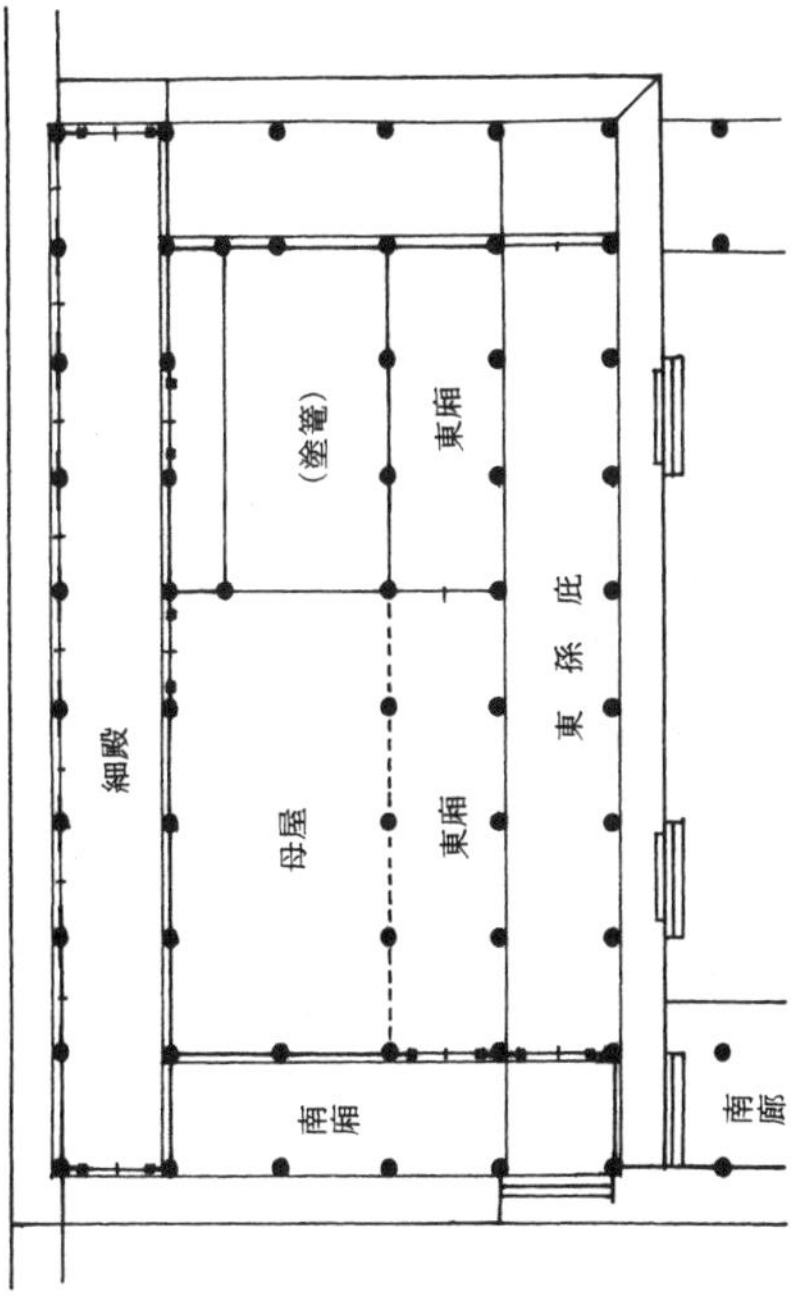

図8　平安宮弘徽殿平面図

弘徽殿の細殿に立ち寄り給へれば、三の口あきたり。女御は、うえの御局に、やがて参う上り給ひにければ、人ずくなゝるけはひなり。奥のくるゝ戸もあきて、人音もせず。（中略）、やをらのぼりて、のぞき給ふ。人は皆、寝た

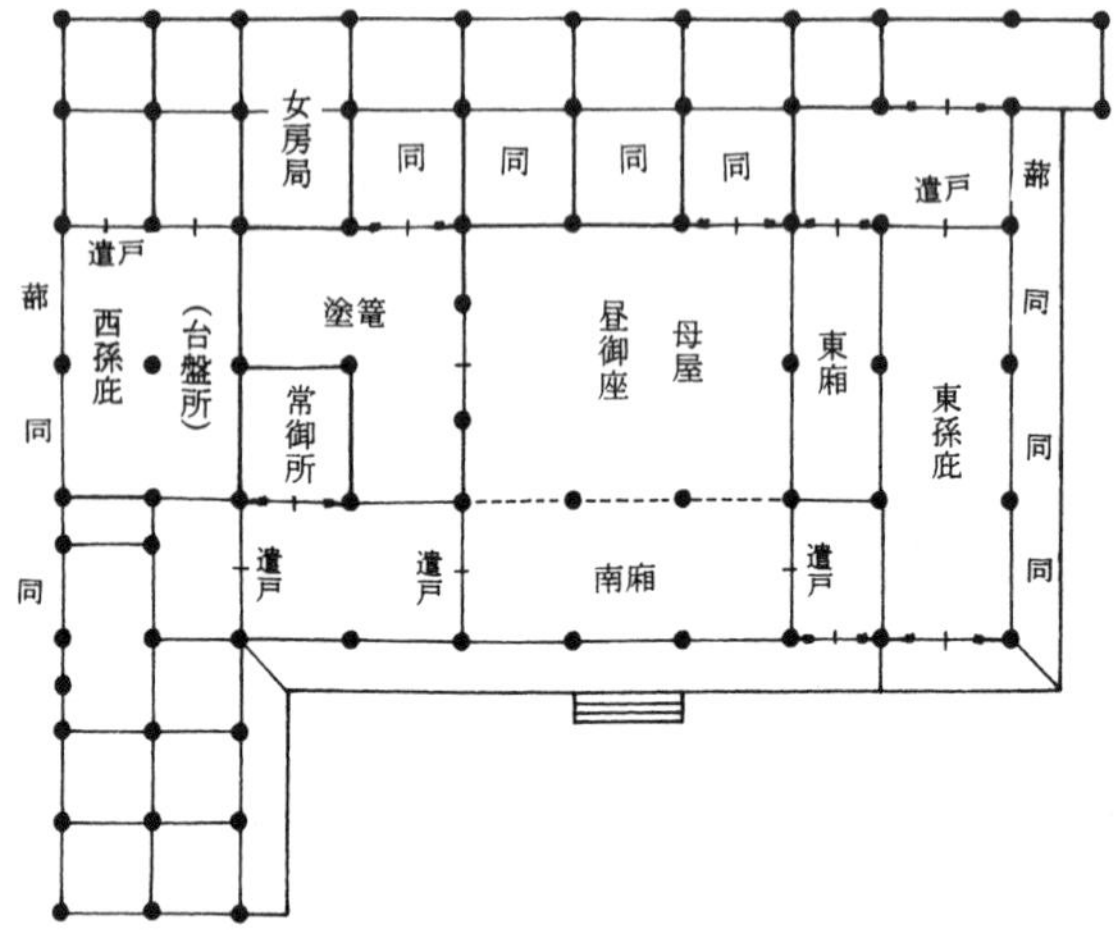

図9　平安宮飛香舎平面図

るべし。

という。藤壺わたりから来て弘徽殿の細殿に立ち寄ったというので、三の口は細殿西面御局の口であろうか。奥のくるゝ戸は妻戸であり、その内に女房達が寝ていたので、そこは母屋北側の塗籠であるのかもしれない。

(5) 飛香舎（図9）

飛香舎は五舎の一つで、弘徽殿の西方にある。図9は、『山槐記』に載せる平安時代後期の飛香舎の指図である。母屋は東西五間、南北二間の大きさで、そのうち東三間を昼御座所、西二間を塗籠とし、塗籠のうち西南隅に方一間の常御所（居間）を設ける。母屋の四面に廂を設け、さらに東・西・北三面に孫庇を付ける。南廂は昼御座、東廂は公卿座である。北廂と北孫庇は一間毎に仕切られ、それぞれ女房の局に充てられたらしい。塗籠西側は台盤所である。

四　院御所の南殿（前殿）と寝殿

（1）冷然院（冷泉院）

冷然院は嵯峨天皇の後院として弘仁七年（八一六）頃創設された所であり、二条大路北、大宮大路東の方二町の地を占めていた。創立期の冷然院正殿は前殿と称された。すなわち、『日本紀略』弘仁十四年四月十六日条に「帝前殿に御す。今上を引いて曰、」云々と記す。これより先四月十日、嵯峨天皇は譲位のため冷然院に遷御したので、この前殿は冷然院の正殿である。また、『日本紀略』天長七年（八三〇）八月二十六日条に、皇后は冷然院に詣で新造寝殿を賀し、珍麗を献じたことがみえ、冷然院の中心建物は前殿の後方に寝殿を配する構成であったと推定される。前殿の前方は東・西両中門廊により中庭が形成され、南方の苑池に臨んで東・西に各釣台（釣殿）が作られた。

冷然院は、その後文徳天皇の時、皇居に充てられた。その時期は斉衡元年（八五四）四月十三日の冷然院遷御の日から崩御された天安二年（八五八）八月二十七日までの四年間である。

『文徳実録』のこの時期にみえる南殿は冷然院の正殿であり、嵯峨上皇の時の前殿に相当する。また、『同実録』天安元年二月二十九日条に「典侍従三位当麻真人浦虫、物を北殿に献ず。」とある北殿は、南殿の北側にある天皇の寝殿と考えられる。この時期の冷然院には新成殿があり、天皇は同殿にて崩御された。新成殿は天皇の御在所であり、同殿において内宴が催された。新成殿は平安宮内裏における清涼殿に相当する建物と推定されるが、冷然院は正門を西の大宮大路に開いていたので、新成殿は北殿の東側にあったと考えたほうがよい。つぎに、その理由を述べる。『文徳実録』天安二年八月二十七日条に

　帝新成殿に於いて崩御、左右近衛少将、近衛等を率い、東宮直曹西方に陣なる。大納言安倍朝臣安仁、少納言近衛少将主鈴等を率い、璽印櫃等を賷せしめ、直曹に入れ奉る。公卿蔵人所に於いて、御葬事を議す。

と記す。平安宮内裏の皇太子直曹は宜陽殿の東側にあったが、冷然院における皇太子直曹は右兵衛陣の近くにあった。それは、『続日本後紀』承和九年七月二十三日条に

　勅使左近衛少将藤原朝臣良相、近衛四十人を率い、皇太子直曹を圍守する時に天皇権に冷然院に御す。皇太子これに従う。帯刀等を喚集め、兵仗を脱せしめ、勅使前に積み置く。又直曹前右兵衛陣下幄一宇を張り、坊司及侍者帯刀等を其中に散禁。自余の雑色諸人は左右衛門陣に散禁。（後略）

と記すことから知られる。これにより、冷然院における天皇御在所・新成殿は北殿の東側にあったことが推測できる。

冷然院は、貞観十七年(八七五)正月二十八日に最初の火災に遭い、殿舎五十四宇を焼失、秘閣に収蔵する図籍文書などが灰燼になったという。火災後の造営は不明であるが、陽成上皇の後院として再興されたと思われる。承平七年(九三七)十二月十七日、陽成上皇の七十御賀が冷然院で行われた。『吏部王記』同日条に

陽成院七十御賀、正殿西放出第三間螺鈿倚子を立つ、

とある。また、『花鳥余情』(十九若菜上)にこの時、正殿の母屋西第一間に御衣机八前を立て、御服箱八合を置き、それぞれ黒紫綾の覆いをかけたことがみえる。正殿の母屋西一間から四間を放ち出し、母屋西第三間に上皇御座の螺鈿椅子を立て、その周囲に御衣机などを飾ったのである。正殿の西放出は前面を開放した西側母屋をいうのである。正殿の母屋東側は不詳であるが、冷然院正殿は前殿であり、夜御殿はなかったであろう。なお、『日本紀略』天慶三年十一月二十七日条に「冷泉院西町焼亡、公家進使奉慰太上皇、」と記す。『吏部王記』は同日条に「巳刻冷泉院別納所失火、此外諸院多く在り。」と記すので、焼失した西町は別納所のことである。しかし、冷然院は、天暦三年(九四九)十一月十四日に罹災した。

その後、冷然院は村上天皇の後院として再興され、天暦八年三月十一日に院名を冷泉院に改

めた。天徳四年（九六〇）九月二十三日、平安宮内裏罹災により、村上天皇は職曹司に移御、その後十一月四日に冷泉院に遷御され、同院を一時皇居に充てられた。『村上天皇御記』に遷御の時の様子を、つぎのように記す。

十一月四日、冷泉院に移る、西門より入り、陰陽頭具瞻前行、次童女四人（一人脂燭、一人�、二人黄牛を牽く。各一頭。（中略））、西中門を入り、具瞻先南殿及中殿に到り、呪術を施し退出、又水火童女二人、南殿西より昇り、中殿に到る、脂燭を以って殿内灯を炷、三日夜滅せず、牽牛童南庭を経て、中殿前庭に牛を繋ぐ、常の如し。

南殿は冷泉院の前殿、中殿はその北側にある寝殿（天皇御在所）である。中殿の東南と西南に東対と西対を配していた。また、南殿、中殿の呼称からすると、中殿の北側に北殿（北二対）の存在が推定される。これについては、後述の一条大宮院が参照される。なお、『西宮記』に引く『御記』応和元年（九六一）十一月四日条によると、中殿は南廂に面して母屋の西面に昼御座所、東面に夜御殿を設け、夜御殿の東側に局（中宮安子御座）があったことが知られる。これは内裏清涼殿を南向きにした形である。南殿前庭の南方に苑池があり、東対と西対から南に延びる東・西両中門廊にそれぞれ中門が開かれ、両中門廊の先端に池に臨んで東・西両釣殿が造られた。

（2） 朱雀院（寛平～康保頃）

朱雀院は嵯峨太皇太后（橘嘉智子）の別業として創設された。別業当時の院については未詳である。宇多天皇は、寛平八年から九年（八九六～七）にその敷地を拡張して柏梁殿を中心とする嶋町を造営し、同院西宮と併せて後院として復興した。譲位後、宇多上皇は昌泰元年（八九八）二月十七日に、皇太后（班子）の東院より朱雀院へ遷御された。また、中宮温子は同年四月二十五日に東五条宮より朱雀院に移られた。翌二年十月二十四日、上皇は仁和寺にて落飾、中宮温子などは、延喜三年（九〇三）八月二十八日に朱雀院より東七条宮に移御された。その後、朱雀院は醍醐天皇に譲渡されたらしい。

朱雀院は朱雀大路西、四条大路北の東西二町、南北四町の敷地を占め、西の壬生小路側に西宮、朱雀大路側に嶋町があり、四面に門を開く。西宮は西に正門を開き、寝殿を中心に東対、東二対、西対があり、ほかに寝殿と西対を繋ぐ西渡殿、宜陽殿、蔵人曹司、西廊などが記録にみえる。北対の存在も推定されるが、記録にみえない。

延喜六年十一月七日、醍醐天皇は朱雀院に行幸になり、宇多法皇四十宝算を賀し、また、十年後の同十六年三月七日、同院に行幸、法皇の五十宝算を賀した。両度とも、法皇は西対を御座所とし、寝殿にて奉賀を受けられた。天皇の休息所は東対であった。『新儀式』（天皇奉賀上皇御算事）に朱雀院における両度の寝殿装束について、その儀、母屋東第三間に太上皇大床子三脚を立つ南面、延喜六年、平敷御座を供す、天皇御座また同じ、その上に御脇息を立て、また唾壷、打乱御匣などを置く。御後に当り、四尺御屏風四帖を施す、その東西磬折、南行御厨子各五基を立つ五基夏冬御衣五基を納め、雑帛各五十疋を積む、延喜六年四基也、二基母屋戸前に立つ、二基母屋東頭に立つ。東第二間北辺に大床子二脚を立て御座と為す西面。上皇御座に当る南廂、地敷二枚を鋪、その上に四幅帛を敷き、舞蹈所に備う延喜六年、俄只筵を鋪也。東廂母屋二間に当り、曲折棚厨子四基を立て、威儀御膳を置く也。上皇大床子御座西北角差退き鎰匣を立つ有基。東北角少退御杖机を立つ延喜六年此机無し。庭中南階を去二丈舞台を立つ。（後略）

とあり、寝殿の母屋東四間と南廂、東廂が室礼された。寝殿は母屋東第四間の位置に母屋戸が立てられ、南廂もその柱筋に中戸が立てられ、東西に二分されていた。上皇御座は母屋東第三間南向き、天皇御座は母屋東第二間西向きに設けられ、上皇御座に当る南廂に舞踏所を備えたので、寝殿南階は舞踏所の南であったと考えられる。これについては、南庭舞台における舞を見る時、南廂東第三間に上皇御座、第二間に天皇御座を敷いたことが参考になる。これによると、寝殿は母屋の規模が桁行五間ないし六間と推定され、その四面に廂を設けていた。母屋は東面四間に対して、西面は一間ないし二間である。この母屋西面はどのような空間であろうか。西宮は西に正門を開くので、正門側に夜御殿（塗籠）を設けることはないと思われる。母屋中隔てを母屋戸といい、大妻戸と言わないのはそれを示唆する。これについて参考になるのは、藤原道長の土御門殿寝殿である。寛弘五年（一〇〇八）十月十六日、一条天皇は皇子誕生（母中宮彰子）により、中宮御所土御門殿に行幸になった。『紫式部日記』に、この日の寝殿装束について

> 御帳の西面に御座をしつらいて、南の廂のひんがしの間に、御倚子を立てたる、それより一間へだてて、ひんがしにあたれるきはに、北南のつまに御簾をかけへだてて女房のゐたる南の柱もとより、すだれをすこしひきあげて、内侍ふたりいづ。

とあり、寝殿の母屋東側に置かれた御帳の西面に御座を室礼、南廂東間に主上の御倚子を立てた。これにより、御帳は母屋の中央間に置かれたことが推察できる。そして、主上の御倚子より一間東へ隔てた南廂と母屋の南北に御簾をかけ隔て、その内を女房候所とした。なお、この時の中宮御座所（御帳）は寝殿の塗籠であるとする説がある。[1] それによると、玉座は御帳台の西、すなわち塗籠に接する母屋の中央に設けられたとされる。しかし、『紫式部日記』同日条に

> 殿、若宮いだき奉り給ひて、御前にいで奉り給ふ。うへいだきうつし奉らせ給ふほど、いささか泣かせ給ふ御声いとわかし。辨の宰相の君御佩刀とりてまゐり給へり。母屋の中戸より西に、殿のうへおはするかたにぞ、若宮はおはしまさせ給ふ。

とあり、寝殿母屋の中戸より西に中宮の母倫子の居室があった。したがって、中宮の御帳は中戸より東の母屋に置かれたと考えねばならない。中宮御帳が寝殿の中央間を含む母屋東側に置かれたことは、『紫式部日記』に記す寝殿における中宮御産と若宮産養の記事により明らかになる。つぎに参考までに、中宮彰子が御産のために里帰りした土御門殿の寝殿における中宮の御座所と産養の様子について述べる。

一条天皇の中宮彰子は、寛弘五年（一〇〇八）三月十三日、御懐孕五ヶ月により、当時皇居に充てていた一条大宮院より道長の土御門殿に遷御された。そして九月十一日に第二皇子を出産した。中宮は寝殿の母屋東側を御座所として、そこに御帳以下の室礼をした。『紫式部日記』によると、九月十日に御座所の室礼が変わり、中宮は白き御帳に移られた。御帳の東面は内の女房がさぶらい、御帳の西に御屏風一具を引いて局とし、物怪の仮にうつされた人々の坐を置き、局口に几帳を立て、その前で験者がお祈りした。御帳の南には僧正、僧都がかさなり居て、不動壇を中心に祈祷を行った。また、御帳の後、北の御障子との狭間に女房四十余人が居て、しのび泣くものもいたという。十一日の暁に、北の御障子二間を放ち、北廂に御座を移した。御簾を懸ける造りでないので、前に御几帳をおしかさねていた。僧正、僧都、法務僧都などが参り加持をした。午の時（正午）に無事男子を出産した。九月十三日、三日夜は宮司の産養、十五日の五日夜は道長による産養があった。『紫式部日記』にその装束について御帳のひんがしおもて二間ばかりに、三十余人ゐ並みたりし人々のけはひこそ見ものなりしか。威儀の御膳は采女どもまゐる。戸ぐちのかたに、御湯殿のへだての御屏風にかさねて、また南むきに立てて、白き御厨子一よろひにまゐりすゑたり。

と記す。これにより、御帳の東面二間に女房達三十余人が居たこと、采女が中宮御帳の前に威儀の御膳を供したこと、また、出産後の御湯殿儀は寝殿の東廂で行われたことが知られる。十七日、七日の夜は朝廷からの産養、八日目に、人々はさまざまの色の衣装に着がえ、御帳なども平常の色に復した。九日夜は春宮権大夫の産養があった。中宮は十月十余日までも、御帳を出でず、女房達が御帳西の傍の御座に、夜も昼も控えていたという。十月十六日、一条天皇は中宮御所に行幸になった。この日のことは先述した。十一月一日、寝殿にて行われた五十日の祝について、御帳の東の昼御座のきはに、御几帳を奥の御障子より廂の柱までひまなく立てきり、御帳南おもてに若宮の御膳をすえ、その西寄りに大宮（中宮）の食膳を供した。大宮のまかないは宰相の君、若宮のまかないは大納言の君であり、東に寄せて若宮の御膳をすえた。それより東間の廂（南廂）の御簾を少し上げて、弁の内侍などしかるべき女房達が取次ながら御膳を差し上げた、と記す。御几帳は母屋北障子から南廂まで立てたのであろう。以上により、中宮の御座所は寝殿の中央間とその西一間を含む母屋東面に設けられたと考えてよいであろう。

なお、土御門殿は東を京極大路、西を富小路に面し、西に正門を開いていた。寛弘五年頃の土御門殿では、主人道長は東対を御在所とし、長女妍子（内侍督）は西対を御在所に充てていた。また、長保三年（一〇〇一）十月九日、土御門殿において東三条院四十御賀があり、天皇は行幸、中宮も行啓した。その時の御座所について『栄花物語』（巻七、とりべ野）同日条に、中宮は西対、東三条院（詮子）は寝殿、天皇は寝殿東の南面、倫子は東対を充てたと記す。東三条院は後日三条院に帰られたというので、土御門殿は東対を道長夫妻の御在所とし、寝殿と西対は臨時の御座所の用として空けて置いたと思われる。土御門殿は西に正門を開くので、寝殿の西面は塗籠とせず、開放的な空間として倫子の居間に充てられたと思われる。朱雀院西宮の寝殿も母屋西面は開放されていたであろう。『古事談』第六に、宇多上皇第一女王と藤原忠平の婚儀が朱雀院西対で行われ、上皇は東対を御所としたと伝える。朱雀院は西門の内、西対近くに宣陽殿、蔵人曹司などがあり、寝殿と西対は臨時の行事のために空けてあったのではないだろうか。

嶋町は院の東辺北寄りにあり、柏梁殿を中心に西対（侍従殿）、雑舎の存在が知られ、北対もあったと推測されるが未詳である。柏梁殿は前に南大池と東池があり、嶋町と言われるように中嶋に建っていたらしい。朱雀大路に面して東門を開き、院の東辺に南北馬場が造られ、近くに馬場殿があった。嶋町の正殿である柏梁殿は、『菅家文草』に収める昌泰二年三月三日の〈侍朱雀院柏梁殿、惜残春、各分一字、応太上皇製。〉と題する詩序に三月三日、池上に宴す、蓋し古の曲水を思うなり。柏梁を構え以って蘭亭を擬く、華林を問て拱木を栽う。皆是ぞ閑放を好み、無為を楽しみ、風月を詠じ、時節を重ずることの致す所の義なり。

とあり、晋王羲之の「蘭亭詩序」にみえる蘭亭に見立てられている。柏梁殿は南大池に臨み、詩宴、遊宴に用いられ、ほかに天皇拝礼、法華八講などの例が知られる。規模は五間に二間の母屋四面に廂を廻らした桁行七間、梁行四間と推定され、簀子敷に高欄を廻し、南階と東・西両階を設けていた。母屋は一室のホールであったらしい。天暦元年三月九日、村上天皇は朱雀院に行幸、太后（穏子）および朱雀上皇と柏梁殿で謁見し、式部・中務両卿、大臣、大納言などを召して、御前にて管弦の興があった。上皇と天皇が謁見した時の柏梁殿装束について、『吏部王記』同日条に「其殿装束、母屋放出南辺対鋪両主御座各畳上敷二枚、加茵、太上皇東向、今上西向、」とあり、開放された母屋の南辺に両主御座を東西に相対して敷いたことが分かる。当時、太后は嶋町西対を御在所に充てた。また、上皇は西宮を御所としていたので、その東対を御在所に充てたと考えられる。同元年三月十六日から四日間、太皇太后穏子は柏梁殿において法華八講を修した。『吏部王記』同三月十七日条に「参朱雀院、其殿放出安置仏像列供具、東廂敷八僧座、」とあり、柏梁殿の母屋放出（前面を開放した母屋）に仏像（金色釈迦如来像一体）を安置し、供具を並べたこと、東廂に八僧座を敷いたことが知られる。

天暦四年（九五〇）十月十五日、朱雀院は火災に遭い、嶋町と雑舎を焼失した。その後、康保二年（九六五）に柏梁殿は再建され、同年十月二十三日、村上天皇は朱雀院に行幸、馳馬を御覧になり、柏梁殿にて擬文章生試を行った。『新儀式』（行幸朱雀院、召文人、并試擬文章生事）に、柏梁殿装束について、母屋北辺に御屏風を立て渡し、中央間に大床子御座を立てる。南廂第二間西寄りに納言、宰相座畳（西向）、第三間南寄りに親王、大臣座畳（北向）を敷き、また、南廂御座間（中央間）に豹皮を敷き、その上に文台を立てる、と記す。柏梁殿の母屋は一室のホールであったことが窺える。

（3） 一条大宮院（一条院）

一条大宮院は一条南、東大宮大路東にあり、一町の地を占めていた。この地は、もと太政大臣藤原為光の一条殿があった所で、為光没後、三女（寝殿の上）に伝領された。『栄花物語』（巻四、みはてぬゆめ）に、東三条院（詮子）は、一条の太政大臣（為光）の家を手に入れ、そこを一条天皇の後院におぼしめして、いみじゅう作らせたと伝える。長徳四年（九九八）十月二十九日、東三条院は新造の一条院に遷御されたので、この時には出来ていた。『権記』同日条に

召しに依り参院、仰云、年来御座左大臣土御門家、また月来この一条に御す。（中略）、こ

の夜一条院へ遷御家主姫君より、沽却公行朝臣買進める所なり、直八千石云々月来御座左大臣一条第、大臣聊か酒饌羞設ける。参入卿相以下また御膳を供す、（中略）、戌二刻遷御、新宅作法有り、余御膳を供す。（後略）

と記す。これにより、一条殿の地は為光の三女より公行朝臣が買取り、それを女院に進上したことがわかる。

一条大宮院は西に正門を開き、南殿とその北側にある中殿（寝殿）を中心に東対、西対、北対、東北対、西北対などがあり、南殿前庭の南に苑池を作らず、東・西両中門廊に各中門を開いていた。長保元年（九九九）六月十四日、平安宮内裏が焼失し、十六日に天皇は一条院に渡御した。そのため、同年七月二十二日の仁王会は一条院にて行われた。『権記』七月十三日条に、仁王会の座について

仰云、紫宸殿分用南殿、仁寿殿分用西対、綾綺殿分用東対、清涼殿分用御中殿、承明門分用西中門、建礼門分可用西門并織部司、南門等間米事左右相計可行、

と記し、南殿は紫宸殿に、中殿は清涼殿に充てられたことが知られる。一条院を皇居とした時、中殿は天皇御在所、東対は母后（詮子）の御在所、東北対は中宮彰子、北対は中宮定子、西対は敦成親王の御在所にそれぞれ用いられた。『権記』長保二年七月二十七日条に、一条院で行われた相撲召合せの時の南殿装束について、つぎのように記す。

午刻南殿に御す。その装束、南廂中央間に大床子を立て御座と為す。同廂東第四間御簾を懸る、大床子御座西柱に至り、更に北折母屋床子に到る、同御簾懸る。その内五尺屛風を立つ。御座東一間至り、御屛風を立つ。件間母屋より南廂柱に至り、また御屛風を立つ、女房候所と為す。南廂西第一二三合三間、王卿座を鋪如例准可知、西又庇格子出居座鋪かる、御座西間長押下筵を鋪、内弁座と為す西柱下也、簀子下東殿上人座と為す、西上官座と為す。西対唐廂公卿座右仗座也、東二間少納言并五位外記史座を鋪上有侍従。殿西渡殿北簷所司候後立幄。東西中門南廊を以って、相撲屋と為す、各廊南幄を構え、同相撲幕所と為す。東対唐庇前幔を樹。東対院御在所と為す。幔外殿上人、所衆往還の道と為す。

これによると、南殿南廂は桁行九間、従って母屋は桁行七間、梁行二間、その四面に廂を設け、さらに西又庇が付く。『権記』長保二年二月二十五日条によると、一条院南殿の母屋桁行は紫宸殿より二間減じた七間であったことが知られる。西又庇は出居座であるので、西面柱間は吹放しであろう。南殿は西南に渡殿があり、そこを経て昇殿した。また、南殿西北と西対を繋ぐ西渡殿があった。相撲召合南殿装束の記事で注意されるのは、母屋中央間に床子が置かれていたこと、母屋および南廂は中を隔てる間仕切りがなく、御簾と屛風によって内部を隔てることである。また、母屋東第二間目柱通りとその南の南廂に屛風を立て、その内を女房候所とし、南廂西側を王卿座、西又庇を出居座とし、西面を表向きとすることである。すなわち、一条院南殿は内裏紫宸殿と同様一室のホールであり、南殿西面をハレの儀式の場としていたのである。

五　光源氏の邸宅——二条院および六条院南町の寝殿について

院御所の正殿は前殿あるいは南殿と称され、平安宮内裏紫宸殿と同様に公的儀式を行うホールであった。九世紀になると宇多上皇の朱雀院西宮のように中心建物を寝殿と称する例もあるが、西宮寝殿は中戸により母屋を東西に分け、母屋前面を開放し背面に襖障子を立てていたらしい。こうした寝殿の例に藤原道長の土御門殿寝殿がある。

『源氏物語』における光源氏の邸宅は二条院と二条東の院、および六条院である。つぎに、それらの邸宅について物語に描かれた寝殿の形式を考察し、それと院御所の中心建物である南殿あるいは寝殿と比較する。

(1)　二条院と二条東の院

二条院は光源氏の母桐壷更衣の里邸であり、源氏はそこで生まれた。そこを二条院というのは皇室との関係からであろう。二条院は源氏が元服後に新造された。桐壷巻に、里の殿は、修理職・内匠寮に宣旨くだりて、二なう改め造らせ給ふ。もとの木立、山のたゝずまひ、おもしろき所なるを、池の心広くしなして、めでたく造りのゝしる。

とあり、苑池とともに、朝廷により新造されたのである。二条院の位置は、賢木巻に斎宮の伊勢下向について

暗う出で給ひて、二条より、洞院の大路を折れ給ふほど、二条の院の前なれば、大将の君いとあはれに思されて、榊にさして、

歌を送ったというので、二条大路南、洞院大路に面していた。後に造営された二条東の院は二条院と向かい合わせの地にあるので、二条院は洞院大路の東に位置する。『源氏物語』が書かれた時期には、二条南、西洞院東の地は藤原道長の東三条殿であった。また、二条南、東洞院東の地は万寿二年から四年（一〇二五～二七）に藤原教通の二条殿が営まれたが、それ以前この地にどのような邸宅があったか未詳である。紫式部は二条院の敷地として、後の二条殿の地を想定していたのかも知れない。

二条院は寝殿を中心に東対、西対の名が物語にみえる。若菜巻に、二条院について「対どもは、人々の局々にしたるを、」というので、北対も考えにあったと思われる。東対は正妻である左大臣の女葵の上の御座所であったとおもわれるが、早くに没したので、後に女房達が局とする所になった。西対は紫の上の御座所である。源氏は須磨退居に際して、二条院を紫の上に

贈与した。紫の上は、秋好中宮と今上とともに源氏四十賀の祝宴を二条院寝殿に設けた。その時の装束について若菜巻上に

対どもは、人の局〳〵にしたるを、払ひて、殿上人・諸大夫・院司・下人までの設け、いかめしくさせ給へり。寝殿の放出を、れいの、しつらひて、螺鈿の倚子立てたり。御殿の西の間に、御衣の机十二たてゝ、夏冬の御装。御衾など、例のごとく、むらさきの綾のおほひども、うるはしく見えわたりて、うちの心は、あらはならず。御前に、置物の机ふたつ、香の地の裾濃のおほひしたり。挿頭の台は、沈の花足、こがねの鳥、しろがねの枝にゐたる心ばへなど、淑景舎の御あづかりにて、明石の御方のせさせ給へる、故ふかく、心殊なり。うしろの御屏風四帖は、式部卿の宮なん、せさせ給ひける。いみじく盡くして、れいの四季の絵なれど、めづらしき山水、たんなど、目馴れず、おもしろし。北の壁にそへて、置物の御厨子二よろひ立てゝ、御調度ども、れいのことなり。南の廂に、上達部・左右の大臣・式部卿の宮をはじめたてまつりて、つぎ〳〵は、まして、まゐり給はぬ人なし。舞台の左右に、楽人の平張うちて、西東に、屯食八十具、禄の唐櫃四十、つゞけて立てたり。

と記す。寝殿の放出は寝殿東面の開放された母屋と南廂をいい、その母屋の中央間に螺鈿の椅子を立て、西間に御衣机十二脚を立てたのである。椅子の後に四季屏風（唐絵カ）を立て、母

屋北の壁に添えて威儀の置物御厨子二具を立てた。南廂は上達部、左右大臣、式部卿宮をはじめとした人々の座が設けられた。寝殿は西面に塗籠を設けていた。紫の上は、御願により書写した法華経千部を供養するため、二条院において法華八講を催した。それに先立ち、御座所を寝殿に移した。その御座所について、御法巻に

花散里と聞えし御かた、明石なども、わたり給へり。南ひんがしの戸をあけて、おはします。寝殿の西の塗籠なりけり。北の廂に、かた〴〵の御局どもは、障子ばかりを隔てつゝしたり。

と記す。母屋西側は塗籠で、その南廂を紫の上の居間に室礼し、塗籠北障子の後、北廂を御局に充てた。法華八講は母屋東面で行われたのである。薄雲巻に、明石姫君が大井邸から二条院に移って紫の上の養女になった時、西面を室礼して小さき御調度などを整え、乳母の局には西の渡殿の北を充てたという。西面は寝殿の塗籠であろう。

源氏は須磨明石より帰京後、二十九才の年の二月に内大臣になり、その三月より二条の東に東院を造り始め、二年後の秋に造り終えた。初音巻に、東院を訪れた源氏は、向ひにある二条院の御倉をあけさせて、末摘花に絹・綾などをたてまつらせたとあり、二条院と東院は向い合わせにあった。二条東院は寝殿を中心に西対、東対、北対があった。西対は花散里の御在所であり、寝殿の西渡廊などをかけて政所、家司などの部屋が設けられた。東対は明石の御方の御

在所の用に、北対はことに広く造って、さまざまの女の集ひ住む所とした。寝殿はふたげず、源氏が時々に渡り住むための室礼をさせた、という（松風巻）。寝殿は源氏の休息所として、空けてあったのである。

（2） 六条院南東町（南町）

六条院は、源氏三十四才の秋に着工し、翌年の八月に落成した。源氏太政大臣の時の造営である。はじめ六条殿ともいい、六条院と呼ぶのは正式には源氏が准太上天皇の位を得てからである。南町の中心建物を寝殿というのは、それが臣下の造りであることを示唆する。敷地は六条大路北、京極大路西の方二町を占め、一町ごとに四季の町を造った。源氏と紫の上が住む町は南東町（春御殿）であり、寝殿を中心に東対、西一対、西二対、寝殿と東対および西一対を繋ぐ東渡殿、西渡殿、東・西両中門廊、東・西両釣殿などがあった。北対も想定されていたと思われるが、その名はみえない。南町の寝殿南方は中嶋のある苑池が造られ。南の高い築山に春の花木を植え、前栽に五葉、紅梅、桜、藤、山吹、岩躑躅など春の樹木を植え、また秋の前栽をその中にほのかにまぜていた。

南町は東対を源氏と紫の上の御在所とし、寝殿は晴の儀式に用いるため普段は空けておいて、源氏の居間、私的対面、臨時の御座所などに充てられた。源氏が准太上天皇の位を得た三十九

才の冬、冷泉天皇と朱雀上皇は六条院へ同時行幸御幸になり、紅葉を御覧になられた。南町寝殿に設けた御座について、藤裏葉巻に

御座ふたつよそひて、あるじの御座は下れるを、宣旨ありて、なほさせ給ふほど、めでたく見えたれど、みかどは、なほ、限りあるいや〳〵しさ盡くして、見せたてまつり給はぬ心をなん、おぼしける。

といい、また、南の池で取った魚と、北野の狩で捕った二羽の鳥を左少将と右介が捧げて、寝殿の南階の左右に膝をついて奏したとあり、御座は寝殿の母屋中央に置かれたようである。つぎに述べるように、南町寝殿は母屋西面を放出とするので、母屋中央間とその東間を含む母屋西面を室礼したのであろう。これは康保二年十月に行われた村上天皇の朱雀院行幸をモデルにして書かれたと言われ、南町寝殿は朱雀院柏梁殿に対比される。

翌年正月、源氏四十賀が六条院南町寝殿で行われ、玉鬘は祝賀して若菜を奉った。若菜巻に寝殿装束について、つぎのように記す。

みなみの御殿の西の放出に、お座よそふ。屛風・壁代よりはじめ、新しく、はらひしつらはれたり。うるはしく倚子などは立てず、御地敷四十枚・御茵・脇息など、すべて、その御具ども、いと、清らにせさせ給へり。螺鈿の御厨子二具に、御衣箱四つすゑて、夏冬の御さうぞく、香壷・薬の箱・御硯・泔坏・搔上の箱などやうの物、うち〳〵、清らを盡く

し給へり。御挿頭の台には、沈・紫檀をつくり、めずらしき文目をつくし、おなじき金をも、色、使ひなしたる、心ばへあり、いまめかしく、かんの君、もの丶みやび深く、かどめき給へる人にて、目馴れぬさまにしなし給へり。（後略）

寝殿の西の放出に御座を室礼した。西の放出は寝殿西側の開放された母屋と南廂をいい、源氏の御座は母屋の中央間に敷かれたと思われる。上達部は多く南廂に着座し、源氏より若菜の羹が出され、また、御前で上達部による楽の遊びがあった。同じ年の二月、朱雀院の皇女（女三宮）が六条院南町に渡御した。宮は十四・五才であったが、朱雀院は出家の志が強く源氏に宮の後見を望んだので、源氏は宮を本妻として迎えたのである。源氏は准太上天皇の位にあったので、女御入内の儀式に準じて公卿以下が輿入れの行列に供奉し、朱雀院より調度などを運ばれたという。源氏の心づかいも世の常ならず、正月に若菜まいりし南町寝殿の西放出に宮の御帳を立て、西一対と二対、渡殿をかけて女房の局々にあてた（若菜巻上）。宮の御座所を西対でなく、寝殿の母屋西面に設けたのは皇女であるからであろうか。あるいは源氏の本妻になる方であるからであろうか。宮を迎えた時の様子を

御車寄せたる所に、院渡り給ひて、おろしたてまつり給ふなども、例には違ひたる事どもなり。たゞ人におはすれば、よろずの事、かぎりありて、内裏まゐりにも似ず、

と記し、准太上天皇が女宮を車から下ろすのは、源氏がたゞ人であるからという。六条院は院

号を持つが、基本的には臣下の家作りであり、寝殿を本妻の御座所とするのも、藤原道長の土御門殿と同じである。

同年夏、明石女御（春宮の御方）は東宮の許しを得て、御産のため六条院に里帰りした。若菜巻上に、その御座所について

ひめ宮のおはします御殿の東おもてに、御方はしつらひたり。

とあり、南町寝殿の東面に明石女御の御座所を室礼した。紫の上は、かねてより女三宮に対面したく思っていたが、源氏の許可を得て、明石女御と対面した後、「中の戸」をあけて、女三宮にも対面したとある。この「中の戸」は南廂に立てた中の御障子であり、その柱筋で母屋は東西に隔てられていたと考えられる。翌年二月、明石女御は母の居る北西町の中の対に移り、そこで男子を出産した。そして六日後に、明石女御は母とともに、女三宮の居る寝殿の東面に移った。この寝殿東おもてはどのような所であろうか。女御の若宮産養はそこで行われたので、母屋東面に女御の御帳が置かれたと推察される。若菜巻上に、女三宮の御方に居た源氏は、「中の御障子」より明石女御方に渡ると、そこに女御の母（明石上）が居て、入道の消息を女御に聞かせているところであった。明石上は消息を入れる文箱を隠さないで、御几帳を引き寄せて、几帳のうしろに隠れたという。この中の御障子は南廂に立てた障子である。また、源氏が御几帳を引きやると、明石上は「母屋の柱」に寄り掛かっていたという。母屋と南廂の間は塗

籠のように障子もしくは壁で隔てるのではなく、開放されていたようである。なお、横笛巻に、夕霧が源氏を訪問して六条院南町の東対に行くと、源氏は明石女御方に居て留守であった。明石女御の三宮（匂）が夕霧を見つけて、宮を母の所へ抱いて行けという。明石女御方へ行くと、女御の二宮と女三宮の若君（薫）がそこで遊んでいたので、女御の部屋の「隅の間」辺に匂を下ろしたとある。源氏はその「隅の間」について、「みぐるしき、かる〴〵しき、公卿の御座なり。あなたにこそ、」といって、東対に行きましょうと言ったという。寝殿の東廂は女房達が居て、公卿座にあてられなかったのであろう。「隅の間」は南東隅の庇間であろうか。明石女御の居る寝殿東面に関するこれらの記述によると、母屋東おもては塗籠のように閉鎖的空間ではなかったようである。そこは、『紫式部日記』にみえる土御門殿寝殿の母屋西面にある倫子の居間に相当する所であったのではないだろうか。土御門殿の寝殿は母屋東面を晴の儀式に用い、また子女がお産のため内裏から里帰りした時など臨時の御座所に充てられた。六条院南町の寝殿は母屋西面を晴の儀式に用い、東面を源氏の居間に充てていたが、女三宮を本妻に迎えた後、寝殿の母屋西面に宮の御座所を設け、東面は臨時の御座所に充てられたのである。

さて、六条院南町は東向きに正門を開き、寝殿西面を晴の儀式の場とする。寝殿の晴向きを正門側に設けない点は朱雀院西宮および土御門殿と同じである(2)。これに対して、内裏の紫宸殿、冷然院正殿および一条大宮院南殿は正門側を晴の儀式の場に充てていた。これは、晴と褻の概念が成立する以前の十世紀から十一世紀初め頃の前殿（南殿）と寝殿の相異であるように思われる。土御門殿の寝殿が奥向きを晴の場とするのは、奥向きにある東対が主人の御在所であり、その南面が儀式に用いられたからではないだろうか。いいかえると、寝殿東面と東対南面が儀式の場として考えられていたのである。これを藤原頼通が関白の時、長暦二年から長久四年（一〇三八～四三）にかけて造営した東三条殿と比べると、寝殿の平面形式は大きく異なる。東三条殿は寝殿を中心に東対、北対、東北対が建てられたが、西対は設けられなかった。正門は西洞院に面して西向きに開く。寝殿は母屋が六間に二間の大きさで、母屋西面四間を昼御座所、東二間を塗籠とし、母屋四面に廂を廻らし、西と北両面に孫庇を付けていた。寝殿西面は大饗など晴の儀式を行う場であった。また、東対は南面で吉書御覧、臨時客など中小の儀式が行われた。すなわち、平安時代末の東三条殿は西の晴向きに寝殿の儀式空間を設けていた。これは土御門殿の寝殿と異なる点である。なお、長和五年（一〇一六）七月二十日の罹災後に再建された土御門殿は寝殿の西面を晴の儀式の場としていた(3)。

一方、平安宮内裏は紫宸殿の奥向きにある仁寿殿（寝殿）もしくは清涼殿を天皇の御所とし、冷然院は南殿の奥向きにある北殿（寝殿）もしくは新成殿（東対）を上皇の御在所に充てていた。また、朱雀院西宮は寝殿の奥にある東対を院御所とし、土御門殿は寝殿の奥にある東対を道長夫妻の御在所に充てた。これに対して、六条院南町は表向きにある東対を源氏と紫の上の御在所とする。この相異は何を意味するのであろうか。寝殿の西面は後に女三宮の御座所に充てられ、西対は女房達の局とされた。寝殿と西対をこのように用いることは、あらかじめ想定されていたのかもしれない。

源氏四十七才の正月二十日頃、六条院南町寝殿で女楽があった。その年二月に行う予定の朱雀院五十御賀における楽の拍子合わせである。その日の寝殿装束について若菜巻下に

廂の、中の御障子をはなちて、こなたかなた、御几帳ばかりをけぢめにて、中の間は、院のおはしますべき御座よそひたり。

と記す。寝殿南廂は中障子を放って御几帳だけで仕切り、南廂中間に源氏の御座を設けた。南廂は格子を内に釣上げて御簾を下ろして一室とし、寝殿をホールに見立てた室礼である。南廂の内は敷物を並べ、南町に住む紫の上、明石女御、明石御方、女三宮とそれぞれが選んだ女房と女童達が衣装を飾ってその内に坐った。源氏は明石の御方に琵琶、紫の上に和琴、女御の君に箏の御琴、宮に手馴れた琴をそれぞれ渡した。この日の女楽のしらべは大変すばらしかったので、大将（夕霧）は拍子をとって唱和し、源氏も扇で拍子を取りつつ歌った。殿前に植えた梅の花の匂いと御簾の内の衣の薫りは風に吹き寄せられて御殿のあたりに匂っていたという。

源氏五十才の夏に、入道した女三宮の御持仏の開眼供養が盛大に行われた。宮の御帳台を念誦堂に仕立てたのである。鈴虫巻に

よるの御帳の帷子を、四面ながらあげて、うしろの方に、法花の曼荼羅かけたてまつりて、しろがねの花がめに、高くこと〴〵しき、花の色をとゝのへてたてまつり、名香に、唐の百歩の、くぬえ香をたき給へり。阿弥陀仏、脇士の菩薩、をの〳〵白檀して作りたてまつりたる、こまかにうつくしげなり。

とある。持仏堂を飾り終わると、講師が参上、行道の人々は寝殿に集まった。源氏は寝殿の西面に行き、宮の居る西の廂をのぞくと、狭いところに女房五六十人ばかりが集まり、北の廂の簀子まで女童などがさまよっていた。源氏は、母屋北面の御障子を取り放って、御簾を懸けさせ、北廂に女房達を入れさせた。御座所の西廂と北廂を聴聞所としたのである。

以上、光源氏が元服後に造営された二条院は寝殿に塗籠を設けており、寝殿は源氏の御在所と推定される。西対は紫の上の御座所であった。源氏が内大臣の時に造営した二条東の院は西対に花散里を住まわせ、東対を明石の御方の御在所に考えていた。寝殿は源氏が時々に渡り住むための室礼をさせたというので、母屋内部を中戸で隔てる形式を考えていたのかもしれない。六条院は源氏が太政大臣のときに造営した邸宅である。はじめ六条殿ともいわれ、院の名が定まるのは准太上天皇の位を得てからである。南町の東対は源氏と紫の上の御在所であり、寝殿は母屋西面（四間）を晴の儀式に用い、東面（一間ないし二間）を源氏の居間に充てるため、母屋と南廂の内部を中戸により東西に仕切る形式を想定していたと思われる。西面と東面の母屋は前面を開放し、北面に障子を立てて北廂と隔てていたと思われる。この形式の寝殿は朱雀院西宮および藤原道長の土御門殿の寝殿にみられる。六条院は院御所の格式ではなく、やや略式の上層貴族の邸宅を想定していたのではないかと推測される。

注

（1）池浩三『源氏物語―その住まいの世界―』中央公論美術出版、一九八九年。

（2）藤原師輔の東一条第は西面を礼とし、寝殿母屋東面に昼御帳を置いていた。『御産部類記』天暦四年七月二十三日条に引く「九条殿記」参照。

（3）『左経記』万寿二年正月二十日条参照。

参考文献

太田清六『寝殿造の研究』吉川弘文館、一九八七年。
朧谷寿・加納重文・高橋康夫編『平安京の邸第』望稜舎、一九八七年。
日向一雅『源氏物語の世界』岩波新書、二〇〇四年。
拙稿『平安宮内裏の研究』中央公論美術出版、一九九〇年。

皇権の空間――光源氏物語の風景再現

小山利彦

一　はじめに

光源氏物語における院・邸第・殿舎は基底に平安京の空間が活かされて、物語の風景が形成されている。殊に平安京やその周辺における発掘資料は、史実に加えて物語空間を理解する上で非常に有益である。漢詩文・和歌・物語・説話で高名な舞台となった、雲林院・嵯峨院庭園名古曽の滝跡の発掘資料(1)も刊行された。筆者も研究に活用している。雲林院跡は苑池に迫り出した水閣跡が出土し、歌学書において記載されている歌枕としての風景とも異質なデータが指摘されている。(2)また四町の広さを有する雲林院は大宮大路北延長路とどのような位置関係にあったのかについても、発掘によって新たな実態を導くことができる。これまでの大宮大路北延長路の東に接していたとは認めることができず、雲林院の東西中央部の南門から北上する道の位置付けであったと推定される。嵯峨院の名古曽の滝を中心にした庭園においても、一般的に

理解している落差のある滝を想定できない地形であることを明らかにしている。(3)

さらに平安京内の発掘調査が行われ、京都市埋蔵文化財研究所等から報告書が公にされている。京都市考古資料館で入手できる「リーフレット京都」という命名された発掘ニュースパンフレットも、早急な報告資料として便宜である。これらは当研究所の創立記念として二〇周年(一九九六年)・二五周年(二〇〇一年)・三〇周年(二〇〇六年)に際して、『つちの中の京都』三冊にまとめられて、それらによって発掘活動の成果が通観できる。

本稿では平安京の心臓部に当たる大内裏・内裏の遺跡、そして中軸線としての大内裏の正門たる朱雀門からまっすぐ南に伸びる朱雀大路の周辺の政庁殿舎に視点を置いてみる。皇権祭政の中心空間として、『源氏物語』においても大極殿・紫宸殿・清涼殿・後宮・朱雀院・冷泉院・大学寮・鴻臚館などは重要な物語空間を形成している。殊に紙幅の関係で、大内裏・内裏の発掘資料を注視して考察を重ねてみたい。平安京と現在の京都市は殊に東西の位置関係でかなりの移動が認められる。

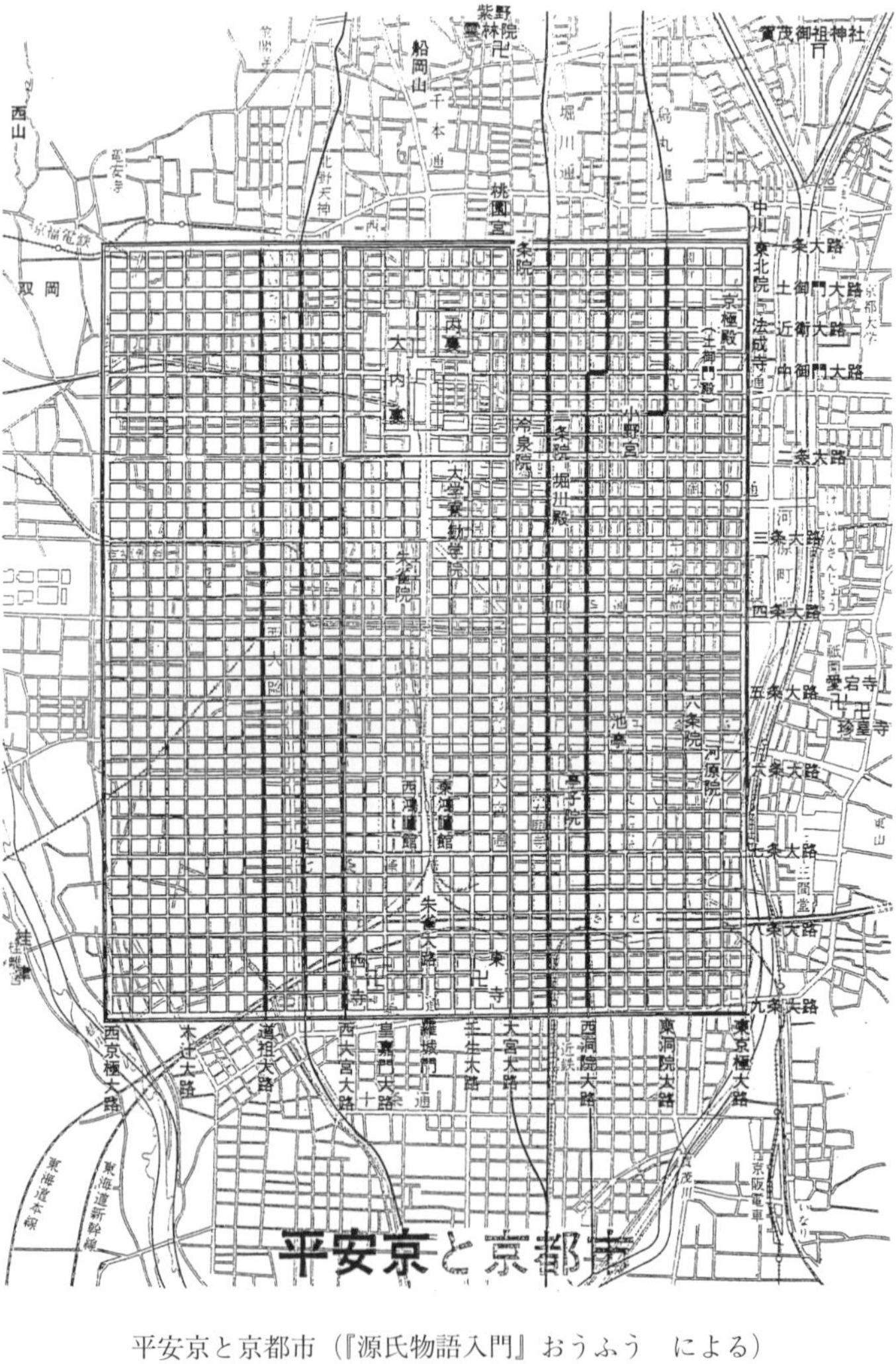

平安京と京都市（『源氏物語入門』おうふう　による）

二　大内裏の時空と源氏物語

大内裏は東西を両大宮大路に、南北を一条大路から二条大路に囲まれた、東西約一キロメートル、南北約一・四キロメートルの縦に長い空間である。朝堂院・豊楽院さらに二官八省の官衙が建ち並び、天皇の居住・祭政用空間である内裏の殿舎が美麗に整備された宮域となっていた。(4)東西の中軸線上に位置している殿舎が、大内裏の正殿にあたる、朝堂院である。院内の中枢部は北側の一段と高い、龍尾壇（『年中行事絵巻』では「龍尾道」となっている）上に建っている大極殿である。平安京最大のこの殿舎は遷都時の延暦十三年（七九四）十月に完成していたわけではない。ようやく、延暦十五年の正月朔日になって桓武天皇がこの大極殿で、群臣の朝賀を受けている。平安京の造営職が廃止されたのは延暦二十四年（八〇五）のことで、ここの時点ですら平安宮の造営は完成していなかった。急な山城国への遷都や、民衆の疲弊という事情などがあったことが、『日本後紀』においても窺い知ることができる。弘仁六年（八一五）朝堂院修理のために尾張・三河・美濃・越前等の諸国から役民が召し出され、大修理が行なわれている。(5)大内裏の殿舎や諸門も弘仁九年（八一八）に唐風な名称に攻められ、嵯峨天皇・空海・橘逸勢といういわゆる三筆が諸門の額を書いたとされている。平城上皇による平城京還都を越えて、嵯峨天皇が体制を回復した成果として、ようやく平安宮も整備されたのである。平安京発掘資料は基本的文献として『平安京提要』に集約されている。その後、京都市埋蔵文化財研究所・京都市考古資料館・京都市歴史資料館等の展示、発掘成果の報告によって、大内裏の建築実態がより明白となる。

現在上京区千本通丸太町上る西側に建っている、内野児童公園内の『大極殿遺阯』の大きな石碑も、大極殿の正しい位置ではないことが明確となった。現在位置で言えば、千本通丸太町の交差点附近が大極殿の位置であることが証明された。大内裏の正殿である大極殿は現在前掲の交差点、千本通丸太町西入る北側に建つ『平安宮朝堂院跡』碑、東入る南側に設置された『朝堂院説明板』に囲まれた空間の方に大極殿が聳え、龍尾壇が広がっていたと推定される。

千本通丸太町交差点のさらに北方、千本丸太町上る東側の地点では大極殿北面回廊跡では壇上積基壇が確認されている。凝灰岩の切石を使用している。大極殿基壇南縁の新発見である。梶川敏夫氏はこの発掘成果(6)を活かして、『平安京図会　復元模型の巻』において「大極殿復元図」を制作している。従来考えられていたのは、入母屋造りか寄棟造りの単層の殿舎ということであった。しかし発掘資料によって重層の入母屋造に復元している。京都市埋蔵文化財研究所における判断根拠として、発掘情況とともに、今日縮小して模した建造物である平安神宮の規模をも考慮しているものと思われる。大極殿は東大寺大仏殿約四十五メートルに続く高さを

大内裏朱雀門跡碑

平安宮豊楽殿跡碑

内野児童公園内
『大極殿遺阯』碑

千本通丸太町東入る『朝堂院説明板』

応天門を模した平安神宮神門

大極殿を模した平安神宮（蒼龍楼方向）

誇っていたと見なされ、平安神宮の神殿の高さは説明板の数字では五十四尺即ち十六メートル強である。(7) 龍尾壇に当る部分までの高さもあるし、現在の平安神宮は二十メートル近いと推測される。とすれば、往時の大極殿は平安神宮の高さの二倍ほどの高さを有するわけで、大層な高さを誇っていたわけで、屋根も重層と考えた方が合理的である。

大内裏遺跡発掘における一大発見として、その正殿たる朝堂院の大極殿が解明されたことは前述の通りで、殿舎の基壇の凝灰岩を用いた切石が掘り出されている。最重要の宮中祭祀が執り行われている聖空間である。龍尾壇の南域には東側に昌福堂・含章堂・承光堂・明礼堂、西側に延休堂・含嘉堂・顕章堂・延禄堂、南側に暉章堂・修式堂・康楽堂・永寧堂といわれる朝堂十二堂が並んでいる。それらの南門が会昌門である。その前には貴族達の参集に際して使用する東西の朝集堂がある。さらに朝堂院全体の南の正門が応天門で、重層の建造物として梶川敏夫氏の作画に描かれている。ここが大内裏全体の正門として朱雀門が聳え、朱雀大路に通じているのである。国宝『伴大納言絵詞』では応天門の火災見物に都人が駆け抜けていく、朱雀門周辺が描かれている。いわゆる貞観八年（八六六）閏三月一〇日の応天門の変を描いた絵巻である。

この朝堂院は国家的重要儀式が催される施設であるが、西隣にそうした儀式に伴う、饗宴を催す施設として豊楽院がある。この院の中心である豊楽殿が、昭和六十二年（一九八七）に発掘調査された。(8) 平成六年（一九九四）建都千二百年記念行事として催された「甦る平安京」という企画展では豊楽殿から出土した、鬼瓦・鳳凰のレリーフを有する鴟尾《しび》と鴟尾復元模型・緑釉軒先瓦等が展示されていて、平成十七年（二〇〇五）六月九日に国指定重要文化財に選定されている、という。豊楽殿跡も平成二年（一九九〇）に国の史跡指定を受け、市有地として保存されている、ということである。それ故、この殿舎を参考にして、朝堂院そしてその正殿たる大極殿を探る重要な参考資料ともなっている。本稿でもその史跡の写真を掲載している。平安宮豊楽殿跡出土品については、国の重要文化財指定を受けた年の京都市埋蔵文化財研究所で発行している『リーフレット京都』の二〇〇号において、写真掲載並びに解説を添えている。この資料は京都市埋蔵文化財研究所創立三十周年記念版として刊行された、『つちの中の京都3』（ユニプラン）に収録されている。写真資料として京都アスニーで発行している『平安京図会　復元模型の巻』において、写真と解説が加えられている。大極殿と対をなす天皇制下の重要施設として、屋根・柱などにもふさわしい権威を示す趣向が取り入れられている。豊楽殿の北隣には清暑堂があり、即位儀式である大嘗会に際して、御神楽などを奉奏される聖域でもあった。天皇の高御座なども備えられ、天皇の聖性・権威を発揮する晴れの場である。全体像として発掘空間が乏しい、大極殿の発掘情況を理解する上でも、参考資料を提供している重要史跡である。

『源氏物語』において、天皇制の聖性・権威・律令政治の頂点としての朝堂院の正殿たる大極殿を登場させているのは、絵合の巻である。冷泉帝の後宮において梅壺女御方と弘徽殿女御方との間で、絵合による寵愛競べが催されることになる。梅壺女御は六条御息所の一人娘で伊勢斎宮を務めて、光源氏の内大臣の養女として入内している。弘徽殿女御は現在光源氏に続く権力者である、権中納言の后がねである。表向き、二后の間での風流競べとは言いながら、一方では後見たる光源氏と権中納言の権力闘争の意味を含んでいる(9)。須磨・明石両巻の絵日記や物語合に注目した研究が多い。本稿では朱雀院が斎宮を務めた梅壺女御に贈った、年中行事絵を注視してみる。

院にもかかること聞かせたまひて、梅壺に御絵ども奉らせたまへり。

年の内の節会どものおもしろく興あるを、昔の上手どものとりどりに描けるに、延喜の御手づから事の心書かせたまへるに、またわが御世のことも描かせたまへる巻に、かの斎宮の下りたまひし日の大極殿の儀式、御心にしみて思しければ、描くべきやうくはしく仰せられて、公茂《きむもち》が仕うまつれるがいといみじきを奉らせたまへり。艶に透きたる沈《ぢん》の箱に、同じき心葉《こころば》のさまなどいといまめかし。御消息《せうそこ》はただ言葉にて、院の殿上にさぶらふ左近中将を御使にてあり。かの大極殿の御輿寄せたる所の神々しきに、

身こそかくしめのほかなれそのかみの心のうちを忘れしもせず

とのみあり。聞こえたまはざらむもいとかたじけなければ、苦しう思しながら、昔の御髪ざしの端をいささか折りて、

しめのうちは昔にあらぬ心地して神代のことも今ぞ恋しき

とて、縹《はなだ》の唐の紙につつみて参らせたまふ。御使の禄などいとなまめかし。

朱雀院が梅壺女御の許にいろいろな絵を与えている。四季折々の節会の有様を昔の名人が最高の筆をふるい、醍醐天皇が御自身で詞書をお書きあそばした絵巻に加えて、朱雀帝の御代の宮中行事絵も制作していた。斎宮その人の下向に際しての、大極殿の儀式も含まれていた。朱雀帝が斎宮に与えた別れの御櫛を少し折って三十一文字を返している、というものである。皇祖神である天照大神に対し、帝の御杖代として下向するに際して、大極殿に斎宮の御輿を寄せた有様を描いた、宮中行事絵も入っていたのである。

天皇親政の御代は祭政が皇権の聖性を担っている。朱雀帝の御代では前代の桐壺帝と比して、宮中行事が少ない。そんな中で即位に関わる賀茂祭御禊と伊勢斎宮への下向が注目される。賀茂祭は皇城地主神に対する帝の御杖代としての斎院御禊で、即位後最初の祭祀として、重い意味を担っている。斎院には同じ弘徽殿大后腹の女三の宮を卜定しており、朱雀帝・右大臣側の格別の配慮が窺える。斎宮には六条御息所腹の姫君である。その姫の伊勢下向は賢木の巻で、年齢としては十四歳のことである。皇族や高級貴族の姫君であれば、結婚適齢期のはずである。

朱雀後宮へ入内しても良いはずの姫君が、皇祖神天照大神へ帝の御杖代として奉仕するという、聖なる役割を務めている。しかしながら視角を変えれば、尊貴な姫君の貴種流離譚である。同じように神に仕える身として結婚や仏教も禁忌としながらも、斎院は都の内、斎宮は遠く伊勢へ下向して大層鄙びた世界に身を置かねばならないし、苛酷さでは比較にならない。朱雀帝から賜わった別れの御櫛の重さも、いっそう偲ばれる。朱雀帝も院となって、和歌で「注連《しめ》の外《ほか》」と詠む身の上と転じていても、「そのかみの心のうちを」ということで、皇祖神にお仕えしていた斎宮としての神聖なお身の上であった昔を深く心奥に刻んでいる。対する斎宮女御の答歌も同様に、「神代のこと」即ち斎宮であった神聖な身の上を今となっても大切に心に留めているのである。その儀式絵は朱雀帝自らが指図あそばして、巨勢公茂に描かせている、と語っている。公茂は『古今著聞集』巻第十一「巨勢公忠自畫の屏風に必ず署名せし事」の説話では、「帥の大臣」即ち藤原伊周と共に記されているので、一条朝の絵師と推定できる。画には大極殿に寄せる斎宮の御輿が、「神々しき」までに描かれていた。

前述のように大極殿は天皇制祭政の中心にあたる朝堂院（大内裏）の正殿であり、平安京最大の殿舎である。その建築様式を踏襲する平安神宮の社殿の二倍以上の、四十メートルを超える重層の巨大建築物であった、と推定されている。それが龍尾壇（道）という一段と高い、祭祀を催す聖場の上に建っている。龍尾壇の下方には親王皇族の座である延休堂や、大臣の侍する昌福堂、大納言・中納言・参議の侍する含章堂など、皇族・皇臣が居並ぶ十二堂が建ち並んでいる。物語の描写によれば、斎宮の御輿は龍尾壇に登り、さらに帝の高御座の置かれた大極殿に寄せたとある。皇族・斎宮は高官の目を集めながら一段と高い聖場において、帝から別れの御櫛を賜わっているのである。後にこの場面が宮中行事絵巻として描かれ、典範として伝承されていることになる。賢木の巻において描かれる大極殿別れの櫛の儀の段階では、「物見車多かる日なり」とは記されるものの、視点は斎宮の母六条御息所の方に重きがある。中間部に斎宮の周辺の描写が挟まれている。

斎宮十四になりたまひける。いとうつくしうおはするさまを、うるはしうしたてたてまつりたまへるぞ、いとゆゆしきまで見えたまふを、帝御心動きて、別れの櫛奉りたまふほど、いとあはれにてしほたれさせたまひぬ。

出でたまふを待ちたてまつるとて、八省に立てつづけたる出車《いだしぐるま》どもの袖口、色あひも、目馴れぬさまに心にくきけしきなれば、殿上人どもも、私の別れ惜しむ多かり。

斎宮は十四歳であり、その身の上に思いを馳せれば、朱雀帝は我が身の御杖代として別れの御櫛を賜わることの複雑な心情に、万感迫るものがある。供奉する女房達の色あいも美事な趣向の出車は、「八省」院に並び立っている。八省院は物語唯一の言説である。嵯峨朝の弘仁年間朝堂院の別称として八省院を用いるようになる。一般読者が光源氏と六条御息所との悲劇的別離を注視する詞章の中に、斎宮下向の大極殿別れの御櫛の儀が、改まった格調高い行間において語られている。この宮中行事が絵合の巻で格式ある絵（巻）として披露される。帝の御杖代として皇祖神にお仕えした重さは、斎宮女御に対する冷泉帝の寵愛を減ずるものでないのは当然である。

さらにこの別れの御櫛はその後の物語展開に関わってくる。若菜上巻において朱雀院が鍾愛して止まなかった第三皇女、女三の宮の裳着が行なわれる。斎宮女御も絵合において勝利を得て、中宮となっている。女三の宮はちょうど、秋好中宮が斎宮下向した位の年齢を迎えている。朱雀院出家後後見のことも考慮して、六条院光源氏への輿入れを決意するのである。冷泉帝・東宮をはじめとして稀に見る「いかめしき御いそぎ」となっていた。腰結役は太政大臣である。秋好中宮からは衣裳・櫛の箱が届いている。

　中宮よりも、御装束、櫛の箱心ことに調ぜさせたまひて、かの昔の御髪上《みぐしあげ》の具、ゆゑあるさまに改め加へて、さすがにもとの心ばへも失はず、それと見せて、その日の夕つ方奉れさせたまふ。宮（中宮のこと）の権亮《ごんのすけ》、院（朱雀院のこと）の殿上にもさぶらふを御使にて、姫宮御方（女三の宮のこと）に参らすべくのたまはせつれど、かかる言《こと》ぞ中にありける。

（中宮）
　さしながら昔を今につたふれば玉の小櫛《をぐし》ぞ神さびにける

院御覧じつけて、あはれに思し出でらるることもありけり。あえものけしうはあらじと譲

りきこえたまへるほど、げに面だたしき簪《かむざし》なれば、御返りも、昔のあはれをばさしおきて、

（朱雀院）さしつぎに見るものにもが万代《よろづよ》をつげの小櫛の神さぶるまで

とぞ祝ひきこえたまへる。

秋好中宮から女三の宮に贈られた「御髪上の具」は単なる装身具としての櫛ではなく、大極殿における神聖な祭具としての別れの御櫛なのである。皇祖神にお仕えして、さらに冷泉後宮に入内して、絵合において宮中行事絵（巻）として寵愛競べにも勝利して立后に至るという人生。女君の生き方として頂点に辿り着くことのできたシンボルが、「神さび」た「玉の小櫛」である。中宮も女三の宮の裳着に際して、最高の贈り物を返している。別れの御櫛のもう一方の対象が朱雀院である。院の答歌においても、その「柘植の小櫛」にあやかって、「万代」の幸運を待ち望んでいるわけである。あの斎宮下向に際しての大極殿での別れの御櫛の儀は、天皇政治において頂点に立つ大内裏の正殿における儀式として、物語展開に大いなる重さを示現しているもの、と思われる。

三　内裏の時空と源氏物語

内裏は平安宮である大内裏における、天皇の居住空間である。桓武天皇が平安京に遷都して

内裏内郭回廊跡
（梶川敏夫氏提供資料）

居住することになるので、大内裏の中では最も早く完成している。それが天徳四年（九六〇）九月二十三日に焼亡して以来、何度も再建と焼亡を繰り返している。現在西陣などの住宅密集地域にあり、位置の確実な実証はなかなか進んではいない。しかし『平安博物館研究紀要』第三輯などに平安京内裏内郭回廊跡の調査報告[10]がなされている。上京区下立売通土屋町西入南側に「平安京内裏内郭回廊跡」の石碑が建っている。西縁の基壇跡約二十七メートルが発掘されている（写真）。また下立売通浄福寺西入南側に、「平安宮内裏承明門跡」の碑が建っている。地鎮遺構として祭具が発見されている。輪宝や橛などである。

「承明門雨落溝と地鎮遺構」は、『平安京提要』口絵9において掲載されている。承明門は紫宸殿の南庭への入口の正門である。紫宸殿は内裏の晴の正殿である。村上朝の天徳四年（九六〇）九月二十三日の内裏焼亡を初めとして、円融朝でも貞元元年（九七六）、天元五年（九八二）に焼失している。『源氏物語』制作時の御代、一条朝でも永祚元年（九八三）八月十三日に殿舎が倒壊したり、正暦五年（九九四）二月一日には弘徽殿や藤壺が放火に遇っている。さらに長保元年（九九九）六月十四日、長保三年（一〇〇一）十一月十八日や、寛弘二年（一〇〇五）十一月十五日などに内裏が炎上している。殊に寛弘二年の罹災では神鏡が被災して、宮中には大いに動揺している。(11)ともかく十数回の罹災に遇いながらもこの紫宸殿を中心にした内裏は再建されている。天皇制律令政治の中心であった大内裏、その中の大極殿から内裏の紫宸殿に宮中行事の場が移って来ているのである。

現在の京都御所も紫宸殿に天皇即位のシンボルである高御座が据えられている。往時はその周囲に天皇の徳政を補佐する君臣をイメージしている、「賢聖の障子」が設けられていたのである。紫宸殿前の空間南庭には左近の桜・右近の橘が植栽され、祭政が営まれる。その南庭の正門は承明門で、その南に内裏の正門である四足門様式の建礼門が偉容を誇っている。葵祭や時代祭の宮中進発の場所とされている。本章で注視している内裏発掘遺跡は、そうした紫宸殿の南庭正門、承明門の周辺を再現したことになるのである。正に皇権の心臓部がようやく地中から浮かび出たということになる。今日の京都の地名が経済性・政治力中心の呼び方が踏襲されているようで、王朝の空間まで溯上するようにはなっていない。その空間の中世期の名称、即ち応仁の乱における西軍の陣地を示す語である「西陣」が、地域の地名となっている。現代の京都の代表産業の名称である織物業を優先してのことであろう。王朝の遺跡調査の総本山の一所であるである京都市考古資料館の入口にも、堂々たる「西陣」の碑が建てられている。こ

紫宸殿の高御座（正面）と御帳台（右）

承明門で舞う万歳楽

の場所は「今出川通大宮東入」の住所であれば、大内裏の東側を示す、「大宮大路」の説明板でも欲しいというのが筆者の思いである。大宮大路は葵祭の還さの路程であり、『枕草子』で清少納言が胸をはずませた、紫野斎院そして雲林院・知足院そして賀茂別雷神社に辿り着くという、皇権に関わる王朝期の路程であったはずである。[12] 内裏図と、内裏の宮中行事の聖場であった正殿として高御座を据える紫宸殿、左近の桜と右近の橘を植栽とした南庭の正門である承明門、そして殿上の間や上御局を備えた天皇の日常空間としての清涼殿を紹介してみる。

『源氏物語』において紫宸殿が見事に描かれる場面は、花宴の巻である。

二月の二十日あまり、南殿の桜の宴せさせたまふ。后、春宮の御局、左右にして参う上りたまふ。弘徽殿女御、中宮のかくておはするを、をりふしごとに安からず思せど、物見にはえ過ぐしたまはで参りたまふ。日いとよく晴れて、空のけしき、鳥の声も心地よげなるに、親王たち、上達部よりはじめて、その道のは、みな探韻賜はりて文作りたまふ。宰相中将、「春といふ文字賜はれり」とのたまふ声さへ、例の、人にことなり。次に頭中将、人の目移しもただならずおぼゆべかめれど、いとめやすくもてしづめて、声づかひなど、ものものしくすぐれたり。さての人々は、みな臆しがちにはなじろめる多かり。地下の人は、まして、帝、春宮の御才かしこくすぐれておはします、かかる方にやむごとなき人多くものしたまふころなるに、恥づかしく、はるばるとくもりなき庭に立ち出づるほど、は

年中行事の障子から清涼殿昼の御座を望む

清涼殿上の御局を望む

したなくて、やすきことなれど苦しげなり。（以下略）

春爛漫の紫宸殿の左近の桜を賞でる宴である。桐壺帝後宮の藤壺中宮や弘徽殿女御、そして親王・上達部もそろって参集している。まず詩文を詠む催しをしている。宰相中将たる光源氏や、頭中将なども立派に漢才を発揮している。正に聖代として、後代の範を垂れる桐壺帝の御代を飾る催しとなっている。その晴れの舞台が「はるばるとくもりなき」南庭なのである。発掘された承明門跡から望み見る南庭そして左近の桜・右近の橘を前にした、壮麗な紫宸殿の風景なのである。高御座の左右には左（東）に東宮後の朱雀帝、右（西）に藤壺中宮の座する御帳台が据えられていたのである。その前で光源氏は漢才を披露するとともに、大曲、春鶯囀を舞うのである。読者も関心の高い場面である。[13]『教訓抄』に記される立太子の日にこの曲を奏すれば、必ず鶯が飛んで来るという故事を重視して、『源氏物語』においても即位をひかえる東宮（後の朱雀帝）のための舞楽と理解する見解もある。しかしあくまでも花宴の巻は、聖帝桐壺帝の御代の総括となる物語である。それ故、史実における仁明朝の承和十二年（八四五）における百十余歳の老翁、尾張浜主が大極殿前で和風長寿楽の曲を敷いて舞った春鶯囀の故事を、[14]紫宸殿に舞台を転じて描いていることに注視したい。大内裏の正殿である大極殿での舞を、一条朝では祭政の中心となる、内裏の正殿である紫宸殿に移し変えている。

また光源氏は宴後の月の美しさに魅かれて、後宮の藤壺を訪れようとしたが戸口は閉っている。それで向いの弘徽殿細殿に紛れ込んでしまう。弘徽殿の女御は清涼殿の上の御局にそのまま上がっていたため、女房達の気配も少ない。そこで「朧月夜に似るものぞなき」と口誦さんで近寄ってくる、高貴な姫君と契ってしまう。その姫君こそは兄東宮への入内を予定されている、弘徽殿の妹君、朧月夜である。この場面では清涼殿の上の御局、そして近い距離にあり向い合っている後宮七殿五舎の代表的殿舎、飛香舎別名藤壺と弘徽殿が見事に物語の中に組み入れられているのである。

この後宮七殿の一つ、承香殿は玉鬘が尚侍として参内する際に、その東面を局にしている。凝華舎、別名梅壺は斎宮女御、後の秋好中宮の局となっている。麗景殿は物語の上で殿舎としては描かれないが、花散里の姉君が麗景殿女御である。後宮五舎の一つ梨壺、即ち昭陽舎は東宮（後の冷泉帝）の居所となっている。その北隣の桐壺、即ち淑景舎は源氏の母桐壺更衣の局であり、後に光源氏の居所にもなる。桐壺の巻において、

御局は桐壺なり

と語られることで、往時の更衣の境遇が偲ばれるのである。桐壺は内裏の北東隅に位置しており、帝の日常の殿舎である清涼殿からは最も離れた局ということになる。その桐壺を局とする女君は更衣という低いランクの后位でありながら、最高の帝寵を受け、他の后たちの目障りとなってしまい、女君達の嫉妬を受けることになる。そんな身の上を少しでも庇護するために、

清涼殿の中に上の御局を与えるのである。内裏・後宮という空間で、女御・更衣あまたさぶらひける云々という、物語設定がすこぶる手際良く展開されて行く。そうした見事な紫式部の表現手法を注視したいのである。

末筆ながら、平安京の大内裏周辺発掘資料の提供に与かったことに対し、京都市文化財保護課の梶川敏夫氏の御厚情に御礼申し上げたい。

注

（1）京都文化博物館研究報告第15集『雲林院跡』と、『史跡 大覚寺御所跡 発掘調査報告』等が刊行されている。

（2）拙稿「地理—雲林院・紫野斎院そして賀茂の御手洗を軸に—」講座源氏物語研究第二巻『源氏物語とその時代』（おうふう、二〇〇六年）所収において指摘している。

（3）拙稿「嵯峨御堂の『滝殿』—光源氏皇権への連関」（永井和子編『源氏物語へ源氏物語から』笠間書院）所収において指摘している。

（4）造宮職の廃止は『日本後紀』延暦二十四年（八〇五）十二月一〇日条の記事に記されている。翌大同元年（八〇六）二月三日条において造宮職を木工頭に合併し、担当の史生も増員している。

（5）朝堂院修理のための役民は『日本後紀』によると、二万人に近い員数が集められている。大極殿は平安京最大の殿舎である。

（6）梶川氏は『平安京講話』（財・京都市生涯学習振興財団）所収「京都市の埋蔵文化財最前線」において、「平安宮大極殿北回廊跡発掘調査」のキャプションによる写真を呈示している。隣には「豊楽殿復原図」の想定画を呈示している。なお、大内裏図については梶川論文「考古学から見た平安京」における図6の大内裏周辺の鳥瞰図（21ページ）や、図5の平安宮復元の図（20ページ）を参照のこと。

（7）平安神宮の掲示では平安京の大極殿の約二分の一、千本通丸太町上る西の内野児童公園に建つ「大極殿遺阯」の説明板では約三分の二と記している。

（8）京都市生涯学習総合センター（京都アスニー）内には平安宮造酒司跡を保存している。さらに豊楽殿復元模型や、豊楽殿から出土した鳳凰文《ほうおうもん》の鴟尾《しび》を復元した模型を展示している。

（9）絵合の巻における絵合については絵画論、物語論のみならず、光源氏の政治性を読みとっている論稿をあげてみる。清水好子論稿「絵合の巻の考察」（『源氏物語の文体と方法』東京大学出版会、一九八〇年）では、「斎宮下向の儀式」に際しての詠歌は院と斎宮女御の「私的な贈答」として、公的な絵合には提出していないと見なしているのは、疑問符が付く。その他拙稿「『源氏物語』須磨・明石の巻に照る月—構造と方法への展開—」（『源氏物語を軸とした王朝文学世界の研究』おうふう、一九八二年）、川名淳子論稿「男たちの物語絵享受」（『源氏研究』第4号翰林書房、一九九九年）等がある。

（10）その他梅川光隆論稿「平安宮内裏」（『平安京跡発掘調査概報』昭和六十年度版所収）、同氏論稿「平安宮内裏（2）」・丸川義広、鈴木久男論稿「平安宮内裏（1）」（『平安京跡発掘調査概報』昭和六二年度版所収）、梅川光隆論稿「平安宮内裏跡（3）」（昭和六二年度京都

市埋蔵文化財調査概要』所収）、鈴木亘著『平安宮内裏の研究』（中央公論美術出版）、その他京都市埋蔵文化財研究所版『リーフレット京都』やそれらをまとめた『つちの中の京都』シリーズ等がある。

（11）寛弘二年の神鏡被災については、拙稿「光源氏と皇権―聖宴における御神楽と東遊び―」（『國語と國文學』平成十六年七月号所収）において触れている。

（12）大宮大路北延長路については、拙稿「雲林院と紫野斎院」（『源氏物語の地理』・思文閣出版所収）や「地理―雲林院・紫野斎院そして賀茂の御手洗を軸に―」（『源氏物語とその時代』おうふう、二〇〇六年所収）等において論述している。

（13）清水好子氏論稿「花の宴」（『源氏物語論』塙書房、一九六六年所収）、植田恭代論稿「南殿の花の宴という場をめぐって」（『日本文学』平成四・五月号所収）、堀淳一論稿「二つの春鶯囀」（『論叢源氏物語（二）』新典社、二〇〇〇年所収）などがある。

（14）『続日本後紀』承和十二年一月八日条は大極殿龍尾壇で、二日後十日には清涼殿東庭で舞っている。仁明天皇は道教・神仙思想に関心が深い。『続教訓鈔』に記される浜主の詠歌は

老翁とて侘やは居らむ草も木も栄ゆる時に出て舞てむ

と、いうもので、長寿と世の栄えを詠んだ内容となっている。

王朝期の住まい――里内裏と京の風景

朧谷　寿

はじめに――二つの千年紀

二〇〇七年は藤原道長の「金峯山埋経一千年記念」にあたる。千年前の寛弘四年（一〇〇七）八月、四十二歳になった左大臣道長は金峯山詣でを敢行、山上の蔵王権現の宝前に金銅の灯篭を立て、その下に金銅製の経筒（道長ら書写の経文を収納）を埋納した。その日の朝、道長は子守三所（子授けの神を祀る）に詣でて幣物を献上しており、金峯山参詣の主眼が信心からであったことはいうまでもないが、加えて外孫誕生の祈願も籠められていたことは否めない。嫡女の彰子が一条天皇に入内して九年も経つのに懐妊の兆候がないのを憂いてのことであった。年末には彰子の懐妊が知られるので、ご利益があったわけだ。

そして寛弘五年（一〇〇八）の秋に皇子、敦成親王が誕生し（「栄花の初花」）、その五十日の祝いが十一月一日に土御門第で盛大に催された。その様子は中宮の里下がりに付き従った紫式部の日記に詳しいが、そこには「若紫」「源氏の物語」という言葉が見え、物語の存在を知り得る。二〇〇八年を「源氏物語千年紀」と定め、十一月一日を記念日としたゆえんである。

紫式部は十世紀後半から十一世紀前半にかけて生きた女性で、時代的に見れば藤原氏による摂関体制が最盛期を迎え、その庇護のもとで王朝女流文学が大きく花開き、貴族社会がもっとも安定した時期であった。『源氏物語』はそうした時期の産物である。紫式部をはじめ王朝文学を担った女性たちの多くは、教養高い受領の家庭に生をうけ、父や夫について地方生活を体験している中・下級貴族であった。そして宮仕えに上ったことで摂関家や天皇家の生活を知得することになり、それが作品を残すことに繋がった。いうなれば摂関家は、彼女たちに作品を書かせた原動力といってよく、道長の存在なくして『源氏物語』は生まれ得なかった。

『源氏物語』には平安京の描写が見られるが、その姿は史実に見合うものと理解してよいように思う。時期的には後述の『池亭記』に語られる左京域が殷賑を極め、北と南では地価が異なっていた状況で、物語に登場する住まいの様子からも読みとれるのである。そのことの検証も念頭において論をすすめることにしよう。

一　平安京の構造

中国の都城制に範を採った碁盤目状の町から構成される日本で四番目の都が平安京であり、古代の最後の都として約四百年間続き、その後も京都と名を変えて近世末期まで日本の首都として存続した。南北約五、二キロ、東西約四、五キロの長方形をした平安京は、朱雀大路によって左（東）京と右（西）京に二分され、それぞれが東西に四分割された。それらは朱雀大路を中心に左京は東へ一坊から四坊、右京は西へ一坊から四坊と呼ばれ、南北に十分割されて九条から一条とその北を北辺《きたのべ》と称した。この条と坊の分割によって形成されるブロックを坊と称し、各坊は四保＝十六町（呼称は千鳥足式）から成り、一・二・七・八町が一保、三・四・五・六町が二保、十一・十二・十三・十四町が三保、九・十・十五・十六町が四保となる。九条から一条までの各坊は方形で十六町から成り、最北部の北辺だけは南北二町で八町から成り（半坊）、東西に長い長方形となる。

このように平安京は正方形の一町の集積で構成され、一辺は四〇丈つまり約一二〇メートルあり、面積は一四、四〇〇平方メートル、つまり約四、三〇〇坪の広さである。各町の四周には大路ないし小路がめぐり、一町に住まいできるのは三位以上の公卿、すなわち上級貴族たちで、二町、四町の屋敷も存在したが、それは後院や摂関家邸など特別の邸で、一町は二分の一、四分の一と細分化され、三十二分の一町を最小の基本とし、それを一戸主《へぬし》と称した。

一町は東西に四分割され、左京の場合は西から東へ西一行、西二行、西三行、西四行、右京は東から西へ東一行、東二行、東三行、東四行と呼び、南北に八分割して北から南へ北一門から北八門まで（左右両京とも同じ）、これを四行八門制と称した。そうしてできる東西に長い地を一戸主と呼び、その面積は、十丈×五丈＝五十平方丈＝四五〇平方メートル、約一三〇坪余ということになる。小道部分を取られるから実際にはもっと狭くなるが、百坪を下回ることはなかろうから、今日と比べれば豊かな居住地といえるし、一町家が如何に広大であったかを認識すべきである。いっぽう一戸主以下の土地売券も存在するから実状では細分化も見られ、家地の広狭の格差には大きいものがあった。

ところで居住域の広狭については位階に応じた規定があったけれど平安時代のそれは見あたらず、早期の例として持統天皇の藤原京や聖武天皇の難波京などの例(1)が知られ、とりわけ後者の規定を敷衍して平安京に適用している。それは、一町以上が皇族・公卿に許され、位階が下がるにしたがって半町、四分の一町と細分化され、庶民は一戸主を基本としたというものであり、文献に徴してもほぼ認められる。

たとえば「以二左京采女町西北地四分之一一、賜二右衛門権佐従五位下橘朝臣海雄一」はその早い例であり[2]、従五位下クラスの四分の一町は妥当なところである。その意味では受領クラスも位階から考えてこの程度の宅地と理解してよいが、十一世紀あたりから彼らの多くは、財力に物を言わせて違反するものが多かったことを「諸国吏居處不レ可レ過二四分一宅一、近来多造二営一町家一、不レ済二公事一、又六位以下築垣、并檜皮葺宅可二停止一者[3]」が教えてくれる。これと前後して次のような造宅規制の太政官符が見られる[4]。

太政官　符弾正・左右京職・検非違使　別符

応レ禁三制非参議四位以下造二作壹町一舎宅事

右検二案内一、式云、大路建二門屋一者三位以上及二参議一聴レ之者、式条所レ存、門屋依二人乃職一、舎宅須有二等差一、而近年以来人忘二品秩一、好営二舎屋墻垣一、或籠二満町棟宇一、或構二大廈一、故雖二位貴者一無二一銭一則歩二三経一、雖二品賤者一富二浮雲一則開二高門一、俗之濫吹、国之彫弊、職此之由、理不二将然一、右大臣宣、奉レ勅、宜下仰二彼職一厳令中禁制上、若不レ憚二制止一猶致二違犯一之輩、其有官者、解二却見任一、永不二叙用一、其無官者、科二違勅罪一、将以決断、但無二居宅一猶可二営作一者、古四分一以下之地先申二請官一、待二其裁報一、又出レ木致レ功、既雖二結構一、未レ及レ造了、早従二破却一、営作業了、不レ可二必制一、京職且承知、依レ宣行レ之、符致奉行、

これによると、一町に住めるのは三位以上の公卿で彼らは大路に門を開くことを許されているが、近年では身分を弁えずに垣根を設けて敷地一杯に大きい建物を建てるものがおり、それ

を取り締まる法令が発布されるに至る。しかし守られることが少なかった様子は院政期にかけて受領らによる豪邸の頻出が物語っている。上掲の太政官符の直後に従五位下源相高宅が検非違使によって破却されるという事態が起きているが、その理由として「構二高大屋一、営二葺檜皮一」を挙げている[5]。

一方では遵守を称えられた例もある。十二世紀のはじめ民部卿で権大納言藤原宗通の六角東洞院亭は「如レ法一町家」と規定通りであり、新造から四ヵ月後に焼亡に遭っている[6]。その焼亡記事に「東西対東西中門如レ法一町之作也、家主民部卿去年被レ渡、三箇日後被レ帰二本所一了、来月十三日内大臣可レ被レ渡由相議、被二営々一之間、已有二此事一如何、誠以不便也、有二放火疑一云々、民部卿去今年間居所三箇所焼亡也、鳥羽宿所、九条亭、此三条新造亭、」とあり、この新亭は宗通が娘宗子の婿として内大臣藤原忠通を迎えるために用意したものであった。あい前後して宗通の亭が三箇所も焼亡しているが放火の可能性が高いという。

白河上皇の京内の御所、大炊殿も「如レ法一町之家」とあり、伊与守藤原国明が十余日で造作したので万人は感歎したという[7]。また白河上皇の近臣として知られる藤原基隆の三条大宮亭も「如レ法一町家」で東西の対や中門などが備わったものであった[8]。

二　内裏と里内裏

堀河院

平安遷都間もなく八世紀末に出現した内裏は一世紀半ほどを経た天徳四年（九六〇）秋に始めて焼失した(9)。時の村上天皇は職曹司に難を避けたあと冷泉院に遷り、一年後に新造内裏へ遷御された。この冷泉院は天皇家累代の後院（上皇御所）であったから里内裏とは呼ばない。再建された内裏は十六年後の貞元元年（九七六）に二度目の焼失に遭ったが、このとき村上天皇皇子の円融天皇が内裏再建までを過ごした摂関邸の堀河院が里内裏の初例となったのである。内裏の焼失から再建、避難の様子などの経緯がよく解るので史料を列挙しておこう(10)。

五月十一日、子剋、内裏有レ火、火出レ自ニ仁寿殿西面一、但中重外舎屋不レ焼、天皇出レ自ニ玄輝門一、御ニ桂芳坊一、依ニ火気熾一、天皇遷ニ御職曹司一、中宮・皇太子御ニ縫殿寮庁一、一品資子内親王出ニ同寮一、東宮遷ニ御左近衛府一、資子内親王向ニ乳母命婦藤原輔子宅一、

同、十四日、召ニ陰陽寮一、令レ勘ニ申造宮并遷宮日時一、

同、二十日、始ニ造宮事一、又令下ニ神祇官陰陽寮一占中申内裏焼亡上、若有ニ咎祟一所レ致歟者、

同、二十三日、於二建礼門一大祓、依二去十一日内裏火事一也、
六月十九日、地震十四度、‥堀川院廊舎、閑院西対屋、民部省舎三宇顛倒、
七月十七日、戌刻、中宮自二職御曹司一、遷二御権中納言藤原朝光三条家一、堀河家也、
同、二十六日、申刻、天皇自二職曹司一遷二御太政大臣堀川第一、不レ称二警蹕一、
八月四日、内侍所自二縫殿寮一奉レ渡二堀川院一、内侍一人、左右近衛将監番長各一人、近衛六人相従、叉女孺捧二五色御幣一歩二行御前一、
同、十三日、皇后自二三条一遷二御堀川院一、
同、十九日、於二建礼門一御読経、造宮御祈也、
十一月二日、今夜、太政大臣従二朱雀院一遷二坐閑院一、件所右京大夫藤致忠所領也、而大相国堀川院依二天皇遷幸令レ近也、今夜以後、三箇日有二饗膳一、
同、二十日、東宮自二左近衛府一御二閑院東対一、
同、二十八日、辰刻、内裏殿舎等竪レ柱上レ棟、内記進二宣命一、於二神祇官一祈二申之一、
貞元二年正月二日、於二閑院一有二中宮・東宮大饗一、
三月二十六日、天皇幸二太政大臣閑院第一、召二文人一賦レ詩、召二伶人一奏レ楽、本家有レ賞、
同、三月二十八日、東宮初二読書一、于レ時太子御二坐閑院東対一、
七月八日、造宮行事権左中弁菅原輔正朝臣奏二覧内裏殿舎門等額一、左中弁佐理書レ之、天皇

感㆓其筆跡㆒、給㆓勅禄㆒、其後令㆑懸㆑舎、雖㆑未㆑終㆑功依㆓吉日㆒也、

同、十九日、於㆓新造殿舎㆒、有㆓仁王会㆒、

同、二十九日、天皇自㆓堀川院㆒遷㆓御内裏㆒、親王・太政大臣以下参内、著㆓宜陽殿㆒、有㆓饗膳㆒、親王・太政大臣不㆑着㆓此座㆒、候㆓殿上㆒、叉有㆓被物㆒、今夜、中宮々司等加階、申刻、天皇入㆑自㆓陽明門・建春門㆒、酉時、東宮自㆓閑院㆒入㆓御昭陽舎㆒、入自上東門、子刻、中宮行啓、

九月二十八日、今夜、中宮従㆓内裏㆒遷㆓御堀川院㆒、

十一月八日、依㆓太政大臣病㆒、大㆓赦天下㆒、…大臣於㆓堀川院㆒薨、年五十三、

出火場所が清涼殿の東、庭を隔てた建物の西側だったため天皇は内裏内閣北門の玄輝門を通って東北の桂芳坊に避難したが、火勢が強かったので内裏の東の職曹司に遷御された。その後、火事の原因について陰陽寮の官人に占申させているけれど、咎祟の噂があったようである。職曹司に二ヵ月ほど滞在した天皇は、ここがみすぼらしいということで堀河院に遷られた。そのさい内裏に似せて修造したというが、貴族邸と清涼殿では結構が異なるので天皇が当惑しないように考慮したものであろう。堀河院を「今内裏」と呼んで世間ではたいそうもてはやしたというが、[11]ここに一年余り滞在して円融天皇は新造内裏に還御している。この堀河院が里内裏の嚆矢となったわけで、時に所有者は関白太政大臣藤原兼通であった。その娘の媓子が円融天皇

の皇后となっており（「堀河中宮」と呼ばれた）、堀河院は媓子の里邸だったのである。このように天皇のトップクラスの妃の実家を用いるといったスタイルが以降の里内裏に踏襲されていくことになる。再建をみた内裏は五年の間に二度も焼亡している[12]。

そもそも堀河院は初代関白となった藤原基経に始まり、それは九世紀末のことである。その後の経緯は不詳であるが十世紀後半には兼通の所有となり、子の顕光、その後は頼通、頼宗、師実というように伝領されていった[13]。

閑院、東三条院

堀河院の東には閑院、東三条院と南北二町の摂関家の豪邸が並び、よく里内裏としても用いられた。円融天皇と皇后媓子が堀河院に滞在中の時、近隣という理由で兼通が朱雀院から移った閑院は藤原致忠の所有であったと上掲の史料にあるが、これは『左経記』長元元年（一〇二八）九月十六日条の「去夕丑一刻許閑院焼亡、件院、故陸奥守致忠朝臣作レ之、次故堀河大相国伝領、次当時大相国伝領、次従二去年一譲二与宮権大夫一、被二他所一之後有二此災一」の焼失記事によって傍証でき、藤原致忠→関白藤原兼通→太上大臣藤原公季→中宮権大夫藤原能信と伝領されたことを知る。創建者は藤原冬嗣でそのあと関白基経に伝えられ、何人かの手を経て十世紀後半の時点で致忠の所有となった。兼通の後は子の朝光、孫の朝経へと伝えられ、朝経から公季が買得したのである。藤原能信の所有となって一年も経ずに焼失したことになる。[14]

一時期、閑院の所有者であった藤原致忠という人物は大納言元方を父に持ち、兄弟に村上天皇更衣となった祐姫（元子とも。第一皇子広平親王の生母）がいるが、当人は公卿に至っていない。それどころか刃傷事件を起した二人の息子を匿った廉で家宅捜索を受け、自らも殺害事件を起こしている。[15]

内裏は十世紀中期の初焼亡から安貞元年（一二二七）の最後の火事まで十数回の焼失を数え、当初は内裏再建までの仮の皇居が里内裏であったが、摂関体制が強まると内裏が存在するにも拘らず里内裏を居所とする傾向がみられた。しかし安貞元年の焼失で姿を消すと、その後の一世紀ほどは里内裏を点々とすることになり、十四世紀後半に入って里内裏となったこともある土御門東洞院第が天皇の常住の居所としてスタートした。当初は一町の広さであったけれど徐々に拡大しながら約六倍の今日の規模になり（禁裏御所、京都御所）、この御所を取りまくように公家屋敷が集住していた。それが明治二年（一八六九）の東京遷都で一変し、京都御苑と化したのである。

一条院内裏

里内裏のひとつ一条院は一条院内裏の呼称が示すように格別な意味あいがあった。この邸は一条大路に北面し、大内裏の東北隅と大宮大路を挟んで一町四方の広さを有し、猪隈大路を隔てた東に別納と呼ばれる一町を付属していた。一条院は藤原師輔→伊尹→為光（→娘）と伝領され、為光の没後、富裕な受領の佐伯公行が買得して東三条院（円融天皇女御藤原詮子）に献上、女院は所生の一条天皇の後院とすべく修造してしばらく居住し、長保元年の内裏焼亡で里内裏となった。これを初例として一条天皇代には内裏の火事が三度もあり、そのほかに一条院内裏も焼失に遭っている。天皇は内裏の再建後も一条院内裏を皇居とすることが多かった。別納はかつて藤原道長の所有であったらしく、財務機関が置かれ、さらに中宮彰子の別納庁や道長・頼通の直廬が設けられるなど道長一家に用いられている。[16]『源氏物語』の存在を示す一例ともなる、一条天皇がこの物語を人に読ませて聞いているという描写が『紫式部日記』にあるが、その場所は一条院内裏の可能性が高い。

土御門第

外戚関係の構築に成功して頂点を極めた藤原道長の栄華の舞台となったのは土御門第である。この邸は道長を支えた倫子腹の四人姉妹およびその所生で即位した三人の皇子の生誕所となり、里内裏としても使用された。その場所は左京域の東北部に位置し南北二町を占めるが、当初は一町であったものを源倫子との結婚を通して道長が居住することになって以降のことである。

一条天皇に入内して九年、懐妊して五ヵ月の中宮彰子は里邸の土御門第に寛弘五年（一〇〇八）四月に遷御している。[17]

時に天皇の居所は一条院内裏であったから、[18]「東北門」つまり東側の北門から出た中宮の御輿は、おそらく土御門大路を東進して土御門第へ向ったのである。土御門第では、随行の公卿や内裏付の女方には道長から祿が与えられている。中宮はこのあと一条院へ還御しており、出産を控えての退出は初秋のことであった。[19]安産祈願の読経、皇子誕生に沸く喜び、三夜以下おりおりの誕生祝い、父子対面のための天皇の行幸などの様子は、秋色ただよう土御門第の状景を書き出しとする『紫式部日記』によって鮮明である。

皇子誕生から一ヵ月後、一条天皇はわが子との初対面のために土御門第へ行幸された。道長は名誉に思ったのか筆がすすみ、短文をもって知られる『御堂関白記』ではあるが、十月十六日条（自筆本）は裏書に及び長文の記事となっている。[20]

早旦御装束了、参二大内一、巳二点御二出東門一、午一点幸着、御入、御輿出、上卿着二西対南廂座一、殿上人同卯酉廊着レ座、此間船楽、出レ従二南山一間、数二廻御前一、上卿座定後返入、参二御前一、奉レ見二若宮一給、余奉レ抱、上又奉レ抱給、其後着二上卿座一、盃酌数献、此間脱二御装束一給、

一条院の東門を十時に出立した天皇の鳳輦は、土御門大路を東へ進み、一、五キロほどの道

程を一時間半ほどかけて土御門第へは西中門から入り、寝殿の南階を昇き上って簀子に置かれた。身分の低い駕輿丁が簀子まで上って大変苦しそうにうつぶせにひれ臥している姿と、高貴な人たちに交わって宮仕えする自分とを重ね合わせる紫式部である。天皇の御座所は中宮の御帳台の西側に設けられ、南廂の東の間に御椅子（正式の座）が立ててあった。ここと一間隔てた東の間の北と南の端に御簾を懸けて仕切って女房（天皇付か）の座とするなど寝殿の用い方が『紫式部日記』には詳しい。公卿や殿上人は西の対、紫式部ほか中宮付の女房は寝殿の東の渡殿と東の対に控えていたらしい。

池に浮かべた龍頭鷁首が管絃を奏でながら天皇の前方を数巡する。この竜頭鷁首はこの日のために新造したもので、道長は行幸の当日、新造の船を池の汀にさし寄せさせて泉殿の簀子に立って眺めているが、その絵画版である『紫式部日記絵巻』の道長像は高貴そのものだ。道長は若宮を抱いて御前に進み、天皇が抱き取ったときに少し泣いたが、とても可愛い声だったという。この後の饗宴で道長は一舞いし、明かりを消させて月を賞玩している。永年の思いが叶った嬉しさからか、感激のあまり道長は酔い泣きしたという。天皇が土御門第をあとにしたのは夜も更けてからである。中宮彰子が若宮とともに一条院に還御したのは一ヵ月後のことで、[21]出産に伴う土御門第滞在は一年四ヵ月に及んだ。

このとき誕生した敦成親王は三条天皇の即位にともない四歳で東宮となり、九歳で即位して後一条天皇となった。道長は一年ほど摂政になったが後は嫡男の頼通に譲っている。即位の二年後の寛仁二年（一〇一八）、彰子の妹の威子が二十歳で入内し、その八ヵ月後に中宮となる。これは叔母と甥の結婚であり、同様に皇太弟の敦良親王（後朱雀天皇）に威子の妹の嬉子が入っている。この二段構えの叔母と甥の結婚には摂関体制維持にかける道長の執念のようなものを感じる[22]。

中宮となった威子の立后の儀が新造内裏の南殿で寛仁二年十月に挙行され、その祝宴が夕刻からこれまた新造の土御門第において行われた[23]。道長が「この世をば」を口ずさんだのは夜も更けた土御門第での宴席であった。酔いに任せてとはいえ、史上例のない三后をわが娘で独占した喜びを謳歌した心情もわかる。

この立后の六日後、後一条天皇の行幸にあわせて東宮ならびに三后の行啓があった[24]。後一条天皇は母の太皇太后彰子と同輿で寝殿に到着、ついで東宮の敦良親王が行啓して西の対へ。ここで天皇と東宮兄弟は馬場殿に移動して馳せ馬を見物した。三后の対面は東泉殿にしつらえた特設の御座で行われた。その場には天皇、東宮、倫子（道長妻）、嬉子（威子の妹）も同席し、泉の辺りでは公卿らによる管絃の演奏が催された。道長の栄華の支え手たちが新造の土御門第に一堂に顔を揃えたわけで、「見者感悦多端」「我心地不レ覚」「難レ尽二言語一」と道長にとって生涯最良の一日となった。この前後から道長は視力の衰えが出はじめ、病むことが多くなり、五ヵ月後には土御門第内の御堂で出家している[25]。その後、土御門第の所有権は頼通に移っているが、道長は引き続き居住している[26]。

以上に取り上げた邸宅はいずれも摂関家に関わる豪邸であって一般の貴族邸とは趣を異にしていた。それらは大内裏と至近に所在し、当辺は有力貴族邸が櫛比する高級住宅地であった。次に平安京内における居住域のありようを概観しておこう。

三　平安京の住み分け

『池亭記』の世界

平安遷都からほぼ二百年、都城も定着して殷賑を極めていた平安中期の都の様子について、全体的な観点から記されたほとんど唯一の作品に『池亭記』がある[27]。文末に天元五年（九八二）の執筆とあるから『源氏物語』が世に出る二十年ほど前のことである。池亭とは著者、慶滋保胤（?〜一〇〇二）が五十歳に手が届くようになって構えた邸宅名である。著者は大内記であったが、この職は禁中のことを預かる中務省の官人で、詔勅や宣命の作成に関わることから儒者で文章の達人が任じられた。それゆえに文章の修飾が予想され、少し割り引いて理解せねばならぬところもあろう。位階は六位相当であるから、宅地の規模は四分の一町の見当となるが、事実その程度の広さであった。

自分は二十数年来、京の変遷を観察してきた、という言葉で始まる『池亭記』で著者は、平安京の変化を大きく四点にわたって指摘している。まず右京（西京）の荒廃を、人家も疎らで幽墟に等しく、去っていく者はあっても入ってくる者はなく、貧しい人ばかりが住んでいる、と述べる(28)。そして荒廃の一因を安和の変で失脚した源高明の西宮邸の焼失に求める。醍醐天皇皇子の高明は左大臣として廟堂の頂点におり、この賜姓皇族を脅威に思った藤原氏は陰謀を企てて大宰府に配流、その直後に彼の西宮邸（南北二町）は焼失する。この事件は『池亭記』執筆の十三年前の出来事で、保胤にとっても記憶に新しいものであった。西宮邸の焼失（放火の疑いあり）云々は史実であるが、その前段は明らかに誇張であって著者が言わんとするところは左京と比較してという前提がある。右京といえども西宮邸の東隣には京内最大規模を誇る後院の朱雀院（八町）をはじめ淳和院など、四条以北には豪邸があった。

また藤原道長の娘の彰子が一条天皇への入内に際し、その日は土御門第から内裏の方角（西方）は方忌に当たるので、五日前に西京に所在の大蔵録、太秦連雅宅に渡り、当日この邸から入内している(29)。右京のどことという詳細な記載はないが、大内裏の西方であろう。いずれにせよ内裏は東方になるから方角はよいわけである。大蔵録は七位相当であるが、入内のための方違の邸が粗末なはずはなく豪邸であろう。秦氏の一族ゆえ財政豊かで道長の息のかかった人に違いない。

ところで発掘調査によって大規模な邸宅遺構が見つかっているのはいずれも右京においてであり、左京域で検出されていないのは皮肉なことである。その嚆矢は三十年ほど前の右京一条三坊九町における平安初期の一町規模の貴族邸の発見である。[30]続く大規模邸の発見は右京六条一坊五町の調査においてである。敷地の東半部で十四棟の建物跡と付属する廊・柵・井戸などが検出されたが、西半部は湿地であった。平安前期の大規模な貴族邸と見なされている。この西の右京六条三坊七・八・九・十町の調査においては三十棟近い建物跡が見つかり、九世紀代からの一町占地をうかがわせる大規模宅地の存在を示すものである。[31]このように右京の南部分での大規模邸宅の発見は文献史料では見られないことで発掘調査に負うところ大である。

右京三条二坊十六町では九世紀末から十世紀前半に及ぶ十数棟の建物が確認され、一町規模の邸宅であったと見られる。そして出土遺物から斎宮と関わる仮宮の可能性もあり、有力な貴族邸を偲ばせる。このほか七条一坊十四町、八条二坊二町などでは小規模邸宅が見つかっている。

おしなべて右京域は湿地のため居住には向かず、とりわけ西南部は田畑や侍従池領といった水量豊富な荘園などが多く存在した。加えて西京極大路の南端部と九条大路の西端部は道路もなく、京外の田野が入り込んだ格好になっていたことは平安建都千二百年記念事業で制作した平安京模型（千分の一）が教えてくれる。

いっぽう左京については「四条以北、乾・艮の二方は、人々貴賤と無く、多く群聚する所なり。高き家は門を比べ堂を連ね、少さき屋は壁を隔て簷を接ぬ」と記す。「貴」＝立派な門を構えた権門の邸と「賤」＝身分低い長屋形式の家とが四条以北の西北と東北に混在しているとあるけれど、これも訂正を要する。「賤」の居所はほとんどなく、「貴」は四条辺りから以北の全体にわたって居住していた。そして左京の北の方は大内裏に近いこともあって地価が高く、後述するように身分の低い寒門の人たちは住むことが叶わなかった。四条辺りを目安として住み分けが見られたことは個々の日記などからも知られ、先掲の平安京模型によって実感できる。この地価のことは保胤の体験を通して知られるのである。

予本より居所無く、上東門の人家に寄居す。常に損益を思ひ、永住を要めず。縦ひ求むとも得べからず。其の価値二三畝千万銭のみならむや。予六条以北に、初めて荒地をトひ、

四つの垣を築き一つの門を開く。

自邸のなかった保胤が一家で間借り生活をしていた場所は上東門（土御門）大路沿いの家であった。家主の名もわからないが、当辺は大内裏の中にある役所にも近く、有力貴族邸の集住区であった。実際この街路に面しては平安時代を通じて里内裏になるような大邸宅が並んでいた。保胤は損得を思い家を持つことを必要としなかったが、五十歳を前に宮仕えにも区切りを

つけて仏教三昧の暮らしに入ろうと考え、家を構えることにした。その際に借家の近くを考えたが、土地代が高くて手が出ず、捜し求めたのは六条の一郭で、道を隔てた北には村上天皇皇子の具平親王の名邸、千種殿があった。保胤は四分の一町（千坪余）ほどの敷地の中央に池を設け、この東西に書斎と仏堂、北には家族の住居を建て、周辺の空き地には田畑を設けている。保胤がこの邸に住んだのは短年であったようで、『池亭記』を執筆した四年後には出家して横川に入ってしまう。

『源氏物語』に見る京

保胤が観察した十世紀における平安京の住み分けの傾向はおおむね指摘のとおりで、左京の四条以北における住居の稠密さは焼亡記事の分析からも証明でき、五条から九条にかけて院御所や受領たちの豪邸が登場するのは時期が降る。その意味では『源氏物語』の京の様子の描写とも矛盾しない。

たとえば「六条わたりの御忍びありきのころ、内裏よりまかでたまふ中宿に、大弐の乳母のいたくわづらひて尼になりにける、とぶらはむとて、五条なる家訪ねておはしたり」で始まる「夕顔」巻の描写などは下町の光景を彷彿とさせる。六条御息所のもとへ忍び通いしていた源氏は、ある時その道すがら五条に住む病気の乳母を見舞い、そこで隣家の夕顔を相知ることとなる。両家は五条大路に沿ってあったようで、この道は紫式部に言わせれば「むつかしげなる大路」、むさくるしいところであった。そして夕顔の家は、蔀のような扉を押し上げて出入りする質素な門で築地もなく、「檜垣といふもの新しうして、上は、半蔀四五間ばかりあげわたして、簾などもいと白う涼しげなるに」と、蔀が吊り上げてあると御簾ごしに中の動きが窺えるほどで、月夜の晩などは方々から月明かりが漏れる隙間の多い粗末な板張りであった。この家で夕顔との思いを遂げた明け方、寝所の源氏は「おお寒い、今年は不景気で仕事もさっぱりだ」といった隣近所の身分卑しい男どもの会話を聞き、早くから起き出して忙しく働く、ごろごろと雷のような音をだして踏み鳴らす唐臼や布を打つ砧の音などを耳にする。有力貴族の街区に暮らす源氏にとっては物珍しい世界であった。この界隈は、「あやしくうちよろぼひ（みじめに傾いた）」家が軒を並べるごみごみした所で、その光景は『年中行事絵巻』の祇園御霊会や稲荷祭の行列とともに描かれる民家を彷彿とさせる。夕顔の家について「揚名の介なる人の家になむはべりける。男は田舎にまかりて」とあるから受領クラスの家ということになろうか。

九条の辺りの描写になると、「都のうちといへど、はかばかしき人の住みたるわたりにもあらず、あやしき市女商人《いちめあきびと》のなかにて」（「玉鬘」）と、れっきとした人が住んでいるところでもなく、貧しげな物売りが行き交うところといった感覚である。

これらは五条とか九条界隈に抱く作者の認識であろう。

四　土地売買の実態

七条令解

ここで当時の土地の売買を七条令解を例に見ておこう。売買に際しては売り人と買い人がそれぞれ保証人を立て、役所に申請して契約書（売券）を交わして始めて売買が成立するわけで、今日と変わらぬ手続きが必要であった。原則として売券は役所と買主が所持したから、平安時代四百年に限っても夥しい数の売券が存在したはずであるが、残っているのは僅かにすぎない。そうした中にあって「七条令解」（七条令が発給した解〈被官官司からの上申文書〉）と称する左京七条一坊十五町西一行北四～七門の四戸主に関わる売券の存在は貴重である。[32] 初見の延喜十二年（九一二）七月十二日付の売券を掲げて実態を垣間見ることにする。

　七条令解　申立賣買家券文事

　合壹區地肆戸主　在一坊十五町西一行北四五六七門

　　立物

　三間檜葺板敷屋壹宇（略）

　五間板屋貳宇（略）

中門壹處
門貳處大小
右、得二散位正六位上山背忌寸大海当氏辞状一偁、己家以二延喜銭陸拾貫文一充二価直一、売二与
左京一条一坊戸主中納言従三位兼行陸奥出羽按察使源朝臣湛戸口正六位上同姓理一既畢。
望請、依レ式欲レ立二券文一者、令下依二辞状一加中覆審上、所レ陳有レ実、仍勒二売買両人并保証等
署名一、立二券文一如レ件、以解、
延喜十二年七月十七日令従八位上県犬養宿祢「阿古陶」
売人散位正六位上山背忌寸大海「当氏」
買人正六位上源朝臣「理」
「主料」
保証
陽成院釣殿宮舎人長宮處「今水」
右衛門府生正六位上佐伯宿祢「忠生」
内竪従七位布敷「常藤」
左京職判二収家券貳通二一通職料 一通主料 依二延喜二年五月十七日本券并同八年九月十九日白紙券等一
判行如レ件、同十二年八月二十八日、
大夫源朝臣「長頼」　大進平

亮兼伊勢権大掾藤原朝臣「三仁」
少進小野「高枝」
小野
大属阿刀「平緒」
少属許西部「久範」
少属闕

〈「　」ハ本文ト筆蹟ノ異ナル文字〉

字面に三十二個の「左京職印」が押してある、この一通の文書がさまざまなことを教えてくれる。上記の四戸主分の土地について売主が買主と価格などを明記した辞状をもって条令に申し立てる。売主の山背忌寸大海当氏は散位とあるから官職についておらず、買主の源理（中納言源湛の戸口《ここう》）のことは不明だが、ともに正六位上とあるから社会的地位は同等である。記載内容に誤りのないことを確認（覆審）した条令は、二通の解を作成して売買両名ならびに保証人に署判させて左京職に提出し、左京職はこれに証判を加えて一通を手もとに留め（職料）、残りの一通を買得人に返し（主料・買人料）、売買が成立したことになる。売券の作成者は従八位上の令（坊令・条令）県犬養宿祢阿古陶である。

十七年後の延長七年（九二九）の売券は、源理から同地を譲られた子の源市童子（理の戸口）が、安部良子（同秀行の戸口）に売却したことを示す。さらに二十年後には安部良子が売却している。このように同一地の売券が連続して残ることは極めて珍しい。しかも最後年の建久三年（一一九二）の売券には土地の表示が従来の呼称と並記して「自二七条坊門一北自二匣毛一東坊門面」の記載が見えることである。(33) 街路を基準とする表記は十一世紀末には見られ、徐々にその傾向が強くなっていく。

売買の対象となった土地は慶滋保胤の指摘によると地価が安く、一町家は少なく庶民的な家並みが多い地域であり、十五町の東南には街路を隔てて東市があるから賑やかな場所であったかと思う。

むすび——京の変容

左京の東辺

『池亭記』では京外の東辺と北辺への展開について次のように述べている。

或は東河の畔に卜ひて、若し大水に遇ふときには、魚鼈と伍となり、或は北野の中に住まひて、若し苦旱有るときには、渇乏すと雖も水無し。彼の両京の中に、空閑の地無きか。何ぞ其れ人心の強きこと甚だしきや。且其れ河辺野外、啻に屋を比べ戸を比べたるのみに非ず、兼復田となり畠となる。老圃は永く地を得て畝を開き、老農は便ち河を堰きて田に漑ぐ。比年水有り、流溢れ隄絶ゆ。防河の官、昨日其の功を称へられ、今日其の破に任す。
洛陽城の人、殆に魚となるべきか。

とりわけ鴨川の堤防の辺りにも人家が進出し、そこに田畑を作って暮らしている様子が語られるが、そのため耕作用に川水を引き入れることで堤防を弱め、降雨が続くと決壊して京内に流れ込み大きな被害を招いた。西暦一〇〇〇年秋の鴨川氾濫による被害は甚大であった(34)。

夜来大雨、鴨河堤絶、河水入レ洛、京極以西人宅多以流損、就中左相府不レ別二庭池一、汎溢如レ海、参入人々、束帯之輩、解二脱履襪一、布衣・布袴之者、上括往還云々、卿相或騎馬、或被二人負一云々、

一晩の大雨により堤防が決壊して京内に流れ込み、鴨川に近い左京の東北部に所在の高級住宅街が被害を蒙った。なかでも藤原道長の土御門第は庭と池の区別がつかず、居合わせていた公卿らは履物を脱ぎ裾を括って往き来し、騎馬や人に負われて避難したという。一条天皇治政下のこの年の春には道長の娘の彰子が中宮となり、皇后に押し上げられた中宮定子が四ヵ月後には崩御している。

鴨川の氾濫では決まって左京域が被害を蒙り、そのために田畑耕作の禁止令が出されているがあまり守られなかったようで、「防河の官、昨日其の功を称へられ、今日其の破に任す」(『池亭記』)の言辞がそのことを物語っていよう(35)。

河川の氾濫は鴨川に限ったことではない。清和天皇の貞観十三年（八七一）秋のこと、降り続く雨で河川が氾濫して被災した人は左京で三五家、一三八人、右京では六三〇家、三九九五人であった[36]。右京の被害が甚大なのは朱雀大路以西の川の氾濫を暗示するものであろう。東の鴨川、西の葛野川には及ばないけれど小川程度のものは南北路に沿っていく筋も流れていたのである[37]。

京の東遷ということでは「東朱雀大路」名の出現も見のがせない。これは東京極大路（一説には二条以北）の呼称で、右京の過疎化と左京への集住にともない京の中央路であった朱雀大路が西朱雀、東京極大路が中央路を意味するようになったことの表徴である[38]。時期的には十一世紀、とりわけ院政期に入ってのことである。

しかし何といっても鴨東への展開に大きな影響を与えたのは院の御所の創設である。十一世紀末、譲位を控えた白河天皇は院政の場として広大な院の御所を創設した。その様子は「近習卿相・侍臣・地下・雑人等、各賜二家地一、営二造舎屋一、宛如二都遷一」という[39]。百余町に及んだというこの御所は洛南の鳥羽殿であるが、白河上皇は鴨東にも六勝寺の西辺に白河殿という院御所を営んでいる。白河に続いて院政を執った鳥羽上皇は両御所を充実発展させた。さらに後継の後白河上皇の御所、法住寺殿は東西は鴨川から東山の麓、南北は七條大路末を中心に六条から八条以南という広がりであった。この北には平家一門の六波羅館が所在したのである。

このように鴨東への発展に院の御所―白河殿・法住寺殿―と平家一門の居館が果たした役割は大きく、それは平安京の中世的な街への萌芽に連なるものであった。

注

（1）藤原京（新益京）遷都三年前の持統五年（六九一）十二月乙巳（八日）条の「賜二右大臣一宅地四町、直広貳以上二町、大参以下一町、勤以下至二無位一、随二其戸口一、其上戸一町、中戸半町、下戸四分之一、王等亦准レ此、」（『日本書紀』）、天平六年（七三四）九月辛未（十三日）条の「班二給難波京宅地一、三位以上一町以下、五位以上半町以下、六位以下四二分一町一之一以下、」（『続日本紀』）。なお平安京の空間構成については発掘例などをも取り込んだ近作、西山良平氏の研究（『都市平安京』京都大学学術出版会、二〇〇四年）を参照。ところで平安京以前の宅地は街路幅の影響をうけて、坪の面積が均一でなかったが、その不均衡さを是正する動きが長岡京で現れ、平安京で一町の均一化をみた。こうしたことを含め都城全般にわたる考古学上の成果を詳細に分析した山中章『日本古代都城の研究』（柏書房、一九九七年）や内裏を中心にすえての都城の変遷を述べた橋本義則『平安宮成立史の研究』（塙書房、一九九五年）は都城を理解するうえで頗る有益である。

（2）『続日本後紀』承和九年六月四日条。なお采女町は『拾芥抄』中に「土御門北、東洞院西」とある。承和九年（八四二）といえば東宮恒貞親王が廃された承和の変が起きた年で、太皇太后橘嘉智子（嵯峨天皇皇后）はこの陰謀事件に組しており、一族の海雄の家地給付はこれと関わるか。

(3)『日本紀略』長元三年四月二十三日条。

(4)『小右記』長元三年五月十四日条。

(5)『小右記』長元三年六月二十三日条。同二十八日条には、源相高の罪名勘申の結果が掲載されており、文中に「……散位従五位下源朝臣相高盗作㆓舎屋㆒、其構㆓高大㆒、顕以㆓奢侈之心㆒、空忘㆓憲法之厳㆒、(中略)今至㆓相高㆒、欲㆑入㆓有官之列㆒、則無㆓見任㆒之可㆓解却㆒、欲㆑處㆓無官之罪㆒、又有㆓五位㆒之可㆓官当㆒、但職事四位成㆓件犯㆒、猶解㆓却見任㆒、不㆑可㆓叙用㆒、況散位五品、断㆓此科㆒、何品處㆓違勅㆒可㆑徴㆓贖銅㆒、所謂挙重明軽、尤為㆓如㆑此之文㆒也、然則有㆓議決㆒須㆑随㆓處分㆒、仍勘申、」とある。

(6)『中右記』元永元年十一月二十六日、同二年三月二十一日条。同元年十月二十六日条参照。

(7)『中右記』長治元年十一月二十八日条。

(8)『中右記』天仁元年七月二十六日条。

(9)『日本紀略』天徳四年九月二十三日、十一月四日、応和元年十一月二十日条。

(10) いずれも『日本紀略』。

(11)『栄花物語』(巻第二)に「かかるほどに内裏も焼けぬれば、帝のおはします所見苦しとて、堀河殿をいみじう造りみがきたまひて、内裏のやうに造りなして、内裏いでくるまではおはしまさせんと急がせたまふなりけり。貞元二年三月二十六日に堀河院に行幸あるべければ、天下いそぎみちたり。その日になりて渡らせたまふ。中宮もやがてその夜移りおはしまして、堀河院を今内裏といひて、世にめでたふののしりたり。」とある。内裏風に修造ということについては、一条院内裏の火事で一条天皇が遷御された道長の枇杷殿について「子時行幸、不レ日造作雖二未了一、九重作様頗写得」（『御堂関白記』寛弘六年十月十九日条）とあることも参考となる。それと堀河院の場合には西の対を清涼殿に当て、東三条院では東の対、また寝殿を紫宸殿（南殿）というように里内裏となった場合には内裏の殿舎の呼称を充当している。

（12）天元三（九八〇）十一・二十二、内裏焼亡↓二十三、職曹司↓十二・二十一、太政官庁↓天元四・七・七、四条後院〈「太政大臣四条坊門大宮第也、以レ此為二後院一」〉、太政大臣とは藤原頼忠、娘の遵子は天皇の女御。因みに皇后媓子は二年前に堀河院で崩御〉↓九・十三、職曹司↓十・二十七、新造内裏。天元五・十一・十七、内裏焼亡↓中和院↓八省院小安殿↓職曹司〈中宮遵子「御二職曹司一」〉↓十二・二十五、堀河院〈「件院為二後院一、公家（天皇）被レ造レ之」、二十六、「中宮同以遷御」〉。永観二年（九八四）八月二十七日、「天皇譲二位於皇太子一、皇太子自二閑院第一移二御堀河院一受禅、即日入二内裏一、儀一如二行幸一、先皇留二御堀河院一」とあり、円融天皇は東隣の閑院から渡御してきた東宮に譲位し、引き続き堀河院に滞在、践祚した花山天皇は新造内裏に遷られた。なお五ヵ月前の三月十五日、「午剋、右大臣家東三条院焼亡、于レ時天皇御二堀河院一、東宮御二閑院一、近隣火事之間、大臣以下皆参」とあって閑院東隣の藤原兼家の東三条院が焼亡したことを伝える。いずれも史料は『日本紀略』。

（13）堀河院の歴史は太田静六「堀河殿の考察」（『寝殿造の研究』吉川弘文館、一九八七年）に詳しい。素描は角田文衞監修『平安時代史事典』（角川書店、一九九四年）「堀河院」の項〈野口孝子執筆〉並びに国史大辞典編集委員会編『国史大辞典』（吉川弘文館、一九九一年）「堀河院」の項〈朧谷執筆〉参照。なお、良房にはじまり基経、忠平、兼家、道隆、道長、頼通以下に伝領された東三条院に関しても上記の諸書に詳しくある。

（14）『権記』長保三年四月二十一日条。この焼失のあと白河上皇の御所として再出発した閑院は院政期から鎌倉期にかけてたびたび里内裏となるなど華々しい歴史を刻むことになる。それは太田静六「閑院第の研究」（前掲書）が詳しく、『平安時代史事典』（前掲）「閑院」の項〈中村修也筆〉に素描がある。

（15）『小右記』寛和元年三月二十七日、長保元年十一月十九日条、『日本紀略』寛和元年五月十三日条。弟の保輔に関しては「強盗張本、本朝第一武略、蒙二追討宣旨一事十五度、後禁獄自害」とある（『尊卑分脈』第二篇「武智麿公孫」）。

（16）『拾芥抄』（中）、『二中歴』（第十）、『平安時代史事典』（前掲）「一条院」の項〈黒板伸夫執筆〉による。詳細は阿部秋生「女房紫式部の生活してゐた内裏」（『東京大学教養学部人文科学科紀要』七、一九五五年）、杉崎重遠「里内裏としての一条院」（『国文学研究』四十三号、一九七一年）（いずれも朧谷寿・加納重文・高橋康夫編『平安京の邸第』〈望稜舎、一九八七年〉に再録）参照。また一条天皇代の内裏の移動などについては橋本義彦「里内裏沿革考」（山中裕編『平安時代の歴史と文学―歴史編』、吉川弘文館、一九八一年〈朧谷・加納・高橋編『平安京の邸第』〈前掲〉に再録〉）に要領よく纏められている。一条天皇代の本内裏と里内裏の関係を諸々のリストから作成すると以下のようになる。長保元（九九九）・六・十四、内裏焼亡→太政官庁→六・十六、一条院→長保二・十・十一、新造内裏。長保三・十一・十八、内裏焼亡→職曹司→十一・二十二、一条院→長保五・十・八、新造内裏。寛弘二（一〇〇五）・十一・十五、内裏焼亡→太政官朝所→十一・二十七、東三条殿→寛弘三・三・

四、一条院〈修造竣工〉。寛弘六・十・五、一条院内裏焼亡→織部司→十・十九、枇杷殿→寛弘七・十一・二十八、新造一条院。寛弘八年六月二十二日、一条天皇一条院中殿で崩御。

(17)『御堂関白記』寛弘五年四月十三日条に「雨降、辰時晴、中宮御三出従二一条院東北門一、着二土御門一、宮候上達部傅・大夫・権中納言…権亮、上達部諸衛賜レ祿如レ常、内女方候二御共一十一人絹給二十疋・綾二疋一、典侍三人絹八疋・綾二疋、命婦絹五疋、掌侍絹六疋、」とあり、『権記』『日本紀略』同日条には「御懐妊五月也」とある。

(18)寛弘三年三月四日に一条天皇と中宮は東三条院から一条院に遷御しており(『御堂関白記』『日本紀略』)、里内裏の移動である。

(19)『御堂関白記』『権記』『日本紀略』寛弘五年七月十六日条。それが夜の「戌刻」であったこと、また四月に遷御した中宮が内裏に戻ったのが六月十四日であったことを『権記』は記す。当初には退下を九日としていたが、「大将軍遊行間」のゆえをもって賀茂光栄・安倍吉平らの勘申の結果、一週間後となった(『御堂関白記』『権記』同日条)。

(20)『紫式部日記』には詳しく述べる。

(21)『御堂関白記』十一月十七日条に「参二中宮大内一給、御輿、若宮金造御車、別当以下四位・五位挙レ燭、奉レ抱候二御車一母、并御乳母、織部司下下レ従レ車着レ内事如レ常、殿南廂上達部、三献後給レ祿、罷出、依レ仰若宮参二御前一給、余奉レ抱、」とある。また『御産部類記』(宮内庁書陵部編『図書寮叢刊』明治書院、一九八一年)所引『不知記』同日条には「中宮戌二点行啓出自本宮西門、入給大宮院東面北門」、とある。大宮院とは一条院のこと。

(22)藤原道長の生涯については朧谷『藤原道長—男は妻がらなり』(ミネルヴァ書房、二〇〇七年）を参照。

(23)『小右記』『御堂関白記』寛仁二年十月十六日条。なお新造内裏については半年前の四月二十八日、後一条天皇が母の太皇太后彰子と同輿で一条院から遷御されたことで明白であり、この日に尚侍威子は女御となっている（『御堂関白記』『小右記』『日本紀略』）。また土御門第の焼亡は長和五年七月のことで、二年後の寛仁二年六月には完成を見ている。詳しくは朧谷「藤原道長の土御門殿」（『平安貴族と邸第』吉川弘文館、二〇〇〇年〈初出は一九九三年〉）参照。

(24)『御堂関白記』『小右記』寛仁二年十月二十二日条。

(25)『小右記』寛仁三年三月二十一日条。

(26)『左経記』寛仁四年十月二日条。

(27) 原文は漢文体であるが小島憲之校注の読み下し文に依拠した（〈日本古典文学大系〉六九『本朝文粋ほか』岩波書店、一九六四年）。なお〈新日本古典文学大系〉二七『本朝文粋』（岩波書店、一九九二年）にも大曽根章介・金原理・後藤昭雄校注の読み下し文がある。平安京の全体像を纏めた論集として建都千二百年記念に合わせて刊行された角田文衞監修『平安京提要』（角川書店、一九九四年）があり、所収の「平安京の沿革」（村井康彦・朧谷）が誕生から変遷を概観している。また京民の暮らしや都の動向に焦点をおいたものに西山良平『都市平安京』（前掲）があり、西山良平・藤田勝也編『平安京の住まい』（京都大学学術出版会、二〇〇七年）は共同研究をベースにした平安京の住宅について多角的に説いた論集である。なお朧谷「平安京—王朝の風景」（山中裕・鈴木一雄編『平安貴族の環境』〈『国文学解釈と鑑賞』別冊〉至文堂、一九九一年）は平安京の変遷を平易に述べた。

(28) これに関して『続日本後紀』承和九年十月二十日条の「西市司言、依二承和二年九月符旨一、錦綾、絹、……牛厘等類興二販於西市一、而東市司論云、検二承和七年四月符一、依二弘仁十一年四月式一、件等色物、西市共可二興販一、不レ可二更度一、今百姓悉遷二於東一、交二易件物一、市廛既空、公事闕怠者（後略）」は右京から左京への移住の証左となる。

(29) 『御堂関白記』長保元年十月二十五日、十一月一日条。

(30) 昭和五十四・五十五年の調査。さらに平成十・十一年の調査で邸宅の南門跡が見つかりそれが四脚門であること、一町域を占有する豪邸であるが南の十町には及んでいないことなどが解った。その後の平成十四年秋から十五年春にかけての九町（東南部）および十町（北東部）の調査で南側に築地跡が見つかって南限が確認され、その南に鷹司小路が検出された。いずれも財団法人京都市埋蔵文化財研究所による発掘調査現地説明会資料ならびに報告書参照。以下とくに掲出しない場合の発掘調査の成果も同様。

(31) 古代学研究所「平安京右京六条七・八・九・十町」、二〇〇一年四月七日付発掘調査現地説明会資料、坂本範基「〈図版解説〉平安京右京六条三坊 七・八・九・十町の調査」『古代文化』第五十五巻第七号、二〇〇三年）

(32) 平安時代に限っても延喜十二年から承安元年（一一七一）まで十通近い売券が残っており、いずれも『平安遺文』二〇七・二三二・二五六・三一四・三五六・一四四〇・一八三二・二六八七・三五八九号文書。宅地売買の詳細については朧谷「邸宅の売買と相続」（倉田実編『王朝文学と建築・庭園』竹林舎、二〇〇七年）を参照。

(33)『鎌倉遺文』五九九号文書。
(34)『権記』長保二年八月十六日条。
(35)朧谷「鴨川と水」(『風俗』第十七巻第二・三号、一九七九年)、「平安時代の鴨川」(角田文衞監修『平安京提要』角川書店、一九九四年)参照。
(36)『三代実録』貞観十三年閏八月十三日条。
(37)例えば『小右記』長和四年七月十五日条の「今日京中殊不レ雨、而紙屋河・堀河・東院大路河等水大盈溢、人輙不レ渡云々、疑是河上大雨歟」、同、万寿四年九月八日条の「中河水今日八日引入、従二晦日一堀二水路一引入也、（従中御門末西行、経高倉春日等小路・東〔洞〕院東大路・大炊御門大路等引水、）万里并富小路辻橋・富小路東町十字橋等忽令レ造度、為レ思二行人之煩一不レ仰二京職一先令レ造耳、」とある。後者は藤原実資が自邸の小野宮殿にわざわざ東京極の中河の水を引き入れることを述べたもので、そこまでには東の烏丸川を始めとして何本もの川があったはずなのに水不足であったのか。それも北の大炊御門大路を西へまっすぐにではなしに街路を蛇行させての引水で、場所によっては通行人のために橋を架けている。時代は下がるが「上杉本洛中洛外図屏風」(国宝)には室町や西洞院通りなどに沿って川が描かれている。
(38)鈴木進一「東朱雀大路考」(『史学研究集録』第六号、一九八〇年)、瀧浪貞子「東朱雀大路と朱雀河」(『史窓』四〇号、一九八三年)。
(39)『扶桑略記』応徳三年十月二十日条。前に「公家近来九条以南鳥羽山荘新建二後院一、凡卜二百余町一焉」の文が入り、白河天皇の後院(上皇の御所)が広大な敷地を占めたことがわかる。因みに公家は「くげ」と訓んで貴族の呼称というのが一般的な理解であるが、ここでは

「こうけ」と訓んで天皇を指す。

源氏物語の「六条院」――「大規模造営の時代」の文学

横井　孝

一　「大規模造営の時代」を生きる

火災の時代――『年号次第』の証言

東京の御茶の水図書館の成簣堂文庫に『年号次第』という本がある。川瀬一馬『新修成簣堂文庫善本書目』に「保延年間（注、一一三五―一一四〇）写」とあるのによれば、かろうじて平安時代の写本ということになる、古い年代記である。「大化五年元年乙巳　白雉五年元年庚戌」から始まって、日本の年号が年代順に、使用年数、年号期間中のおもな事件、という順に記されている。年号の脇に細字で記されているのは改元の日である。

一見、無味乾燥なその記述を、順を追ってみてゆくと気づくことがあった。

天徳四年　十、廿七　丁巳　四年内裏焼亡　百七十年有此災

応和三年　二、十六　辛酉

康和四年　七、十一　甲子　三年延暦寺焼亡　百八十二年有此災

安和三年　三、廿六、　丁卯　冷泉院元年践祚　村上天皇子
円融院二年受禅即位　同天皇子

（四オ）

天禄三年　廿五、　庚午　三年無追儺事

天延三年　廿五、　癸酉

貞元二年　七、十三、　丙子　元年内裏焼亡

天元五年　十一、十九、　戊寅　三年内裏焼亡

永観二年　四、十五、　癸未　花山院二年受禅即位冷泉院皇子

寛和二年　四、廿□、　乙酉　一条院二年践祚　円融院皇子

（四ウ）

永延二年　四、五、　丁亥　二年止用銭事

永祚元年　八、八、　己丑　大風吹諸司顛倒

正暦五年 庚寅 二年円融院崩三年旱魃四年疱瘡
五年疾疫

二、廿二、
長徳四年 乙未

正、十三、
長保五年 己亥

七月廿、
寛弘八年 甲辰 三条院五年践祚　冷泉院皇子
五年花山院崩

十二月十五、
長和五年 壬□ 後一条院五年践祚　一条院皇子
元年朔旦　三年内裏焼亡　四年又焼亡

四、三、
寛仁四年 丁巳 三年起無量寿院　四年疱瘡発

二、二日
治安三年 辛酉 二年宇佐宮焼亡

七、十三、
万寿四年 甲子

長元九年 戊辰 後朱雀院九年践祚　一条院皇子

四、廿一、
長暦三年 丁丑 三年内裏焼亡

十、十日
長久四年 庚辰 三年内裏焼亡

……（以下略）……

」（五オ）

」（五ウ）

どの年号の欄もごく簡略な記事であるにもかかわらず、いま仮に傍線をほどこしたように、「焼亡」ばかりが目立つということなのである。これはどうしたことなのか。その当該の年号の期間にはなにがしかの事件があったであろうに、火災の記事しか挙げていないというのは、よほどその当時に印象の強い事件として記憶に留められたためなのであろうか。

ここで思い合わせられるのは、歴史研究者たちが平安中期以降、一〇～一三世紀を火災の時代と認識していることだ。「驚くべき火災の頻発」（岡本堅次）、「火事と平安京の密接な関係」（西山良平）、「火災の時代」（上島亨）と口を揃えていう。「一条天皇は、在位二五年間、まさに火災に追い廻された」（岡本）ともあるように、紫式部の生涯の間（九七〇年代から生存最下限説の一〇三一年までの期間）に、内裏の焼亡だけでも九回に及ぶのだ。一覧表にしてみると次頁のようになる（アステリスクを付したのは、正規内裏ではなく里内裏であることを示す）。

平安建都以来はじめての九六〇（天徳4）年九月二三日の内裏焼亡は、紫式部誕生以前なので除外するとしても、これだけの大規模な火災があった。この中には、紫式部も暮らしたことのある一条院（里内裏）も含まれている。さらには大寺院・貴族の大邸宅も毎年のように焼け、それらにまき込まれて民家も厖大な数が炎上焼失している。彼女は「火災の時代」のまっただ中に生きた一人であったことになる。

回数	焼亡年月日	新造内裏への遷幸年月日	焼亡場所
①	九七六（天延4）年5月11日	九七七（貞元2）年7月29日	大内
②	九八〇（天元3）年11月22日	九八一（天元4）年10月27日	大内
③	九八二（天元5）年11月17日	九八四（永観2）年8月27日	大内
④	九九九（長保元）年6月14日	一〇〇〇（長保2）年10月11日	大内
⑤	一〇〇一（長保3）年11月18日	一〇〇三（長保5）年10月8日	大内
⑥	一〇〇五（寛弘2）年11月15日	一〇〇七（寛弘4）年正月	大内
⑦*	一〇〇九（寛弘6）年10月17日	一〇一〇（寛弘7）年11月28日	一条院
⑧	一〇一四（長和3）年2月9日	一〇一五（長和4）年9月20日	大内
⑨	一〇一五（長和4）年11月17日	一〇一八（寛仁2）年4月28日	大内

「大規模造営の時代」の文学

内裏は国家の象徴でもある。大内は政庁そのものであり、炎上焼失したものは国家の威信を賭けて再建しなければならない。火事は人心を不安定にし、莫大な損失としてのしかかってくるはずだ。ところが上島亨は、喪失・負担と考えがちな火災の時代を「大規模造営の時代」ととらえなおし、再建・新造のための「都での造営事業は都鄙間でひとやもの、、、の動きを盛んにし、経済・流通のみならず文化的交流をも活発にした」と説いた（「大規模造営の時代」『中世的空間と儀礼』東京大学出版会、二〇〇六・三刊、所収)。「白河・鳥羽という新たな市街地が生まれた院政期は、大規模造営の最盛期」ではあるが、それは「一〇世紀中葉以降の蓄積に立脚している」という後代への見通しをも提供している。本稿の、やや奇矯に映るかも知れない副題は、実にこの論題を借用したものだった。

　上島のような視点に立つならば、紫式部は「火災の時代」を生きると同時に「大規模造営の時代」をも生きたことになろう。文学の世界にもその影響はひたひたと押し寄せてきていた。その意味で、『栄花物語』は現実の社会事象をそのまま反映して、典型をなしている。たとえば、巻一五「うたがひ」、寛仁三年(一〇一九)法成寺造営の場面。

　堂の上を見上ぐれば、たくみども二三百人登りゐて、大きなる木どもには太き綱をつけて、声を合せて、「えさまさ」と引き上げさわぐ。御堂の内を見れば、仏の御座造り耀かす。板敷を見れば、木賊・椋の葉・桃の核《さね》などして、四五十人が手ごとに居並みて磨き拭ふ。檜皮葺き・壁塗り・瓦作りなども数を尽したり。又年老いたる法師・翁などの、三尺ばかりの石を心にまかせて切りととのふるもあり。池を掘るとて四五百人おりたち、又山を畳むとて五六百人登りたち、また大路の方を見れば、力車にえもいはぬ大木《おほき》どもを綱つけて叫びののしり引きもて上る。賀茂川の方を見れば、筏といふものに榑・材木を入れて、棹さして、心地よげにうたひのゝしりてもて上るめり。大津・梅津の心地するも……

板敷を磨くのに「木賊・椋の葉・桃の核」を使うところなど観察は細かい。活発に動きまわる大工らを興味深げに眺める筆者の視線は、これまでの物語には窺えなかったものである。

（新編日本古典文学全集・2一八四頁）

また、遡って巻一二「たまのむらぎく」では、長和五年（一〇一六）七月、道長の土御門殿が周辺の家をまき添えにして灰燼に帰したあと、

この殿の山、中島などの大木ども、松の蔦かゝりていみじかりつるなど、おほかた一木《ひと》残らずなりぬ。あさましう、ことさらにすとも、いとかくこそは焼けめと、いみじうありがたげなり。いみじき家《や》といふとも造り出でてむ。銀・黄金の御宝物はおのづから出で来、設けさせたまひてん。この木どもの有様、大きさどもをぞ、世に口惜しき事におぼし嘆かせ給ふ。

（2八〇～八一頁）

という一節が続く。しかし、その焼失を惜しむ一文も、池中の中島にあった数本の大木を象徴として、喪われた情趣を悲しむのであって、「いみじき家といふとも造り出でてむ」あるいは「銀・黄金の御宝物はおのづから出で来」るので取るに足りないと傲然と言い放つ心情は、活気に湧く「大規模造営の時代」なればこそであろう。

『源氏物語』は右の記事よりやや時代がさかのぼりはするが、紫式部は眼前に土御門殿（第一期）の偉容を眺め、かたや「このをのゝ宮をあけくれつくらせ給こと、日にたくみの七八人

たゆることなし。よの中にて斧の音する所は、東大寺とこの宮とこそはべるなれ」（『大鏡』実頼・岩波古典大系）と賞讃される藤原実資の小野宮も視野に入っていた。『源氏物語』もまた「大規模造営の時代」の文学であった。

二　理想的邸宅と「大規模造営の時代」

六条院は正規寝殿造の典型

光源氏の六条院は、少女の巻の末尾ちかく、紫の上の父・式部卿の宮の「あけんとし五十になり給ける御賀」（『源氏物語大成』七〇七頁）を新造の家でともに祝いたいとの気持ちから急がされ、工程こそ描かれぬものの、「世中ひゞきゆすれる御いそぎ」という造営がなされた。

八月にぞ六条院つくりはてゝ、わたり給ふ。

ひつじさるのまちは、中宮の御ふる宮なれば、やがておはしますべし。たつみは殿のおはすべきまち也。うしとらは、東の院にすみ給ふたいの御方、いぬゐのまちは、明石の御方とおぼしをきてさせ給へり。もとありける池山をも、びんなき所なるをばくづしかへて、水のおもむき、山のをきてをあらためて、さま〴〵に御かた〴〵の御ねがひの心ばへをつくらせ給へり。

南の東は、山たかく、春の花の木、かずをつくしてうへ、池のさまゆをびかにおもしろくすぐれて、おまへちかき前栽、五葉・紅梅・さくら・ふぢ・山ぶき・岩つゝじなどやうの春のもてあそびを、わざとはうへで、秋の前栽をばむら〳〵ほのかにまぜたり。

中宮の御まちをば、もとの山に紅葉のいろこかるべきうへ木どもをそへて、いづみの水とをくすまし、やり水のをとまさるべき岩をたてくはへ、瀧おとして、秋の野をはるかにつくりたる、その比にあひて、盛にさきみだれたり。……

きたの東は、すゞしげなるいづみありて、夏のかげによれり。まへちかき前栽、呉竹うへ、した風すゞしかるべく、木だかき森のやうなる木ども、こぶかくおもしろく、山里めきて、……東おもては、わけて馬場のおとゞつくり、らち（埒）ゆひて、五月の御あそび所にて、水のほとりにさうぶ（菖蒲）うへしげらせて、むかひにみむまや（御厩）して、世になき上め（馬）どもをとゝのへたてさせ給へり。

にしのまちは、北おもてつきわけて、みくらまちなり。へだてのかきにから竹うへて、松の木しげく、雪をもてあそばんたよりによせたり。（少女、七〇八～七一〇頁）

ここでは庭園の植生に筆が費やされるが、「よまち（四町）をしめてつくらせ給ふ」（七〇七頁）というところにすでに並はずれた規模の大きさが示されたことで、造営の壮大さは明示されていたのである。建屋の構成・結構の記述は本文のあちこちに散りばめられている。たとえば、――「左右のたい、わたどのなどに御つぼねしつゝをはす。にしのたいのひめ君はしむでんのみなみの御方にわたり給て」(初音、七七四頁)、「きたのたい」(常夏、八四二頁)、「にしのはなちいでに御丁たてゝ、そなたの一二のたい、わた殿かけて」(若菜上、一〇五七頁)、「あかしの御町のなかのたい」(同一〇八七頁)……等々。

これらを総合して、太田静六『寝殿造の研究』は、六条院(特に東南の春の町が詳述)が「寝殿を中心として左右対屋を持ち……寝殿の全面には広大な南池があり、南池には中島を構え、対岸には南山が控えた。池に臨んでは東釣殿が姿を映すなど、寝殿造の典型像そのままである」ことを指摘し、そこに「最高級寝殿造の俤」「理想的邸宅」のすがたが描かれていることを述べた。そこにあるのは特別な仕掛けをほどこしたわけでも何でもない、観念的な「理想」の世界である。

理想的邸宅は大規模消費

そもそも「最高級」の「理想的邸宅」とは、そのまま大規模な邸宅を意味することはいうまでもなかろう。たとえば、『うつほ物語』吹上の上巻に登場する神南備種松の吹上の宮は、このように描写される。

ふきあげの浜のわたりに、ひろくおもしろき所をえらびもとめて、金ごん・るりのおほ殿をつくりみがき、四めん八丁のうちに、三重の垣をし、三つのぢむ（陣）をすゑたり。宮のうち、るりをしき、おとどとを、廊・楼なんどして、したむ（紫檀）・すはう・くろがい・からも、などいふ木どもを材木として、こんごん（金銀）・るり・しやこ（硨磲）・めなう（瑪瑙）のおほ殿をつくりかさねて、よおもてめぐりて、ひんがしの陣のとには春の山、みなみの陣の外には夏のかげ、にしの陣のとには秋のはやし、きたには松のはやし。おもてをめぐりて植ゑたる草木、たゞのすがたせず、さきいづる花の色、木の葉、この世の香に似ず。せんだん・うどん（優曇）、まじらぬばかりなり。くじやく（孔雀）・あうむ（鸚鵡）のとり、遊ばぬばかりなり。

（野口元大『校注古典叢書』）

あるいは『栄花物語』巻二三「こまくらべの行幸」に見える、万寿元年（一〇二四）九月に駒競の盛儀がおこなわれた高陽院。

いとどしき殿の有様を、心ことに掃ひ磨かせたまふほど、いへばおろかにめでたし。この世には冷泉院、京極殿などをぞ、人おもしろき所と思ひたるに、この高陽院殿の有様、この世のことと見えず。海龍王の家などこそ、四季は四方に見ゆれ。この殿はそれに劣らぬさまなり。例の人の家造りなどにもたがひたり。寝殿の北・南・西・東などにはみな池あり。中島に釣殿たてさせたまへり。東の対をやがて馬場のおとどにせさせたまひて、その前に北南ざまに馬場せさせたまへり。目もはるかにおもしろくめでたき事、心もおよばず、まねびつくすべくもあらず。をかしうおもしろしなどは、これをいふべきなりけりと見ゆ。絵などよりも、これは見所あり、おもしろし。
（2四一七～四一八頁）

いずれもその華美を競う描写は、壮大な規模が裏付けとしてあってこそ成り立つものなのである。吹上の宮のように「紫檀・蘇芳・くろがい・唐桃などいふ木どもを材木」とするのは別として、建築用材といえばヒノキが現実として最適だと思われるが、だからこそ良質のヒノキ材というのは昔から大量消費されてきたものである。平城京の建設、東大寺大仏の造営などで奈良周辺の原生林が乱開発されたというし（杉山二郎『大仏以後』学生社、一九八六・七刊）、長岡京・平安京遷都にも平城京に残された建築物を解体して再利用したというのも、突貫工事ゆえの急場しのぎでもあったろうし（『続日本紀』延暦一〇年九月甲戌条）、資源の枯渇ゆえでもあっただろう。大規模造営とは良材の大規模消費でもあったのである。

資材の流用・再利用があったとしても新京建設の度に木材の消費はかさむ。平安京の場合は、大堰川上流の山国杣（現・京都市右京区京北町）、丹波国船枝杣（現・京都府南丹市八木町）が絶好の供給地となったという。「山国杣・船枝杣からの貢進材は、大堰川を流下して梅津に陸揚げされ、荷車で陸上を洛中に運送したり、桂川の鳥羽から鴨川を筏で上った」（藤田彰典『「木」の文化誌――京都の林業と林産物流通の変遷』清文社、一九九三・三）。その様子が、先に引いた『栄花物語』巻一五「うたがひ」の「賀茂川の方を見れば、筏といふものに……」の一節だったというわけである。

受領の貢進と使用資源

法成寺造営の際には、受領たちが競って夫役や材木・檜皮・瓦などを貢進したが、それには先例があった。これに先立つ長和五年（一〇一六）七月二一日に起こった火事で土御門殿が類焼した折、諸国の受領から続々と見舞いの貢馬が届けられ、再建工事には諸国の国司が寝殿・対屋の建築を請け負い、果ては、寛仁二年（一〇一八）に再興がなった時、源頼光の貢進したものの内容は驚倒するものであった。藤原実資は『小右記』寛仁二年六月二〇日条に、

伊与守頼光、家中雑具皆悉献之。厨子・屏風・唐櫛笥具・韓櫃・銀器・舗設・管絃具・剱、其外物不レ可二記尽一。厨子納二種々物一、辛櫃等納二夏冬御装束一。件唐櫛笥等具皆有二二具一。又有二枕莒等一、屏風二十帖、几帳二十基云々。希有又希有事也。　（大日本古記録・第五巻）

と驚きをあからさまにし、「献二万石・数千疋一了者多二有其輩一。未レ聞レ如二此事一」のため、わざわざその細目をいちいち挙げている。同じことは『栄花』巻一四「あさみどり」にも、

殿の御前の御調度ども、上（倫子）の御具、督の殿の御方（威子）も、すべて残る物なう仕うまつれり。女房の曹司曹司の物の具ども、御簾・畳・半挿・盥、何くれの物の具、すべて侍・蔵人所・随身所などの、殿の内に、この物こそなけれと思しのたまはすべきやう

なし。いかでかく思ひ寄りけむとまで御覧ぜらるるぞめでたかりける。御帳・御屏風のしざま、唐櫃のしざま、蒔絵・置口までめづらかに仕うまつれり。「いかでかうしけむ」と殿も仰せられ、殿ばらもいみじう感じたまふ。（2一五三～一五四頁）

と特筆されている。結果として焼け太りになった体の道長すらあきれるほどであったという。よほどその当時の人びとに衝撃を与えた事件だったのであろう。法成寺造営の時はその先蹤を追うものにほかならない。道長に優るとも劣らぬ権勢を持った光源氏の場合も、六条院造営には「我も〳〵ときほひ仕うまつる」（『栄花』うたがひ）人びとがあったことを想像しないわけにはゆかない。

そして、それが活発な人の動き、経済効果を生む、というのが上島亨の意見であったが、当然そこには厖大な木材消費といった視点が必要だった。

建築に関して稿者はまったくずぶの素人なので、どのくらいの建築物にどの程度の木材が必要かというのは、推測もつかない。手近なところで知る術がない。薬師寺再建で有名な宮大工の西岡常一のインタビュー記事に、昭和の法隆寺金堂の修理の際に「挽立材を百四十七石ほど使ったのにたいし、原木と丸太材は二千三百四十石ほど使っている」「ふつうの木造建売り住宅一戸分は二、三十石くらいの木材で建つ」という記事のあるのを、かろうじて見つけた（西岡常一・青山茂『斑鳩の匠　宮大工三代』徳間書店、一九七七・一二刊）。便利な鋸のなかった時代、軒先の細い垂木など原木から割材で取るために、どうしても無駄が生じる。西岡棟梁は「現在、十本とれるところで、（注―創建当時の技術では）三分の一の三本ぐらいとれたらええほうでしような」という。

時代も規模もまったく異なる条件であることを承知の上で参考に挙げるならば、延徳二年（一四九〇）三月に北野天満宮が火災に遭い、その再建時の用材の一覧表が『北野社家日記』に残されている。

材木注文　延徳三　五月廿二日

一、円柱六十本　口一尺四寸 長一丈三尺
一、よほう柱六十ほん　口一尺 長一丈三尺
一、かふき百七十本　一丈四尺
一、大かふき大一本　広三尺二寸 厚一丈五寸 長四丈四尺
一、円柱十二本　口一尺　長一丈三尺
一、大かふき六丈《丁》　広四尺　長一丈三尺
一、円柱七十本　口一尺一寸　長一丈一尺
一、かふき五十二丁　長一丈七尺
一、円柱二本　口二尺五寸　長一丈二尺

一、かふき三本　口二尺五寸　長一丈二尺

一、たるき五百本　厚《広》四寸　厚三寸　長一丈一尺　大概此分

このほかにも寄進されている分もあるので、ここに挙げられた数量がすべてではなかろうが、六条院全体の規模からすれば比較になるほどの数値ではなかろうと思う。

また、さらにずっと時代が下って、天保九年（一八三八）三月一〇日に炎上焼失した江戸城西の丸の場合、幕府の貯木場にある材木ではとうてい足らず、尾張藩の領地・木曽の良材を強引に入手するかたちで再建に取り組んだ。その結果の使用資源については、

再建西丸殿舎には尺〆にして一三万本近い上材を使用したばかりではない。この外に本瓦三四万三〇〇〇余枚、平瓦一二万六〇〇〇余本と銅瓦合一五八万七四〇〇枚、鉄一五三万八八〇〇本（目方二〇万六六六八貫余）、畳・薄縁一万九三六〇畳、内装には金箔一九九万二四九〇枚が使用されているが、延べ九四万三九〇〇人に上った人工数にも目を向けなくてはなるまい。（所三男「江戸城西丸の再建と用材」『金鯱叢書―史学美術史論文集』創刊号、一九七四・三刊、所収）

という調査がある。あえてくり返すけれども、時代も規模も異なり、建造物の構造・様式も違うので比較は困難である。建築史に疎い素人が集めうる資料には限界があることもたしかだ。ただ、厖大な消費活動がアナロジーとしてそこにあることを認めていただければよい。それに

しても、内裏を含めた大内全体の造営の規模というと、まさしく素人の想像を軽く超越してしまう領域のことがらである。

三　災厄の中の『源氏物語』

大小の災厄

『源氏物語』の六条院を「火災の時代」「大規模造営の時代」の所産としてとらえ直した場合、どのようなことが見えてくるだろうか。

紫式部の生きた時代が、内裏火災の連続に象徴されるような「火災の時代」であることは述べてきたとおりだ。しかも火災だけでなく、水害にも並行して見舞われている。西暦一〇〇〇年前後一〇年ほどだけに限定して記録類を参照しても、以下のような大小さまざまな記事を拾い上げることが可能なのである。なお、○印は火災の記事、●印は水害の記事、△印はその他の災厄の記事であることを示す。

長保元年（九九九）

○6月14日　内裏焼亡……「内裏焼亡。件火事出レ自二修理職一也」（日本紀略）。

長保二年（一〇〇〇）
○正月4日　右京で火事……「戌時許、西京有二火事一」（御堂関白記）。
○同　9日　放火……「夜部有二北廊放火事一」（御堂）。
○4月7日　豊楽殿に落雷……「未時白雨、電・（「雷」の誤り）音大也。豊楽院外弁西昭・（「招」の誤り）俊堂神落。有二神火灰一也」（御堂）。
●8月16日　鴨川洪水……「夜来大雨、鴨河堤絶、河水入洛、京極以西人宅多以流損。就中左相府不レ別二庭池一、汎溢如レ海、参入人々、束帯之輩、解二脱履襪一、布衣・布袴之者、上括往還云々、卿相或騎馬、或被二人負一云々」（権記）
長保三年（一〇〇一）
△昨冬〜7月　疫病蔓延……「始自二去冬一、至二于今年七月一、天下疫死大盛、道路死骸不レ知二其数一。況於二斂葬之輩一、不レ知二幾万人一」（紀略）。
長保四年（一〇〇二）
○10月14日　右衛門府で火事……「右衛門府有レ火」（紀略）。
長保五年（一〇〇三）
●5月19日　「洪水」（20日「去夜大水入二京中一」）（紀略）。
寛弘元年（一〇〇四）

●6月2日　鴨川堤決壊……「不レ停レ雨。見ニ鴨河新堤所々破一」（御堂）

●7～8月　旱・祈雨……「祈雨」（7月1・8・24日・8月4・5日条）（紀略）。

○11月6日　放火……「後涼殿板敷下火落下、雑物燃」（御堂）。

○同　16日　右京で火事……「参内。途中内方火有筋、非ニ他所一。仍馳参、西京也」（御堂）。

寛弘二年（一〇〇五）

●5月18日　鴨川洪水……「法性寺座主送ニ消息一云、今日東北院事如何、河水極深、不レ可レ渡者」（小右記）。

○11月15日　内裏焼亡……「内裏焼亡者。乍レ驚馳参……此間火勢太猛。……人々云、火起ニ温明殿一、神鏡所謂恐所・大刀并啓（契カ）不レ能ニ取出一云々」（小右記）。

寛弘三年（一〇〇六）

○10月5日　南院・源則忠邸焼亡……「南院焼亡。……此火及ニ但馬守源則忠宅一」（紀略）。

寛弘四年（一〇〇七）

○正月5日　藤原斉信邸焼亡……「右衛門督斉信卿家焼亡」（紀略）。

○3月24日　藤原道綱邸焼亡……「大納言道綱卿家焼亡」（紀略）。

△6月26日　旱・祈雨……「奉ニ幣丹貴二社一。依ニ旱魃一也」（紀略）。

●8月19日　大雨……「奉ニ幣丹貴二社一。依ニ止雨一也」（紀略）。

寛弘五年（一〇〇八）

●8月8日　飢饉・水害……「洛下之人間有二飢饉一、亦被二水害一之者往々衆矣云々」（小右記）。

こうした時代の中で、寛弘五年は『紫式部日記』の記事のはじまる年であり、彰子が敦成親王を出産する、道長にとっては喜ばしい記念の年でもあるのだが、不思議に大きな災厄の記事が少ない年でもあった。もちろん古記録には散逸部分が多くて、現存記事だけで判断するのは早計なのだが、それ以前の数年間と比較するとこのような印象を持つのである。もっとも、当事者の道長は、彰子のはじめての出産を控えてさまざまの不安を抱えていたであろう。『小右記』に「水害を被《かうぶ》る者往々にして衆《おほ》し」とあるように、この年の七～八月は雨が降り続いたことは、鴨川が決壊して土御門殿が冠水したという長保二年の記憶を呼び起こして不安であったに違いない。そのような情勢の中での彰子の安産だったことが『紫式部日記』の背景にある（横井「紫式部と鴨川の風景」『実践国文学』七一号、二〇〇七・三）。平安時代を一貫して洪水の被害があるようにも見受けられるが、前期にくらべ中後期の被害の頻度が高いとされているのは、「大規模造営の時代」における木材の消費の増大と関連するものであったことは、容易に想像されるところである。

「野分」の体験

『源氏物語』の場合、災厄に筆を費やすのが少ないことはすでに知られている。野分の巻に六条院を野分が襲った後の情景は、そのすくない場面のひとつといえよう。

「六条院には、はなれたる屋どもたふれたり」など人々申。風の吹まよふ程ひろくそこらたかき心ちする。院に人々おはします。おとゞのあたりにこそしげゝれ。ひんがしの町などは人ずくなにおぼされつらんとおどろき給て、まだほの〴〵とするにまいり給。道の程に、よこざま雨いとひやゝかに吹いる。空のけしきもすごきに、あやしくあくがれたる心ちして、何ごとぞや、又わが心におもひくはゝれるよとおもひいづれば、いとにげなき事成けり、あなものぐるをし、とざまかうざまにおもひつゝ、東の御方にまづまうで給へれば、をぢこうじておはしけるに、とかくきこえなぐさめて、人めして所々つくろはすべきよしなどいひをきて、南のおとゞにまいり給へれば、まだみかうしもまいらず。おはしますにあたれるかうらん（高欄）にをしかゝりてみたわせば、山の木どもも吹なびかして、枝どもおほくおれふしたり。草むらはさらにもいはず。ひはだ・かはら、所々のたてじとみ（立蔀）、すいがい（透垣）などやうの物みだりがはし、……（八六八頁）

風台風と思われる「野分」は、実際に長保五年八月二八日（一〇〇三年一〇月二日）京都を襲った台風を準拠としているとする説がある（高橋和夫『日本文学と気象』中公新書、一九七八・八刊）。

ただし右のように、建物の倒壊のような大きな被害は人びとの噂の中に封じ込めて、光源氏の目を透過した描写では、惨憺たるありさまというほどのものではない。ましてや、右の引用の直後の文は「日のはつかにさし出たるに、うれへがほなる庭の露きら〳〵として、空はいとすごう霧わたれるに……」として、それを眺めやる夕霧の心情表現に移行してゆく。吹き荒れる野分の風によって、ふだんは閉鎖された室内の空間・人事を、夕霧に見届けさせる体で、読者に対してあらわにしているのであって、野分の被害を詳述する意図がそこにあるわけではないのであろう。

紫式部の体験が、そのまま直線的に作品に表出されるわけではないことは『紫式部日記』が示していたのではないか。『日記』が、水害の虞れが去って晴れ間がのぞいたところから叙述を始めたように、『源氏物語』もさしあたり不要な災厄は描かないことで一貫しているようだ。それは火災の場合も同様である。

『源氏物語』火事の記述

『源氏物語』に火事の記述が少ないこともすでに論じられている。光源氏の生前には絶えてなく、宇治十帖に入ってわずか二箇所、つぎのような場面である。まず、橋姫の巻、冒頭に八の宮の人となりが紹介され、京中の邸を焼け出され、宇治に転居したところから物語が動き始める。

① か丶るほどに、すみ給ふ宮やけにけり。いとゞしきよに、あさましう、あえなくて、うつろひすみ給ふべき所のよろしきもなかりければ、うぢといふところによしある山ざともたまへりけるにわたり給ふ。おもひすてたまへるよなれども、いまはとすみはなれなんをあはれにおぼさる。（橋姫、一五一三頁）

一時は藤壺の宮所生の皇太子・冷泉の対抗馬として担ぎあげられながら、右大臣家の没落とともに忘却された、落魄の宮家がさらに試練に遭うという筋立ては、前半生と好対照をなすべく選択されたものであることは、いまさら詳細に敷衍するまでもないだろう。

次は、橋姫の次巻・椎本の巻末ちかく。

② そのとし三条宮やけて、入道宮も六条院にうつろひ給ひ、なにくれと物さはがしきにまぎれて、宇治のわたりをひさしうをとづれ聞え給はず。（椎本、一五七九頁）

八の宮の没後、身寄りのない宇治の姉妹のもとに通っていた薫に支障が生じる場面である。匂宮に中の君を薦めたため、短兵急に仲介を迫る匂宮と、それを嫌う大君との間におかれる薫が、これでしばらく宇治を訪れることができなくなる。それが大君との疎隔につながるという悪循環を生み出すのである。②の直後の文に「まめやかなる人の御心は、またいとことなりければ、いとのどかに、をのがものとはうちたのみながら……」と続く。薫のこの心性は、浮舟との間でも「かの人はたとしへなくのどかにおぼしをきて、」（浮舟、一八六〇頁）、「まめ人はのどかにみたまひつ、」（同一八九九頁）とくり返され、女との疎隔をつくる要因となる。

以上、『源氏物語』の火事の記述は、あとにもさきにもこの二例のみ。京中の八の宮邸はついに再建されないが、②の女三の宮と薫の三条の宮は、このあと工程は描かれることなく、いきなり総角の巻なかばになって、

中納言は、三条の宮つくりはて、、さるべき様にてわたし奉らむとおぼす。（一六三五頁）

と出てくる。ついで、

衣がへなど、はかぐ〵しくたれかはあつかふらんなどおぼして、御丁のかたびら、かべしろなど、三条の宮つくりはて、、わたり給はん心まうけにしをかせ給へるを、「まづ、さるべきよう（用）なん」など、いと忍びてきこえ給ひて奉り給。（同）

とすでに完成して、すぐにも移転できる状況で、几帳や壁代なども搬入するばかりに準備されているという。そして実際に転居するのは大君の死後、早蕨の巻に入って、

中納言は、三条の宮にこの廿日余のほどにわたり給はんとて、この比は日々におはしつ、み給に、この院（二条院）ちかき程なれば、けはひもきかむとて、よふくるまでおはしけ

るに、たてまつれ給へる御ぜむの人々、帰りまいりて、ありさまなどかたりきこゆ。

（一六九〇頁）

と、ようやく本格的に転居への行動が始まる。大君を喪ったことで、中の君を手放したことを後悔するという心情に沿う叙述であり、夢の浮橋の巻に至るまで、三条の宮の名は物語に登場するが、その結構などについて言及されることがないことは一貫している。それに対して、何かと言及されるのは六条院であって、焼け出された女三の宮・薫が避難したのは六条院であり、「六条院に左《右イ》のおほい殿、かたつ方にすみ給て」（総角、一六三五頁）と夕霧も拠点のひとつとしていたのである。

火災の時代相のなかで『源氏物語』の火事の記述の寡少さはどうしたことだろうか。『源氏物語』を含めた平安時代文学の火事の記載をめぐって、資料類によく目配りして総合的に述べている文学の側の論は少なく、かろうじて吉海直人の論が独走するように見受けられる。論の末尾に、このようにある。

『源氏物語』の作者は、現実には頻繁に内裏が炎上しているにもかかわらず、しかも本人もまのあたりに体験しているはずなのに、敢えてそういったマイナスイメージを物語に取り込もうとはしていないようである。それは内裏のみならず、火事そのものもあまり大きな意味を持たされていない。物語における貴族社会は、そのことによってまさに平安の世界を保証されているわけである。光源氏の恋物語は、たとえどんなに政治性が内包されていようとも、総体としては泰平の御代が志向され、かつ描かれているのであった。

吉海の結論とするところは首肯できる穏当なものである。ただし、火事は「本人もまのあたりに体験しているはず」どころでなく、たとえば『紫式部日記』寛弘五年の大晦日の夜の記事に、

> つごもりの夜、ついな（追儺）はいとし（こ）くはてぬれば、はぐろめ（歯黒）つけなど、はかなきつくろどもすとて、うちとけゐたるに、弁の内侍きて、ものがたりしてふし給へり。たくみ（内匠）のくら人（蔵人）はなげしのしもにゐて、あてきがぬふものゝ、かさねひねりをしへなどつく〴〵としたるに、おまへのかたにいみじくのゝしる。ないしをこせど、とみにもおきず。人のなきさはぐをとのきこゆるに、いとゆゝしく、ものもおぼえず。ひ（火）かとおもへど、さにはあらず。
>
> （書陵部蔵黒川本による）

とあるように、女房たちの悲鳴を聞いて、とっさに「火かとおも」った、というほど火事は彼女たちには卑近なものであった。にもかかわらず、「敢えてそういったマイナスイメージを物語に取り込もうとはしていない」のはなぜなのだろうか。

四　作者にとっての「物語」世界

「大規模造営の時代」＝火災の時代」ではない

「大規模造営の時代」にふさわしいのは、『源氏物語』のなかでは光源氏の邸宅——わけても六条院の造営だけだった。工程はいちいち描かれないものの、少女の巻にその概観を挙げ、さらに玉鬘十帖の初音以下の巻々をとおして四季の移ろいを描く壮大な六条院の景観こそ、循環論法のようないい方になってしまうが、まさしく「大規模造営の時代」の建築物にふさわしい規模で語られている。

ただし、結果から見れば、物語の世界では、歴史の立場から上島亨がいうような「火災の時代」をそのまま「大規模造営の時代」に置換できるものではなかった。二条院—二条東の院—六条院と積みかさねてゆく光源氏の邸宅は、現実の「大規模造営の時代」のただ中の藤原道長の、土御門殿・東三条殿・枇杷殿などと積みあげてゆく軌跡をなぞるかのごとくではあるが、物語の邸宅はあくまでも物語のなかの邸宅なのである。つまり、端的にいえば、『源氏物語』のなかで邸宅らしい邸宅は六条院だけしかない、ということだ。

物語の舞台となる左大臣邸・右大臣邸・六条院に吸収される前の「中宮の御ふる宮」六条御

息所邸・末摘花邸・鬚黒邸……等々、それなりの格式と規模を持っていたはずであり、そうでなければならないのだが、ほとんどはその全景を図面に落とせるほど詳細に叙されているわけではない。あたりまえのことながら、光源氏に寄り添う視点が、光源氏の邸宅を詳述するかたちで突出させたわけであり、それ以外はその必要がなかったというに過ぎないのだろう。相対化されない邸宅として六条院が存在するといってよかろう。

話型が示しているもの

六条院が、現実に六条京極にあった源融の河原院を準拠とすることと同時に、その裏側に、現実を超越した理想的邸宅を貼り付けていることは古くから指摘されていた。古代の物語・説話に普遍的に存する型――「話型」の問題である。『源氏物語』の古注釈の時代からそれは議論の対象とされていて、四辻善成の『河海抄』（一三六二年ころ成立）には、「此六条院は河原院を模する歟……一世源氏作られたるも、其例相似たる歟」と挙げたのち、「六条京極のわたりに中宮の御ふるき宮のほとりによまち《四町》をしめてつくらせ給」という項目をたてて、

うつほの物語云、「紀伊国むろの郡に神なびのたね松といふ長者、吹上浜のわたりに四面八町のうちに紫檀・蘇芳・くろがひ・からも、などいふ木どもを材木にとりて、金銀・瑠璃・車渠・馬脳のおほ殿をつくりかさねて……四面をめぐりうへたる草木、たゞのすがた

せず」。此事を模する歟。たね松、孫の源氏宮のために造て、四面八町のうちに四季をわけてすまひけりといへるに相似たり。

という注釈がある。また、一条兼良『花鳥余情』（一四七二年成立）には、若紫の巻に明石父娘の話題が良清から出された時、入道の娘の過剰なかしづきぶりに、光源氏の従者たちが「かいりう（海竜）王のきさいになるべきいつきむすめなゝり」（若紫、一五四頁）と茶化す言葉をめぐって、

むかし大香王といふ王、みめうつくしき女をもちたりけるを、辺国の王四人ともにこれをえんことをのぞみける程に、此女にはかにうせぬ。父の王・母など恋もとむる所に、いぬゐのかたにあたりて卅七万八千九百里を過て竜宮城あり。其竜王これをとりて大海の底にをける事を聞て、父の王ならびに辺国の四人の王ともに行むかひてとりかへしたる事あり。吉祥天女の本縁に申侍り。又沙迦羅竜王の八歳の女の母も王の妻なれば、后といはんに相違なく侍り。

という説話が紹介されていた。ここに引かれている「竜宮城」もまさしく四方四季の典型であった。後代のものではあるが、御伽草子『浦島太郎』に語られるそれと比較すれば、六条院の庭前の情景（前掲の少女の巻）と描写方法の酷似に気づくはずである。

女房、「これは、たつのみやこ（りうぐうじやうイ）とて、たのしみふかき所なり。四方に

四季のさうもくをあらはせり。見せ申さん」とてひきぐしていでにけり。

まづひがしおもてをみてあれば、はるのけしきとうち見へて、梅や桜の咲みだれ、柳のいとのたをやかに、はる風に打なびき、霞の内より鴬の声もさながらのどかにて、いづれのこずゑも花なれや。

南おもてを見てあれば、夏のけしきとみへわたり、春をへだつるかきほには、卯のはなやまづ咲ぬらん。池のはちすは露かけて、みぎはすゞしきさゞ波に、水どりあまたあそびけり。木々の梢もしげりつゝ、空になきしは蟬の声、夕だちすぐる雲間より、声たててとほるほとゝぎす、なきてなつをやしらせけん。

にしは秋と打みへて、四方の梢も紅葉して、ませの内なるしら菊や、霧立こむる野べの末、ま萩が露をわけ〳〵て、声ものすごき鹿の音に、秋とのみこそしられけり。

さて又北をながむれば、冬のけしきと打みへて、よもの梢も冬がれて、かれ葉における初霜や、山々はたゞ白たへの、雪にうもるゝ谷の戸に、心ぼそくも炭がまの、けぶりにしるき賎がわざ、冬としらするけしきかな。……（『浦島子伝』現代思潮社・古典文庫）

これらの記述は、準拠論・話型論という名で従来すでに論じられており、手垢のついた資料でもある。しかし、もう一度振り返ってみれば、光源氏の前半生の物語が流離とその超克という「話型」を踏襲し、大きく展開・拡充したものであった（阿部秋生）ように、竜宮城の「話型」は六条院の造営というかたちで継承されたのである。「貴種流離譚」が在原行平・菅原道真・周公旦の事蹟によって潤色されたように、六条院も河原院によって潤色されてはいるが、その基底にあるのは物語としての話型であった。物語中のさまざまな貴顕の邸宅が、いかに格式と規模を誇ろうとも、それによっても六条院が相対化されない、というのは右のごとき事情があったためである。

『源氏』と『栄花』の差

「火災」は新たな生活をいとなむために再建・新造へと展開する。現実社会において「火災の時代」が「大規模造営の時代」に読みかえられることはあってもよい。しかし、物語のなかの理想的邸宅を必要とする世界は「大規模造営」と結びつくことはあっても、「火災」とは必ずしも直結するものではない。

同様に邸宅の壮麗さを述べる文章であっても、物語の位相によって内実を異にすることは前提として考えておかねばなるまい。前掲『栄花物語』巻一二「たまのむらぎく」の一節、長和五年(一〇一六)七月、土御門殿が焼亡した直後の記事に、このようにあった。

この殿の山、中島などの大木ども、松の蔦か丶りていみじかりつるなど、おほかた一木《ひと》残らずなりぬ。あさましう、ことさらにすとも、いとかくこそは焼けめ……この木どもの有様、大きさどもをぞ、世に口惜しき事におぼし嘆かせ給ふ。

（新編日本古典文学全集、2八〇頁）

このあと土御門殿は第二期のそれとして復活、寛仁二年（一〇一八）六月二七日に落成する。『栄花』巻一四「あさみどり」に、源頼光が一切の調度を貢進して、世人の度肝をぬいたという前掲詞章の後文に、

……山の大木など失せにしこそ口惜しきことなれど、今ひき植ゑさせたまへる小木などは、末はるかに生ひ先ありて、たのもしき若枝おぼえて、見所まさりてなむありける。

（2一五三～一五四頁）

とあるのは、再建なった建造物への賛美ではあるのだが、ここにある「喪失」へのまなざしは、別の記事――これも前掲の巻一五「うたがひ」法成寺造営の一節で、「板敷を見れば、木賊・椋の葉・桃の核《さね》などして、四五十人が手ごとに居並みて磨き拭ふ」（2一八四頁）というようなまなざしと通底する、作者個人の興味関心が剥き出しになっている場面ではなかったろうか。

『栄花物語』が「大規模造営の時代」をどのように描いたか、という問題については別に述べたいが、いまここで確認しておきたいのは、『源氏物語』の六条院を詳述する少女あるいは初音以下の諸巻の詞章と『栄花』のそれとは、「話型」の存在を前提にするか否かにおいて、似て非なるものだということである。作者にとって「物語」のなかの世界、場とは、みずから

の体験がそのまま直線的に表出されるものではなかったのだ。

参考文献

『源氏物語』本文は『源氏物語大成』校異篇により所在を示した。成簣堂文庫蔵『年号次第』は川瀬一馬『善本書目』に数葉の写真が掲載されるほか、牧野和夫『延慶本『平家物語』の説話と学問』（思文閣出版、二〇〇五・一〇刊）に翻刻がある。その他の引用・参考文献は以下のとおり。

阿部秋生『源氏物語研究序説』（東京大学出版会、一九五九・四刊行）、上島享「大規模造営の時代」（シリーズ都市・建築・歴史3『中世的空間と儀礼』東京大学出版会、二〇〇六・三、所収）、太田静六『寝殿造の研究』（吉川弘文館、一九八七・二刊）、岡本堅次「藤原政権と火災について」（『山形大学紀要（人文科学）』五巻三号、一九六四・二）、西山良平『都市平安京』（京都大学学術出版会、二〇〇四・六刊）、吉海直人「「火事」と平安朝文学」（『源氏物語の新考察―人物と表現の虚実』おうふう、二〇〇三・一〇刊、所収）。

なお、稿者・横井の関連論考として『円環としての源氏物語』（新典社、一九九九・五刊）、「六条院の風景―『源氏物語』の庭園を再構築する」（『源氏物語の新研究―内なる歴史性を考える』新典社、二〇〇五・九刊、所収）、「紫式部にとって「日記」とは何だったか―「水火の責め」による位相、その序説」（『紫式部日記の新研究―表現の世界を考える』新典社、二〇〇八・五刊、所収）がある。旁々参照していただければ幸い。

寝殿造庭園の美学――摂関政治期の作庭意識

上杉和彦

はじめに

課題の設定

本稿の目的は、『源氏物語』などの王朝文学における寝殿造邸宅の庭園の描写を考える前提として、摂関政治期の作庭の実態とそれをめぐる貴族の意識について考察することである。

庭園といえば、平安時代の美術・建築といった風雅なテーマが想起されるであろう。しかしながら筆者は、朝廷や幕府などの権力が、何かある負担を人に課す時に、どういう理屈で負担を課すか、あるいは負担を逃れる側はどういう形で正当性を強調してその負担を逃れるか、といった問題に関心を持っている。従って、寝殿造邸宅の庭園に関する筆者の興味関心も、そのような発想の制約を受けることとなる。

作庭にも大規模な経済力が必要であるから、物質的な問題として、庭を造りたくても造れないとか、あるいは造った庭が荒れてしまうという状況が当然ながら生じうるだろう。そのような状況において、どのような形で物質的動員が図られているのか、という形で平安時代の庭の特質を考える、というのが筆者の問題の立て方である。

以下、そのような課題設定のもとに、考察を試みることとしたい。

寝殿造庭園の概観

本論に先立ち、寝殿造邸宅とその庭の概要について述べる[1]。

天徳四年（九六〇）に内裏が焼亡した十六年後の貞元元年（九七六）に、天皇の居所としての里内裏の使用がはじまり、それ以降、東三条邸などに代表される寝殿造系の庭園の発達が始まり、様式が確立していく。

寝殿造の庭園の典型的要素を分解してみると、寝殿の前面に庭があり、そこに池・中島が築かれ、泉より沸いた水が遣水によって池に流れ込み、そして池には釣殿という突き出た建物があり、橋がかけられ、地表面には土が高く盛られた築山や、それより低い起伏の野筋と呼ばれるものが作られる。さらに、興趣を感じさせる石が所定の作法に基づいて立てられ、前栽（他の場所から持って来て植え替えられた植物）とともに庭を飾る。

いうまでもなく、多大な費用が投下されることによって、以上のような要素を持った寝殿造邸宅の庭園の制作と維持がなされることとなるのである(2)。

一 『源氏物語』の庭園記述の周辺

『源氏物語』の庭園関係叙述をめぐって

まず、『源氏物語』の中の庭園描写を見たとき、どんな問題が立てられるかということを考えて見たい。たとえば、『源氏物語』の中での庭園叙述の一例として、次のものがある(引用は小学館新編日本古典文学全集本より行ない、巻名を示す)。

【史料1】

かかるままに、浅茅は庭の面も見えず、しげき蓬は軒をあらそひて生ひのぼる。葎は西東の御門を閉ぢ籠めたるぞ頼もしけれど、崩れがちなるめぐりの垣を馬、牛などの踏みならしたる道にて、春夏になれば、放ち飼ふ総角の心さへぞめざましき　(「蓬生」)

ここには、末摘花の邸の描写によって、彼女の零落して貧しい状態が述べられている。そして、その貧しさを述べるくだりの中で、「かかるままに、浅茅は庭の面も見えず、しげき蓬は軒をあらそひて生ひのぼる」という、巻のタイトルに反映するような、非常に庭が荒れているといったことが書かれている。

また、次の記事は、邸宅の庭が荒れていることに対する薫の述懐の記事である。

【史料2】

つれづれの紛らはしにもと思ひて、先つころ、宇治にものしてはべりき。庭も籬もまことにいとど荒れはてては べりしに、たへがたきこと多くなん。（「宿木」）

以上のような叙述とは逆に、荒れていない庭の描写も当然ながら『源氏物語』の中には見え、庭の繁栄と庭の持ち主の繁栄の関係を象徴するものとして、【史料3】のような光源氏の邸宅である六条院の記述が指摘できる。

【史料3】

南の東は山高く、春の花の木、数を尽くして植ゑ、池のさまおもしろくすぐれて、御前近き前栽、五葉、紅梅、桜、藤、山吹、岩躑躅などやうの春のもてあそびをわざとは植ゑで、秋の前栽をばむらむらほのかにまぜたり。中宮の御前をば、もとの山に、紅葉の色濃かるべき植木どもを植ゑ、泉の水遠くすまし、遣水の音まさるべき巌たて加へ、滝落として、秋の野を遥かに作りたる。そのころにあひて、盛りに咲き乱れたり。嵯峨の大堰のわたりの野山むとくにけおされたる秋なり。北の東は、涼しげなる泉ありて、夏の蔭によれり。前近き前栽、呉竹、下風涼かるべく、木高き森のやうなる木ども木深くおもしろく、山里めきて、卯花の垣根ことさらにしわたして、昔おぼゆる花橘、撫子、薔薇、くたになどやうの花のくさぐさを植えて、春秋の木草、その中にうちまぜたり。東面は、分けて馬場殿つくり、埒結ひて、五月の御遊び所にて、水のほとりに菖蒲植ゑしげらせて、むかひに御厩して、世になき上馬どもをととのへ立てさせたまへり。西の町は、北面築きわけて、御倉町なり。隔ての垣に松の木しげく、雪をもてあそばんたよりによせたり。冬のはじめの朝霜むすぶべき菊の籬、我は顔なる柞原、をさをさ名も知らぬ深山木どもの木深きなどを移し植ゑたり。（「少女」）

この有名な六条院の記述では、華やかな庭の様子が春夏秋冬という形で表現され、源氏の栄華が象徴されており、この記事に基づいて、歴史上実際には存在しない六条院の庭の平面図を作成する試みが、古くより様々な人々によってなされてきたことは周知の通りである。

このように、『源氏物語』の中では、ある人物の威勢や零落の象徴として庭の叙述が用いられており、いわば人物の置かれた状況を象徴するものとしての庭という道具立てが存在するということができる。

このような記述の前提となったものとしては、さしあたり『池亭記』（『本朝文粋』所収）に見える慶滋保胤の自邸の描写における「池の西に小堂を置きて弥陀を安ず。池の東に小閣を開きて書籍を納む。池の北に低屋を起てて妻子を着けり。凡そ屋舎は十の四、池水は九の三、菜園は八の二、芹田は七の一なり。その外緑松の島、白沙の汀、紅鯉白鷺、小橋小船、平生好む所、尽く中に在り。いはんや春は東岸の柳有り、細煙嫋娜たり。夏は北戸の竹有り、清風颯然たり。秋は西窓の月有り、以て書を披くべし。冬は南簷の日有り、以て背を炙るべし」のような、庭における四季の移り変わりの叙述などを想定することができよう。もちろん、『源氏物語』が直接にこれを引き写したということを主張するものではないが、少なくとも発想の前例が指摘できるのである。

『栄花物語』の庭園関係叙述をめぐって

今度は逆に、『源氏物語』の庭園叙述に見える発想が、物語の方法として他の作品に影響を与える、言いかえれば『源氏物語』の外側に向かっていく様を見ることとする。

とりあげる史料は『栄花物語』である。あらためていうまでもなく、『栄花物語』とは、いわゆる仮名風史書とよばれるものの一つで、実際の歴史上の人物、たとえば藤原道長などの活躍した摂関政治期の歴史を描いたものである。『栄花物語』は、仮名書きであることや巻の名前のつけ方などから、一見して『源氏物語』の影響を受けていることがわかる作品である。

『栄花物語』には、次のような叙述が見える（引用は小学館新編日本古典文学全集本より行ない、巻名を示す）。

【史料4】

住ませたまふ宮のうちも、よろづに思し埋れたれば、御前の池、遣水も、水草居咽びて、心もゆかぬさまなり。さまざまにさばかり植ゑ集め、つくろはせたまひし前栽、植木どもも、心にまかせて生ひあがり、庭も浅茅が原になりて、あはれに心細し

（巻一「月の宴」）

これは、源高明の西宮邸の荒廃を述べたものである。高明は、いわゆる安和の変で藤原氏との政争に敗れ、大宰府に流されており、主人を失くした庭はこんなにも荒れているのだ、ということが記されている。しかし実は、『日本紀略』安和二年（九六九）四月一日条に「午刻、員外帥《（源高明）》西宮家焼亡。所残雑舎両三也」と見えているように、西宮邸は三月の高明流罪の直後に焼けてしまっており、邸宅や庭が荒れる時間などなかったのである。すなわち、【史料4】の叙述は史実と相違しているということになるのである。これが意図的な虚構であるか、あるいは何らかの事実誤認によるものであるかは判然としないが、『源氏物語』に見られるような、そこに住んでいる、あるいは住んでいた人の境遇が庭の状態に反映させるという物語の方法が『栄花物語』に入りこんでいる点を読み取ることができるだろう。

また、『栄花物語』には次のような記事が見える。

【史料5】

この高陽院殿の有様、この世のことと見えず、海竜王の家などこそ、四季は四方に見ゆれ。

この殿はそれに劣らぬさまなり。例の人の家造りなどにも違ひたり。寝殿の北、南、西、東などにはみな池あり。中島に釣殿たてさせたまへり。東の対をやがて馬場の御殿にせさせたまひて、その前の北南ざまに馬場させたまへり。目もはるかにおもしろくめでたきこと、心もおよばず、まねびつくすべくもあらず、をかしうおもしろしなどは、これをいふべきなりけりと見ゆ。絵などよりは、これは見どころありおもしろし

（巻二十三「こまくらべの行幸」）

これは、藤原頼通が四町規模の大邸宅として造営した高陽院に関する記事で、「海竜王の家」なるものを媒介にして、東西南北に四季をあてはめた造りが高陽院に施されているということが述べられている。しかし、小学館本の頭注に「ここは高陽院の壮麗さを竜宮と比較しながら表現しているのであって、高陽院が四方四季の邸であったことをいっているのではあるまい」と指摘されているように、高陽院の実景をありのままに述べた記事と判断することは早計であろう。

しかしながら、一歩距離を置いて、四町規模の高陽院のあり方を四方四季に結びつけるという『栄花物語』の発想を見た時、この発想の持つ意味はとても興味深いものであると考える。

藤原頼通の造営によって高陽院の規模が四町になったのは『源氏物語』の成立以降と考えられるから、新たに造営された高陽院は、『源氏物語』という物語世界の中の六条院という邸宅

の壮麗さを真似たものであるということも想定できるのではないかと思われる。『栄花物語』の記述の背景として、史実・物語世界の双方に見える庭園の実相があったことには十分な留意が必要であろう。

二　摂関政治期の作庭行為をめぐる二つの価値観

(一)　作庭に対する批判と「過差」

問題の所在

横井孝氏は、『源氏物語』の六条院の事を考える際に、実際の造園を作者がどう見ていたのかということを考える必要があると述べられている。(3)この指摘を受けて、本章では、『源氏物語』の方法の歴史的位相を探るための一助として、摂関政治期における作庭行為の実態と、それをめぐる言説の考察を試みたい。

作庭行為の何に注目するかという点に関して、実際の庭の形態と『源氏物語』の叙述との比較分析を行なうことは筆者の力の及ばないところであるので、大きな経済力を投じて壮麗な庭を作るということ自体を、摂関政治期の人々がどう見ていたのかという問題を考えることで、一方では優美な庭によって繁栄を、また一方では荒れた庭によって零落を語るという『源氏物語』の発想の前提として位置づけていきたいと考える。

『小右記』にみえる作庭行為批判

検討材料としては、主に藤原実資の日記である『小右記』を用いる。周知のように実資という人物は、往々にして他人の行為に対してけちをつける人で、特に藤原道長の振る舞いに対しては批判的であったことが『小右記』の記述よりうかがい知ることができる。

次に示す【史料6】は、そのような実資が、藤原道長と頼通による土御門邸の作庭行為に関して極めて厳しい批判的な眼を向けている記事である（引用は、大日本古記録本より）。

【史料6】

卿相追従、寸歩不志〔去カ〕、家子達令曳大石、夫或五百人、或三四百人、法〔此カ〕間京中往還人不静、追執令曳、不示〔可カ〕堪、男女乱入下人宅、放取戸并支木・屋壓木・敷板等、以敷板・戸等敷石下、為轉料、日来東西南北曳石之愁京内取煩、愁苦無極

（『小右記』寛仁二年六月二十六日条）

ここには、道長の権勢におもねる公卿たちが、土御門邸の庭石の調達に奔走する様が記されている。

庭造りの際には、趣のある石をどれだけ持ってこられるか、それをどう立てるかということが作庭技術の核心に位置づけられるが、石を運ぶということに関して、非常に多くの人が他人の家にまで入ってどんどん石材運搬のための用材を持っていってしまうという京中の混乱ぶりが述べられており、そのような事態を招いた道長の作庭行為を非難しているのである。『小右記』寛仁三年（一〇一九）二月八日条には「高陽院造作天下所歎」という記述が見えるが、ここで実資が非難する具体的対象に、高陽院の作庭をめぐる状況が含まれていたことは間違いないであろう。

　また、道長の作庭行為への非難は、実資周辺の人物によってもなされていた。『小右記』万寿元年（一〇二四）十一月九日条には、実資の家司であった清原頼隆の言葉として、上東門院・高陽院における作庭が人々を苦しめている様が述べられており、実資の養子である藤原資房の日記『春記』長久元年（一〇四〇）十月二十六日条には、藤原頼通による高陽院の作庭の規模の大きさに対する「天下亡弊只□〔在カ〕此事歟」という指摘が見える。

実資の批判の内実

ところで、なぜ実資はこのような批判をしているのだろうか。

当然ながら、一つの答えとして、道長の経済力と権勢をやっかんで反発しているのだ、というものが考えられるだろう。もちろん、この答えには一定の真実が含まれていると想像されるが、単にそれには留まらぬ、より構造的な理由も考えられるのではないだろうか。そのようなことを指摘するのは、あたかも単純な羨望から指を加えて眺めているかのように見える実資自身が、実は庭造りに非常に固執している事実が確認できるからである。

『小右記』の他の記事に眼を転じると、長和二年（一〇一三）二月二十七日や治安三年（一〇二三）九月十八日条などに、実資が自邸である小野宮邸の庭に石を立てている記述が見える。そして、『大鏡』巻二に、小野宮邸の庭に対する「御堂へまいるみちは、御前のいけよりあなたをはるばると野につくらせ給て、ときどきのはな・もみぢをうへ給へり。又、舟にのりて、いけよりこぎてもまいる」のような記述が見えるように、実資の小野宮邸の庭もまた、かなりの華美な景観を持っていたことが分かるのである。『小右記』長和二年（一〇一三）二月十二日条には、藤原実資が自邸の庭の泉の周辺に立てた石を、来訪した天台座主慶命に見せたという記事があり、まぎれもなく実資もまた作庭を営む貴族の一人であった。

さらに、実資の作庭の実態にも、興味深い点がうかがえる。

実資が家夫つまり自分の家に仕える者とともに右近衛府・馬寮に命じて、庭の池を掃かせていたことが、『小右記』長和四年（一〇一五）十月五日条より知られるが、この時の実資は右近衛大将の地位にいたから、その立場から近衛府の人間を動員して庭の掃除をさせたということになる。あえて今日的な言い方をすれば、公私混同の行為というところであろう。もっとも、この時代の為政者の行動を公私混同と論じることはナンセンスに近いといえるが、作庭のための人の動員ということに関しては、道長たちの動員を批判する実資に、少なくとも一種の矛盾を指摘することは許されるであろう。

「過差」をめぐって

たまたま『小右記』という良質の史料があるために実資の事例ばかりが知られるのだが、作庭に対する批判には、単なる個人の事情ではない、もう少し普遍的な、ある意味で理念的ともいうべき要素があったのではないだろうか。

そこで注目したいのが、「過差」という言葉である。『小右記』治安元年（一〇二一）十月五日条には、頼通の行なっている高陽院の作庭が、彼の父道長に倍する「過差」であるという表現が見える。実資は、作庭の際の膨大な富の消費を「過差」であると評価しているのだが、「過差」という語を国語辞典で引くと、「度を超すこと。度を過ごすこと。華美であったり贅沢であったりすること」（『日本国語大辞典』）などと見える。また、過差の同義語としては「奢侈」という言葉も存在する。

ちなみに平安時代中期の朝廷は、過差の禁令というものをたびたび発している。(4) その場合の過差とは、具体的には下級官人の乗馬、乗輿、服飾とか、賀茂祭における使の装束とか従者の人数だとか、概ね乗り物や衣服に関わるものが多い。要するに、馬や輿を用いたり華美なものを着たりすることが禁じられているわけである。

このような過差禁令の存在を念頭に置けば、実資には、過差として禁じる行為の一つに作庭があるという認識があったと推測することができるだろう。実資も道長と同じように当時の朝廷の有力者であり、政権の一角を担っている人であるから、実資の過差に対する批判は、いわば統治者の理念によるものでもあったといえるだろう。

一方、『御堂関白記』長和五年（一〇一六）四月二十三日条には、賀茂祭の際の過差を道長が取り締まろうとしていたことが見える。政権担当者としての道長も、ある状況の元では過差を禁ずるという態度に出ざるを得なかったのである。従って過差に対する批判は、単に経済的な弱者が苦し紛れにするものでもなく、また富む者だから無視できるというほど単純なものでもなかったのである。換言するならば、作庭行為に対する批判には、一定の普遍性、正当性があったということになろう。

（二）　作庭に対する批判を回避する論理

過差批判を回避する論理

次に考えてみたいのは、前節で指摘した事柄の逆の問題として、過差だとして批判にさらされている作庭行為を肯定し、過差の批判を回避してゆく論理がどのように用意されているのかという点である。以下、この問題を、作庭行為を支える観念に注目しながら検討していくことにしたい。

先に結論を述べることとなるが、平安時代中期頃の過差という問題に関しては、あえて割り切って言うと、ふたつの相対立する価値観があったと考えられる。一つは批判的な見方であり、もう一つは、批判的ではないというか、要するに肯定的な見方である。

『栄花物語』には、「人の衣袴の丈、伸べ縮め制せさせたまふ。ただ今はいとかからで、知らず顔にても、まづ御忌のほどは過ぐさせたまへかしと、もどかしう聞え思ふ人々あるべし」（巻四「みはてぬゆめ」）のような、衣服の過差禁制に積極的な藤原伊周の政治姿勢に対する批判や、「この御時（＝後朱雀天皇の世）は、制ありて、衣の数は五つ、紅の織物などは制あり。ものの栄えなけれど、をりをり院の人（＝上東門院彰子に仕える女房）の装束などはいとをかしくせさせせたまふ。されど、制あれば、いと口惜しくぞ」（巻三十四「暮まつほし」）のように、衣の数を五つとし、紅の織物を禁じる（＝「制あり」）朝廷の法令に対する女房たちの反発が見える。(5)

また、『大鏡』における伊尹の伝には、藤原伊尹の「過差」に関する次のような叙述が見られる（引用は、日本古典文学大系本より）。

【史料7】

みかど（＝冷泉・円融）の御舅・東宮（＝花山）の御祖父にて摂政せさせ給へば、よの中はわが御こゝろにかなはぬことなく、過差ことのほかにこのませたまひて、大饗せさせ給に、寝殿のうらいたの壁のすこしくろかりければ、にはかに御覧じつけて、みちのくにがみをつぶとをさせたまへりけるが、なかなかしろくきよげに侍ける。思よるべきことかはな。御いへは、いまの世尊寺ぞかし。御ぞうの氏寺にてをかれたるを、かやうのついでにはたちいりてみ給ふれば、まだそのかみのをされて侍こそ、むかしにあへるこゝちして、あはれにみ給ふれ。（巻三「伊尹伝」）

ここには、黒ずんだ寝殿の裏板の壁に陸奥紙を貼りつけて白くしたという伊尹の「過差」行為に対する、肯定的評価（「むかしにあへるこゝちして、あはれにみ給ふれ」）をともなう追憶が記されている。

このような過差をめぐる意識のあり方に関して遠藤基郎氏は、次のようなことを述べられている(6)。

道長は一方で禁制の立場を取りながら、一方では過差を奨励する態度をとっている。そして人々の過差欲求を背景に、過差禁制と過差奨励の拮抗において後者が政治的に勝利した。いわば、本来相矛盾する二つの側面、天皇に代表される徳治主義と、過差を奨励する宮廷社会的文化様式とが同一人格の中で混在し両義的態度をとらせていた。この両義性は、当該期の社会の縮図として理解できる。

これに付け加えることはほとんどなく、まさに正鵠を射た指摘であると考えるが、この指摘に関して、過差一般ではなく、過差の一つとされる作庭に引きつけて、さらに深く問題を掘り下げて見たい。

作庭をめぐる二つの価値観

そもそも、作庭という問題をめぐって、なぜ過差禁制と過差奨励というふたつの価値観が並び立つのであろうか。

この疑問を解くためにまず確認したいのは、寝殿造の庭には多義的意味があったという点である。すなわち、「鑑賞してきれいである」「美しい庭をながめて楽しむことができる」のような、いわば超歴史的な意義が寝殿造の庭にあてはまることは無論である一方で、寝殿造邸宅の庭園の場合を見た時に、儀式や宴を行なう場であったり、楽が行われる場であったりするなどの具体的な機能を果たしていたことが知られるのである。

『御堂関白記』長保四年（一〇〇四）七月二十日条には、一条天皇が出御した祈雨の儀式が内裏の庭で行なわれているし、同じく『御堂関白記』寛弘四年（一〇〇七）五月三十日条には、学者たちが議論を交わす諸道論議という行事において、各学問分野の学生が議論を聞く場が庭の池の中島に置かれた、という記事が見える。

なお、後者の事例に関連して、『二中歴』第十二「書詩歴」に「省試」と並んで「放嶋試」なる項目が立てられていることが注目される。この「放嶋試」について『日本国語大辞典』は「中古、学生の試験の際に、人と話をさせないように池の中島などで詩文を作らせたこと」と説明しており、庭と学生に深い関わりがあったことが想像される。(7)

また、庭園史の専門家である本中眞氏は、『年中行事絵巻』に見える東三条殿での大饗・臨時客の場面の復元作業を通じて、次のような指摘をされている。(8)

平安時代の寝殿造住宅においては、「広庭」と「庭園」との間に明確な機能上の分化が見られるわけではなく、儀式および宴遊に際して常に一体的に使われるなど、両者は極めて不分明な関係にあったといえる。「広庭」のみならず「庭園」そのものも、儀式のための重要な装置として準備されていたといって差し支えない。

本稿の分析にとって、これは誠に重要な指摘であるといえ、寝殿造の庭には「私的に囲い込まれた空間」にはとどまらぬ開放性・公共性が備わっていたことを理解することができるだろう。

また、平安時代後期の歌人橘俊綱の著作とされる作庭の指南書『作庭記』には、庭造りの際に正しい方法を守って樹木を植えると、「四神相応の地となしてゐぬれバ、官位福禄そなはりて、無病長寿なりといへり」という記述が見える（以下、『作庭記』の引用は、岩波日本思想大系『古代中世芸術論』より）。つまり、作庭によって福が得られるというわけである。また、同じ『作庭記』には、「山をもて帝王とし、水をもて臣下とし、石をもて補佐の臣とす」のように、庭に君臣秩序を見出す記述もある。このように、庭の持つ意味には、単なる贅沢や自分の威勢を見せるということ以外の様々なものもあったのである。

前掲【史料6】の記述などを見ると、作庭という行為には、非常に強圧的で略奪的なイメージがうかがえる。確かにそういう面は否定できないものの、作庭行為には、一面では贈与行為や自発的な奉仕がともなうことが指摘できる。それを示すのが、同じく『作庭記』に見える次の記事である。

【史料8】

高陽院殿修造の時も、石をたつる人みなうせて、たまたまさもやとて、めしつけられたりしものも、いと御心にかなはずとて、それをバさる事にてて宇治殿（藤原頼通）みづから御沙汰ありき。其時には常に参て、石を立る事能々見きゝ侍りき。そのあひだよき石もとめてまいらせたらむ人をぞ、こころざしある人とハしらむずると、おほせらるゝよしきこえて、時の人、公卿以下しかしながら辺山にむかひて、石をなんもとめはべりけるここには、高陽院の庭のための石は、「志ある人」が持ってくるものだ、という意味のことが見える。つまり、庭造りという行為には、税を課したり荘園の年貢を取ったりするといった経済の動きとは違う側面があるということになる。【史料6】に見える略奪的な立石用材の調達は、必ずしも職務命令によるものばかりではなく、自発的な奉仕によってなされるケースも多かったといえるだろう。結果的に、そのような行為をめぐっては、略奪に対する非難と奉仕の自発性を肯定する価値観の相克が見られることとなるのである。

作庭行為を推し進め、それを容認する論理の背景には、過差を禁じることそのものへの反発とともに、庭の持つ多様な機能性の存在を前提とした作庭への賛美、作庭の開放性・公共性や作庭のための奉仕行為への共感あるいは積極的に肯定する意識があり、これらのことが、作庭に対する批判を回避する論理として機能した、というの本節の考察の結論である。

三　王朝文学における庭園関係叙述

ふたたび『源氏物語』の庭園関係叙述をめぐって

前章における考察は、作り物語である『源氏物語』の叙述を糸口に、歴史物語さらに古記録・作庭指南書の叙述の検討へと移行する形で進めてきたが、本章では、前章での結論をふまえて、あらためて『源氏物語』の庭園関係記事の読解を試みることとしたい。

『源氏物語』の叙述の方法としての庭園記事のあり方には、「繁栄する者の庭は栄えている」「そうでない者の庭は荒れる」という形での話の組み立ての意味と同時に、摂関政治期の作庭行為のあり方に対する特定の意識、つまり共感・礼賛・肯定の意識が反映しているのではないだろうか。

【史料1】として紹介した『源氏物語』「蓬生」巻における末摘花の邸宅の荒れた庭に関する記事に関連して、同巻には、末摘花の邸を、「この受領どもの、おもしろき家造り好むが、この宮の木立を心につけて、放ちたまはせてむやと、ほとりにつきて案内し申さする」という記事が見える。すなわち受領が荒れた庭を買い取って自分の好きなように造ろうとした、というのである。受領の言い出すことであるから、平安時代を代表する富裕階層が、金を積んで富の力で庭造りをしようという意志を表明した、と理解して間違いはないであろう。

このような申し出に対して、末摘花の周辺の人々は売却を勧めるのだが、末摘花は、「あないみじや。人の聞き思はむこともあり。生ける世に、しかなごりなきわざはいかがせむ。かく恐ろしげに荒れはてぬれど、親の御影とまりたる心地する古き住み処と思ふに慰みてこそあれ」と言って、断固として庭や邸を売らない決意を示す。

そして、しばらく『源氏物語』の記事を読み進むと、光源氏が、いわば救い主として現れて、

「下部どもなど遣はして、蓬払はせ、めぐりの見苦しきに板垣といふものうち堅め繕はせたまふ」と、一種の奉仕行為によって庭の修復を行なうという記事が見える。

この話の組み立てには、摂関政治期の作庭行為をめぐる客観的状況とともに、前章で考察したような、奉仕に支えられた摂関政治期の作庭行為に対する共感・礼賛・肯定の意識が反映しているとはいえないだろうか。

また「松風」巻には、次に示すように、明石の君の母が住む大堰川に近い邸宅の造園に関する指示を出した光源氏が、手をかけて完成した庭を持つ明石の邸宅を短期間で去らねばならなかった苦い経験を述懐する場面が見える。

【史料9】

繕ふべき所、所の預り、いま加へたる家司などに仰せらる。桂の院に渡りたまふべしとありければ、近き御庄の人々参り集まりたりけるも、みな尋ね参りたり。前栽どもの折れ臥したるなど繕はせたまふ。（源氏）「ここかしこの立て石どももみな転び失せたるを、情けありてしなさばをかしかりぬべき所かな。かゝる所をわざと繕ふもあいなきわざなり。さても過ぐしはてねば、立つ時ものうく心とまる、苦しかりき」など、来し方のこともののたまひ出でて、泣きみ笑ひみうちとけのたまへるいとめでたし。（「松風」）

この記事からは、やや屈折した形であるが、財力を投じて作りあげた庭園に対する源氏の執着をうかがうことができる。そして、同時にこれは、作庭に力を入れる貴族たちの実際の意識を反映したものでもあったのではないだろうか。

『源氏物語』の庭園観の固有性

あくまで作庭行為という問題に限定した議論であるが、以上のような形で『源氏物語』に貫かれた固有の価値観と意識を読み取ることができるのではないか、ということを述べてみた。

ここで、「固有の価値観と意識」と表現したのは、『源氏物語』の叙述の対極に位置づけられるものとして、『枕草子』が「あはれなるもの」の一つに、「荒れたる家の蓬ふかく、葎這ひたる庭に、月のくまなくあかく澄みのぼりて見ゆる。またさやうの荒れたる板間よりもりくる月、荒うはあらぬ風のをと」（一本二十六段。引用は岩波新日本古典文学大系本による）をあげていることを念頭に置いたからである。(9)

すなわち、庭の荒廃する様に興趣を見出す意識に支えられた王朝文学の叙述も存在するのであり、これとの対比において、『源氏物語』の表現世界のまさに「固有」の様相が理解できるものと考える。

全くの推測にすぎず、今後の検討課題としなければならないが、右のような『枕草子』の記事の背景として、過差を肯定する価値観とは対照的な、過差を忌み嫌い極力それを否定しようとする、平安時代中期の貴族の価値観が存在したことを想定しておきたい。

ちなみに、『徒然草』には「前栽の草木まで、心のままならず作りなせるは、見る目も苦しく、いとわびし」(第十段)や「荒れたる庭の露しげきに、わざとならぬ匂ひしめやかにうち薫りて、忍びたるけはひ、いと物あはれなり」(第三十二段)のような記述(引用は岩波新日本古典文学大系本による)が見える。荒れた庭を一方的に否定しない『枕草子』の見方は、文学表現方法の一つの流れとなり、『徒然草』に継承されていったと評価することも可能なのではないだろうか。

むすびにかえて

本稿は、『源氏物語』にあらわれた寝殿造邸宅の庭の描写の特質を理解する前提として、摂関政治期の作庭の実態とそれをめぐる貴族の認識についての考察を意図したものである。

藤原道長に代表される摂関政治期の権力者による作庭事業をめぐっては、非難と礼賛という相対立する価値観にもとづく言説が確認された。その際、非難を行なう立場にある者には「過差」を批判する論理が用意され、また礼賛する者には、「過差」を禁じることそのものへの反発とともに、庭の開放性や作庭のための奉仕行為を積極的に肯定する意識があったと考えられる。

そして、後者の立場こそが、『源氏物語』の庭園叙述の背景に存在するものなのであり、庭園という素材を通して見た『源氏物語』固有の価値観をそこに読み取ることができるのではないだろうか。

以上、誠に拙い論述に終始したが、本稿での考察の結果をふまえながら、『源氏物語』の世界における庭の代表ともいうべき六条院、および平安時代中期の現実世界における壮麗な庭の代表ともいうべき高陽院の二つに注目し、両者の関係の考察を試みながら、作り物語と歴史物語の関係へと議論を発展させていくことを今後の課題としていきたい(10)。

注

(1) 庭園史一般の理解のための概説書としては、さしあたり森蘊『日本史小百科　庭園』(東京堂出版、一九九三年)をあげておく。

(2) 本稿に関わりの深い筆者の論考として、「平安時代の作庭事業と権力」(服藤早苗編『王朝の権力と表象』森話社、一九九八年)がある。

(3) 横井孝「六条院庭園の基底」(『円環としての歴史物語』新典社、一九九九年)・「六条院の風景」(坂本共展・久下裕利編『源氏物語の新研究』新典社、二〇〇五年)。

(4) 朧谷寿「賀茂祭に見る「過差」について」(『古代学研究所研究紀要』一、一九九〇年)。

（5）　上杉和彦「『栄花物語』続編の天皇たち」（小学館新編日本古典文学全集『栄花物語　三』月報、一九九八年）。なお、『栄花物語』に見える華美賞賛の記述については、吉川真司「摂関政治の転成」（『律令官僚制の研究』塙書房、一九九八年）も参照されたい。

（6）　遠藤基郎「過差の権力論」（服藤早苗編『王朝の権力と表象』森話社、一九九八年）。

（7）　なお『日本国語大辞典』は、補注において、『二中歴』における「放嶋試」という記載は「放嶋試」の誤りである旨を記しているが、『尊経閣善本叢書影印集成十六　二中歴　三』を見ると、「放嶋試」と正しく記されていることが確認できる。

（8）　本中眞「中世世界の庭園」（小野正敏・五味文彦・萩原三雄『中世の系譜』高志書院、二〇〇四年）。

（9）　この記述は『枕草子』一本に見られるものであり、該当段数は明確ではないものの、岩波日本古典文学大系本の注釈に従って、「あはれなるもの」の段の一節であると理解する。

（10）　上杉和彦「『栄花物語』の庭園関連記事をめぐる一考察」（山中裕・久下裕利編『栄花物語の新研究　歴史と物語を考える』新典社、二〇〇七年）は、極めて不十分ながら、そのような試みの一つである。

平安京の年末年始――追儺・朝賀・男踏歌

日向一雅

源氏物語には十、十一世紀の宮中の年中行事の主要なものがほとんどすべて触れられている。それらは宮廷や貴族生活の節目をなすものであり、一年を通じた宮中世界や貴族生活のサイクルを示す大事なメルクマールであるが、ここでは年末と年始の追儺《ついな》、朝賀、男踏歌《おとことうか》について取り上げてみる(1)。それら行事が年末年始の宮中や京師を明るく彩り活気づかせたことは想像に難くないが、それぞれの行事を具体的に確認して、物語世界の解釈と鑑賞のより深い理解に繋げていきたい。

一　追儺――「紅葉賀」「幻」巻

追儺は年末大晦日の行事である。追儺については源氏物語では「紅葉賀」巻と「幻」巻に二回語られた。「紅葉賀」巻は光源氏十九歳の元旦のこと、紫の上を二条院に迎えてまだ三月も経っていないという時期である。朝拝に出かけようとする光源氏が、紫の上の部屋をのぞくと、紫の上は雛遊びに熱中していて、「儺やらふとて、犬君がこれをこぼちはべりにければ、つくろひはべるぞ」（『源氏物語』の引用は新編日本古典文学集本）と、源氏に話す。雛人形の御殿を、大晦日の晩に犬君という遊び相手の童女が鬼を追い払うまねをして壊してしまったので、それを直しているというのである。

「幻」巻の場面は、年が明けたら出家をしようと覚悟を決めた光源氏の様子を語るところである。

年暮れぬと思すも心細きに、若宮の「儺やらはんに、音高かるべきこと、何わざをせさせん」と走り歩きたまふも、をかしき御ありさまを見ざらんことと、よろづに忍びがたし。

もの思ふと過ぐる月日も知らぬ間に年もわが世も今日や尽きぬる

朔日のほどのこと、常よりもことなるべくとおきてさせたまふ。親王たち、大臣の御引き出で物、品々の禄どもなど二なう思しまうけてとぞ。

光源氏の生涯を語り納める「幻」巻の最後の一節である。前年の八月に紫の上を亡くし、哀悼と追憶の涙に暮れて一年有余を過ごしてきた源氏は、その間自分の生涯を反芻し、年が改まったら出家しようと思い定めた。その大晦日の夜、源氏の孫の六歳になる匂宮が、源氏の悲愁も知らず、鬼を追い払うのに、大きな音を立てるにはどんなことをしたらよいかと言って走り回っている。源氏はそういう孫のかわいい姿もこれが見納めかと思いながら、今年も自分の人生もいよいよ終わってしまうのかと感慨に沈むのである。五十二歳の大晦日の晩であった。そういう気分で元旦の年賀に来る親王や大臣たちへの引き出物を準備させていた。この二例の「儺やらふ」「儺やらはん」が追儺のことである。

＊　＊　＊

はじめに追儺の起源について面白い記事が十二世紀成立の『年中行事秘抄』（『群書類従』巻第八十六）にあるので見ておこう。引用は書き下し文に改めた。

　金谷に云く、陰気将《まさ》に絶えんとし、陽気始めて来たる。陰陽相激し、化して疾癘《しつれい》の鬼《き》となる。人家のために病を作す。黄帝《こうてい》、方相氏《ほうそうし》、黄金四目、身に朱衣を著し、手に桙楯《さおたて》を把り、口に儺々《だだ》の声を作し、以て疫癘《えきれい》の鬼を駈《お》はしむ。
　昔、高辛《こうしん》氏の子、十二月晦の夜死す。其の霊、鬼と成り、病疾を致す。人の祖霊の祭物を奪餐《だっさん》し、祖霊を驚かす。これに因って桃弓、葦矢を以て疫鬼を逐ひ、国家を静む。又河辺并に道路に之を散供し解除《げじょ》す。

「陰陽相激し」というのは、季節の変わり目を言うのであろうが、その時期は陰気と陽気が激突して「疾癘の鬼」となり、人家に病をもたらすので、黄帝が方相氏に鬼を駆

追 儺 図（国史大系『政事要略』巻二十九所収）

逐させたという。あるいは高辛氏の夭折した子の霊が鬼になったともいう。そういう疫鬼を追い払うのが方相氏であり、黄帝に起源をもつという伝承である。黄帝は中国の伝説上の太古の帝王で、暦算、音楽、文字、医薬などを作ったといわれる。高辛氏はその黄帝の曾孫とされる。

その追儺の平安時代における儀式の次第は、『内裏式』『西宮記』『北山抄』『江家次第』などに見られる。その中では一番古い嵯峨天皇の命によって撰録された『内裏式』（『群書類従』巻七十九）によって見てみよう。「十二月大儺式」条には、次のようにある。

大晦日の夜、諸衛が時刻になると、それぞれ持ち場の諸門に集まる。近衛の儀仗は紫宸殿の階下に陣取る。近衛将曹各一人が、左近衛は五人、右近衛は四人を率いて、承明門を開く。引き返すと、

方相氏

疫鬼

闈司《みかどづかさ》二人が紫宸殿の西から出て各々桃弓と葦矢を持って紫宸殿南階段を昇り、内侍に授ける。内侍は女官に班給する。ここで大舎人《おおとねり》が門に叫ぶ(2)と、闈司が版位《へんい》に就いて、「儺人等、率て参入す」と奏す。勅があり、「万都理《まつり》の礼」と言う。中務省が侍従・内舎人・大舎人等を率いて、各々桃弓、葦矢を持って参入する。次いで陰陽寮の陰陽師が先頭に立って、斎郎が祭具を持ち、方相氏は一人、黄金の四つ目の仮面をつけ、玄衣に朱裳という姿で、右手に戈《ほこ》、左手に楯を持ち、侲子《しんし》二十人を従えて紫宸殿の庭に列立する。方相氏は大舎人の長大な者を選ぶ。侲子は紺の布衣に朱の末額《まっこう》を結う。陰陽師は斎郎を率いて奠祭をし、陰陽師が跪いて呪文を読む。終わると、方相氏が先ず儺声を上げ、戈で楯を撃つ。これを三回繰り返す。群臣がこれに唱和して声を挙げて悪鬼を逐っておのおの四門

を出る。方相氏は北門を出て、宮城門の外で京職が接引し、鼓を打ち鳴らして悪鬼を追って、郭外に至って終わる。(3)

ここで二点について考えておきたい。一つは方相氏の移動の経路についてである。『江家次第』では方相氏は紫宸殿南庭の儀の後、明義門、仙華門を通って紫宸殿の北廊の戸を出、滝口の戸から出るとしている。『雲図抄』では方相氏が仙華門から清涼殿東庭に入ったところで、侍臣が清涼殿孫廂から葦矢を射るとあり、方相氏は滝口の戸から出ることになっている。これらによれば、方相氏は紫宸殿南庭の儀から清涼殿東庭を通って滝口の戸を出て、内裏の北門、玄輝門から朔平門を出たのであろうと思われる。当然侲子二十人も同行したであろう。もう一つは、朔平門を出た後は、「至宮城門外。京職接引」とあるが、その宮城門はどこかということである。大内裏の北門である偉鑒門か、南門の朱雀門か、陽明門その他の門なのかということであるが、そこで京職が「接引」し、「鼓譟而逐。至郭外而止」とあるので、方相氏の一団は京職とともに左京の貴族の邸宅を回りながら京極まで練り歩いたのであろうと考えられる。こういう状況からすると、方相氏を京職が「接引」した所は、朱雀門と考えるのがよいかと思う。

＊　＊　＊

方相氏が侲子を従えて鼓を打ち鳴らし儺声を発しながら、夜の大晦日の京の町を練り歩く風景は新年を迎える晴れやかな気分に満ちている。『蜻蛉日記』天禄二年十二月晦日の「鬼やらひ」の記事にもそうした気分が感じられる。

月日はさながら、鬼やらひ来ぬるとあれば、あさまし、あさましと思ひ果つるもいみじきに、人は童、大人ともいはず、「儺やらふ儺やらふ」と騒ぎののしるを、われのみのどかに見聞けば、（小学館・新編日本古典文学全集本）

この「鬼やらひ来ぬる」というのは、京職を先頭にした方相氏と侲子の一団が回ってきたことをいうのであろう。現代語訳では通常、「月日が流れて、追儺の日になったというので」というふうに訳されるが、ここは具体的に方相氏の一行が鼓を打ち鳴らし、儺声を挙げながら来たのに合わせて、道綱の母の家でも女房や童女たちが「儺やらふ」と言って大騒ぎをすると解釈してよいであろう。道綱の母は一人そうした雰囲気に溶け込めない思いを抱えているのであるが、周囲の者たちは「鬼やらひ」の声に浮き立つのである。「鬼やらひ来ぬる」は、単に「追儺の日になった」というのではあるまいと思う。

先に引いた「幻」巻の幼い匂宮が「儺やらはんに、音高かるべきこと、何わざをせさせん」と走り回る様子も、同様にただ大晦日の追儺の夜になったのではしゃいでいるというのではなく、六条院までも方相氏の一団が回ってくるのに合わせて、「鬼やらひ」をしようとはしゃいでいると解してよいであろう。「大儺式」は宮中儀式なので、方相氏による追儺も宮中だけのことだともいわれるが、「京職接引。鼓譟而逐。至郭外而止」というのは、方相氏が京の町にも出たことを意味していると考えたい。

源氏物語さらに平安文学の解釈には、その時代の具体的な儀式や行事をふまえることも大事なことだと考える。儀式や行事の様子が具体的に書かれることはなくとも、それが実際どのようなものだったのかを確認し、それを本文の解釈に生かすことで本文は生き生きと蘇る。そうした解釈の積み重ねが作品論にも大きく関わってくる。

二　朝賀――「紅葉賀」巻の「朝拝」の問題

「紅葉賀」巻に、「男君は、朝拝に参りたまふとて、さしのぞきたまへり」という一文がある。先に触れた光源氏十九歳の元旦のことで、「朝拝」に参内しようとして、源氏が紫の上の部屋をちょっとのぞいて見たという場面である。この「朝拝」は「朝賀」なのか「小朝拝《こちょうはい》」なのか議論がある。『河海抄』は朝賀のこととし、『花鳥余情』は小朝拝とするが、ここは「朝賀」と考える方がよい。今日の注釈書は概ね「朝賀」としている。朝賀は元旦に天皇が大極殿に出御して百官の賀を受ける儀式であり(4)、小朝拝は清涼殿で公卿以下殿上人から賀を受ける儀式である。両者は以下に見るように儀式の規模の違い、威儀の重厚さの違いが歴然としている。「紅葉賀」巻の物語では桐壺帝の治世が二十年余に及び、親政の実績は文化隆盛の時代を導いたという展開になっており、朝賀か小朝拝かの問題は、そういう桐壺帝の時代をどのように位置づけるかということと関わる。桐壺帝の治世の後半が親政による聖代の実現として語られている点からすれば、王権の権威を演出する儀礼としては、「朝賀」がふさわしい。(5)

まず朝賀がどの程度行われたかについて、桓武から村上までの一八〇年余りの期間について見てみよう。『類聚国史』「歳事部二」には、「元日朝賀」について孝徳天皇大化二年(六四六)を初例として、光孝天皇仁和三年(八八七)までの記録を載せる。天皇が大極殿に出御して朝賀を受けた後、紫宸殿において五位以上に宴を賜い、被《かづけもの》を賜うことが恒例である。廃朝の例も数多くあるが、その理由は「聖体不予」(桓武・延暦二四、二五年)、「諒闇」(平城・大同二年)、「皇帝不予」(嵯峨・大同五年)、あるいは「雪」「雨」「風寒」「雨後泥深」「雪後泥深」など、悪天候のためである。

『類聚国史』「歳事部二」の桓武天皇から光孝天皇までの朝賀の記事について、各天皇の朝賀の回数、朝賀を行わなかった回数(廃朝)、朝賀記事の数、在位年数を整理してみると、次のようになる。

	朝賀	廃朝	朝賀記事	在位年数	在位年
桓武	11	8	22	26	七八一～八〇六
平城	0	2	2	4	八〇六～八〇九
嵯峨	12	2	14	15	八〇九～八二三
淳和	6	3	10	11	八二三～八三三
仁明	9	8	17	18	八三三～八五〇
文徳	2	6	8	9	八五〇～八五八
清和	1	16	18	19	八五八～八七六
陽成	0	7	7	9	八七六～八八四
光孝	2	1	3	4	八八四～八八七

右の表で、朝賀と廃朝の数の合計が朝賀記事の数と一致しないのは、その年の朝賀に関わる記事があっても、朝賀がおこなわれたか否かがわからない場合があるからである。桓武天皇延暦八年は正月の朝賀記事はないが、十二月二十三日の記事として、「朕思ふ所有り。宜しく来年賀正の礼を停むべし」とある。九年は廃朝にするという記事であるが、朝賀記事はこうした場合を含んでいる。また延暦五年正月の記事は朝賀の記載はなく、「五位以上に宴あり。禄を賜ふこと差有り」とあるが、この場合は朝賀、廃朝のいずれにも数えなかった。延暦二十一年正月は廃朝であるが、宴と被物を下賜しており、それを例にすれば延暦五年も廃朝かと思われ

るが、ひとまず不明とした。朝賀と廃朝の合計が朝賀記事の数と一致しないのはそうした理由による。

さて、右の表からは桓武・嵯峨・淳和・仁明の四代が朝賀に熱心であったこと、反対に文徳・清和・陽成の三代は不熱心であったことがよくわかる。清和の朝賀は一回だけ、陽成に至っては一回も朝賀はない。朝賀が行われなかった理由の内訳は、清和の場合、諒闇一回、左大臣源信薨一回、太皇太后崩一回、雨六回、雨後地湿三回、理由不明四回である。陽成の場合は、諒闇一回、雨降雪一回、烈風大雨雪一回、雪一回、雨二回、不明一回である。清和・陽成ともに悪天候に祟られたともいえるが、清和の雨後地湿の三回は行えば行えたのではないかとも思われる。理由不明の四回と合わせれば、清和は七回は可能であったのではないかとも思われるのであり、朝賀に熱心でなかったことの証拠にしてもよいのではなかろうか。

概して言えば、桓武・嵯峨・淳和・仁明が親政の時代であり、文徳・清和・陽成が藤原良房・基経の前期摂関制の時代であることを考え合わせると、朝賀は親政の徴表と見ることができる。「紅葉賀」巻の「朝拝」は桐壺帝が親政であったことと関わらせれば、「小朝拝」ではなく、「朝賀」と考えてよいのである。

同様の調査を宇多・醍醐・朱雀・村上について、『日本紀略』で見てみると、次のようになる。

	朝賀	小朝拝	廃朝	朝賀記事	在位年数	在位年
宇多	1		4	5	11	八八七～八九七
醍醐	3	2	13	18	34	八九七～九三〇
朱雀	1	2	2	5	17	九三〇～九四六
村上	1	1	3	5	22	九四六～九六七

『日本紀略』は在位年数に比して、朝賀記事がきわめて少ない。この四代の天皇は朝賀に対しても小朝拝に対してもあまり熱心ではなかったように見受けられる。この表の数字を基にして桐壺帝の時代を延喜天暦準拠説に従って解釈しようとすれば、「紅葉賀」巻の「朝拝」は朝賀とも小朝拝とも決めかねるというほかはない。桐壺帝が王権の権威を朝賀によって演出することに意欲的であったと考えるならば、醍醐天皇に比するよりも嵯峨天皇に準拠すると捉える方がふさわしい。醍醐の朝賀三回、小朝拝二回、廃朝十三回という数字からは、朝賀の衰退が明らかである。朝賀が王権の権威を演出した時代が過ぎ去ろうとしていたのである。「紅葉賀」巻の「朝拝」の解釈は、桐壺帝の準拠にかかわっていうと、桐壺帝は嵯峨朝に準拠とすると言いうる。[6]

＊　＊　＊

ところで、朝賀がどのような儀礼であったのか、『内裏式』によって見てみよう。原文は漢文であるが、書き下し文に改め、朝賀儀礼の概要と参列者の位置を略図で示す。

まず朝堂院における式場の設営であるが、二日前に所司が内外に告げ、元日の前日、諸職が設営に取りかかる。大極殿に天皇の高座、皇后の御座、褰帳命婦《けんちょうのみょうぶ》の座、威儀命婦の座などを設ける。侍従は南廂第二の間に立つ。執翳《はとり》の者の座を東西の戸の前に鋪《し》く。少納言の席は南栄、即ち南の軒の間である。

大極殿の前庭、竜尾道《りゅうびどう》の上には、大極殿中央階段の前、南に十五丈四尺離れたところに銅烏《どうう》幢《とう》を立て、それを中心にして、東に日像幢・朱雀旗・青竜旗、西に月像幢・白虎旗・玄武旗を立てる。昭訓門の南廊第一間の壇の下から西に四丈離れたところに、皇太子の幄、その東に謁者の座、謁者の座から南に一丈ばかり離れたところに閤内《こうない》大臣の幄、その東に外記・史の座を設ける。これらの幄や座は西を向く。左右の近衛の陣のあたりに内記の座を設ける。

次に儀式の出席者の席次や祝賀を奏上する者の位置が定められる。皇太子の版位は大極殿中央階段の前、南十丈のところに置く。その二丈南に奏賀者の版位、奏賀者の版位の二丈東に皇太子謁者の版位、さらにその東南の位置に奏賀・奏瑞者の行立の版位を置く。また中央階段から南二丈、そこから東に折れて二丈のところに皇太子謁者の版位。そこから南に三丈下がったところに詔使の版位。中央階段から南に十二丈、西に折れたところに奏賀者の版位、その西側

大極殿朝賀版位略図

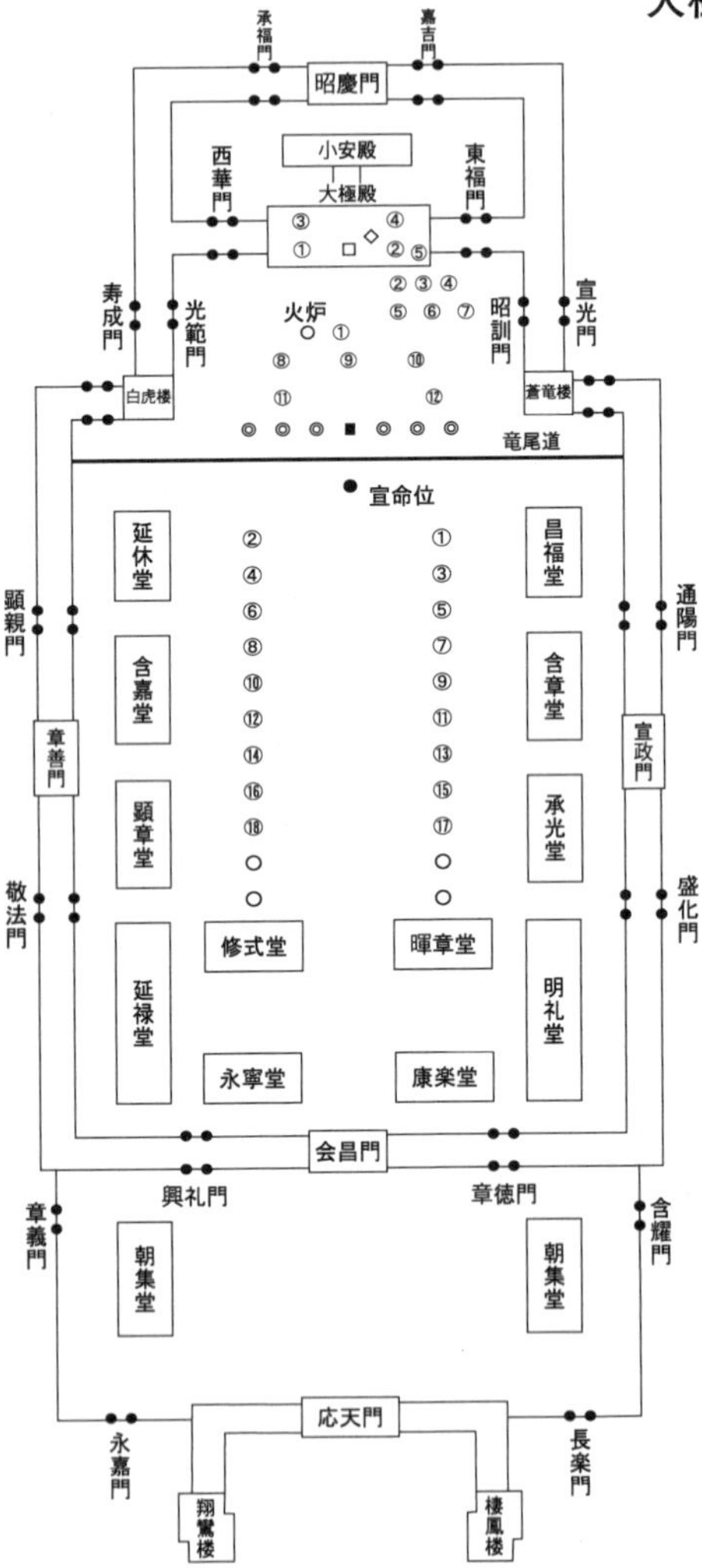

大極殿・天皇皇后等位置略図
□　天皇　◇皇后
①②褰張命婦　③④威儀命婦　⑤侍従

竜尾道上の版位・幄・幢旗の
配置略図
①皇太子版位　②皇太子謁者位
③皇太子幄　④謁者座　⑤詔使位
⑥閤内大臣幄　⑦外記・史座
⑧典儀位　⑨奏賀版位
⑩皇太子謁者版位　⑪賛者位
⑫奏賀・奏瑞行立位
■―銅烏幢
◎は左から玄武旗、白虎旗、月像幢、日像幢、朱雀旗、青龍旗

竜尾道南庭の参列者の配置略図
①太政大臣位　②親王位　③左大臣位
④右大臣位　⑤大納言位
⑥非参議一位　⑦中納言位
⑧非参議二位　⑨参議三位
⑩諸王三位　⑪四位参議
⑫諸臣三位・諸王四位　⑬諸臣四位
⑭諸王五位　⑮⑯～諸臣五位以下

に典儀の版位、その西南に賛者の版位を置く。中央階段から南十丈の皇太子の版位の西側に火爐を置く。以上が竜尾道上の設営である。

竜尾道《りゅうびどう》の南の広庭には参列者の版位《へんい》が次のように設けられる。竜尾道の南頭から十七丈のところに宣命の版位、そこから南に四丈、東に折れて二丈五尺のところに太政大臣の版位を置く。太政大臣の版位と対称になる西側に親王の版位を置く。太政大臣の版位の南に左大臣、親王の版位の南に右大臣、左大臣の南に大納言。右大臣の南に非参議一位二位。大納言の南に中納言、少し東に退いて三位参議。非参議二位の南に諸王三位、少し西に退いて諸臣三位・諸王四位。中納言の南に四位参議。諸王三位の南に諸王五位。諸臣四位・五位以下は東西に分かれて参列する。その際位ごとに一丈三尺離れる。また蕃客があれば、治部・玄蕃の客使の版位は左右の五位の版位の間に置く。

次に大儀仗を殿庭の左右と諸門に立てる。門部四人が章徳門と興礼門の東西に就く。典儀一人、賛者二人が光範門から入りそれぞれ決められた版位に就く。左右中将は仗を執って大極殿の東西の階下に陣取る。兵衛は竜尾道を挟んで陣取る。兵衛督は東に、兵衛佐は西に陣取る。中務が内舎人を率いて近仗の南に陣取る。内蔵寮、大舎人寮等がおのおの威儀の物を執って東西に分かれて大極殿の前庭に列ぶ。主殿寮、図書寮がおのおの礼服を着て火爐の東西に列ぶ。卯の三刻の前に、これらの準備はすべて完了させる。

次いで朝賀の儀式の本番になる。卯の四刻、大臣が昭訓門から入って幄の座に就く。閤内大臣が外弁に鼓を打たせると、諸門の鼓が一斉に応じる。これを合図に章徳門と興礼門が開かれる（それに先だってその他の小門が開かれる）と、大伴・佐伯両氏がおのおの門部を三人率いて両門から入り、会昌門の壇上の胡床に坐る。門部は門の下に坐る。

辰の一刻、天皇が輿に乗り大極殿の後房、小安殿に入る。しばらくして皇后の御輿が同じく小安殿に入る。十八人の女孺《にょじゅ》が翳《さしば》を執り、三列になって戸の前の座に就く。褰帳命婦二人、威儀命婦四人が礼服を着て、順次大極殿の座に就く。侍従四人がともに分かれて大極殿南廂第二の間に立つ。次に少納言二人が昭訓門、光範門からそれぞれ入り、氈上に向かい合って立つ。大伴、佐伯両氏は門の壇から降り、北向きに門の下に立つ。門部が会昌門を開くと、それに合わせて諸門が一斉に開く。閤内大臣が召鼓を打たせると、諸門の鼓が皆応じる。

皇太子がはじめて幄の下座に就くと、群官が順次参入して版位に就く。親王が顕親門から入り版位に就く。その時東宮謁者が皇太子を引いて幄を出、皇太子の版位まで案内する。天皇は冕服《べんぷく》を着て高座に就く。命婦四人が礼服を着て高座の下に立つが、御座が定まると引き返し、皇后の御前に供奉《ぐぶ》する。皇后が礼服を着て後、御座に就く。その時に、大極殿の下で鉦を撃つこと三回。十八人の女孺が翳を執り、左右に分かれて進み翳を奉る。御前の命婦二人が御帳《みちょう》をかかげ本の座にもどる。女孺も本の座に還る。

こうしていよいよ宸儀初見――天皇の年頭の最初のお目見えである。高座に天皇が初めて姿を見せる。執仗の者が警を称し、群官は立って磬折《けいせつ》の礼、即ち立った姿勢でお辞儀をして着席する。次に主殿寮・図書寮の各二人が東西から出て爐の炭をおこし、香を焚く。典儀が「再拝」という。皇太子が再拝し、終わると、謁者が席をたって皇太子のもとに進み、皇太子を中央階段まで導く。皇太子は階段を上り、天皇の高座の前で北に向かって、すなわち天皇に向かって南の軒に跪いて賀を奏上する。これが奏賀の第一段である。

新年の新月の新日に万福を持ち参り来たりて拝し供奉《ぐぶ》すらくと申す。

皇太子は俛伏《ふふく》の礼をして、階段を降りると、謁者が進み出て、皇太子を元の版位まで導き、皇太子はそこで再拝する。

天皇は侍従を呼び、侍従は南の軒から進んで高座の前（皇太子が跪いた所）に跪く。勅答の詔は次のようである。

新年の新月の新日に天地と共に万福を平けく永く受け賜はれと宣《の》る。

侍従がこの勅を奉じて称唯――「おお」と高く言い、俛伏の礼をして、大極殿の東階段を下りて、詔使の位置に就き、西に向かって宣制――詔を述べる。

天皇が詔旨《みことの》らまと宣《のた》まふ大命《おおみこと》を聞き賜へと宣る。

皇太子が称唯し再拝がすむと、詔が読み上げられる。

新年の新月の新日に天地と共に万福を平けく永く受け賜はれと宣る。

皇太子は称唯再拝し、舞踏再拝する。侍従は大極殿に還る。典儀が「再拝」と言い、皇太子が再拝。謁者が皇太子を導いて、幄に還る。皇太子が青龍旗の下に至るころに、典儀が「再拝」といい、賛者が承って伝え、王公百官が再拝する。この天皇と皇太子との間で交わされる奏賀と勅答はまさしく新年の平安と幸福を予祝する言挙げにほかならない。同じことが以下に見るように、臣下と天皇との間でも形式を同じくしておこなわれる。

王公百官の再拝が終わると、奏賀者、奏瑞者が進み出る。諸仗が一斉に立つ。奏瑞者が行立の位置に就く。しばらくして奏賀者が奏賀の版位に就き、北に向かって立って、すなわち天皇に向かって奏上する。これが第二段の奏賀であり、ここでは親王大臣以下、百姓にいたるまで臣下、人民の総意として賀が奏上される。

明神《あきつかみ》と大八洲《おおやしま》しろしめす日本根子《やまとねこ》天皇《すめらみこと》が朝廷に仕へまつる親王等、王等、臣等、百官人等、天下の百姓、衆諸《もろもろ》、新年の新月の新日に天地と共に万福を持ち参り来たりて、天皇が朝廷を拝し仕へまつることを、恐《かし》こみ恐こみ申したまふと申す。

奏賀者が元の位置にもどる。群官、客徒等、再拝する。

次いで奏瑞者が位に就き、奏上する。瑞のない時は奏詞はない。奏瑞は奏賀の第三段である。

治部卿、位・姓名等申さく、某官位・姓名等が申すところの某物、顧野王が符瑞図に曰く

> 云々。孫氏が瑞応図に曰く云々と言へり。此の瑞を瑞書に勘ふるに、某物は上瑞に合へり、某物は中瑞に合へりと申せる事を恐こみ恐こみも奏し給はくと奏す。

「云々」のところにそれぞれ具体的な祥瑞のことが述べられるのである。奏瑞者が元の位置に復す。奏瑞者による祥瑞の奏上は天皇の徳や治世が天の意志にかなっていることの現れとされたものと解してよい。

次いで天皇が奏賀者を呼び、奏賀者が位に就くと、勅答の詔がある。

> 供奉《ぐぶ》の親王等、王等、臣等、百官人等、天下の百姓衆諸、新年の新月の新日に天地と共に万福を平らけく長く受け賜れと宣る。

奏賀者は勅を奉り称唯し、宣命の位置に戻ると、宣制——詔を読み上げる。

> 明神と大八洲しろしめす日本根子天皇が詔旨らまと宣まふ大命を衆もろ聞こしめせよと宣る。

王公百官が称唯し、再拝する。さらに詔が続く。

> 供奉の親王等、王等、臣等、百官人等、天下の百姓、衆諸、新年の新月の新日に天地と共に万福を平らけく長く受け賜れと勅《のたま》ふ天皇が詔《みことのり》旨を衆諸聞こしめせよと宣る。

王公百官が共に称唯、再拝し、舞踏、再拝する。武官が共に立って旗を振り万歳を唱える。宣命の者が本列にもどるまで万歳を唱える。典儀が「再拝」と言い、賛者が承り伝えて、群官が再拝する。

この後侍従が天皇の前に進み跪いて、儀式が終わった旨を奏上する。大極殿の下で鉦を撃つこと三回、高座の帳を垂れて、天皇、皇后は後房に帰る。大極殿の下では退鼓を打ち、諸門も一斉に応じる。以上が朝賀の儀式の様子である。

このように朝賀は年の始めに天皇をたたえ、天下泰平と万福を祈念する予祝行事であり、王権の権威を天下に誇示する演出であった。源氏物語の「紅葉賀」巻の「朝拝」は桐壺帝の治世の最後を飾る朝賀として、桐壺王権の盛栄をたたえるものであったのである。

この後天皇は豊楽殿に移り元日の節会になるが、その概略は外任《げにん》の奏、諸司の奏、御暦《ごりゃく》の奏、氷様《ひのためし》の奏、腹赤《はらか》の奏などの後、饗宴となり、吉野国栖の歌舞などの芸能があり、最後に出席した群臣への賜禄、群臣の拝舞、天皇退出という形である。この式次第についても『内裏式』に詳しいが、省略する。

＊　＊　＊

朝賀と比較する意味で、小朝拝についても簡単に見ておく。山中裕氏によれば、小朝拝は初めは朝賀とともに並び行われたが、のちには朝賀のある年には行われず、朝賀と交互に行う場合もあった。宇多天皇以前に成立しており、正暦（九九〇〜九九四）以後、朝賀が行われなくなってからは特に盛んになった(7)。儀式は『西宮記一』『北山抄』『江家次第』(いずれも改訂増補故実叢書)によれば、次のようである。

六位以上の殿上人、王卿が靴を履き、射場殿(校書殿東廂)に立って待機する。貫主の大臣が蔵人頭に命じて拝賀の準備のできたことを奏上させる。天皇が清涼殿の東廂に御倚子《ごいし》を立て着座の後、親王公卿以下が仙華門から東庭に入り、整列して立つ。王卿が一列に並び、次に四位五位が一列、六位が一列に立つ。全員が整列したところで、拝舞し、退出する。雨の日は王卿は仁寿殿の西砌《みぎり》に立ち、侍臣は南廊に立つ。

朝賀が「公儀」であるのに対して、小朝拝は「私儀」といわれるが、両者の違いは、その規模においても威儀においても歴然としていた。

三　男踏歌——「初音」巻、理想的な治世の象徴

源氏物語「初音」巻の冒頭は盛大な朝賀を行うにふさわしい天気晴朗な元旦として語られた。

年たちかへる朝の空のけしき、なごりなく曇らぬうららけさには、数ならぬ垣根の内だに、雪間の草若やかに色づきはじめ、いつしかとけしきだつ霞に木の芽もうちけぶり、おのづから人の心ものびらかに見ゆるかし。

この新春風景について、中世の源氏注釈書『岷江入楚』は、この段は「天地人の三才」の調和が語られているとして、「朝の空のけしき」云々が「天」、「数ならぬ垣根の内」云々が「地」、「おのづから人の心も」というのが「人」の表現であると注釈した。「天地人の三才」とは天地の自然と人間の営みが調和した泰平の世を意味する。この文章は太政大臣光源氏に導かれて冷泉帝の時代が理想的な治世を実現していたことを象徴するものと解釈したのである。ここはそのように解釈するのがよい。

「初音」巻に語られる男踏歌の行事も同様の意味を持っていた。男踏歌は正月十四日の行事であるが、源氏物語には「末摘花」「初音」「真木柱」「竹河」と四巻にわたって語られる。踏歌は足で地を踏み、拍子をとって歌う集団舞踏で、もとは中国唐代の風習が伝えられたもので、足で地を踏むのは地霊を鎮める意味であるといわれる。熱田神宮では今も毎年正月におこなわれている。(8)

『年中行事秘抄』「仁和五年正月十四日踏歌記」には、次のようにある。

議者多く称す。踏歌は新年の祝詞、累代の遺美なり。歌頌はもって宝祚を延べ、言吹《ことぶき》はもって豊年を祈る。豈《あ》にただに楽遊を管弦に従《ほし》いままにし、時節を風景に惜しむのみならんや。宜しく承和の事実に依り、もって毎歳の長規と作すべし。

仁和五年（八八九）は宇多天皇の時代、承和（八三四〜八四八）は仁明天皇の時代であり、宇多が仁明時代の男踏歌を復興したことを述べるものである。男踏歌は「新年の祝詞、累代の遺美」であり、皇位の永続と豊年を祈る行事であった。しかし、円融天皇の永観元年（九八三）に断絶し、その後復興されることはなかった。

儀式の主要な点を『西宮記』によって記せば、次のようである。当日天皇が清涼殿の東孫廂に出御し、王卿が召しにより参上、酒肴を賜る。踏歌の人々が仙華門から入り東庭に列立し、踏歌をして三回庭を回り、御前に列立する。次に言吹が進み出て祝詞を奏上、次に嚢持《ふくろもち》が呼ばれ、嚢持が綿を数え、「絹鴨」、「此殿《このとの》」の曲を奏す。王卿以下、殿を下りて勧盃し、「竹河」を唱うなどの後、賜禄のことがある。舞人や和琴《わごん》の者たちが被物を賜り退出し、北廊の戸から所々に向かう。その後踏歌の一団は暁には再び清涼殿に帰参し、酒食を賜い禄を賜って散会するというものである。

この清涼殿の行事の後、踏歌が「所々に向かう」とあることについて、「所々」が宮中の外の院宮や権門の家などを意味するのか、宮中の中の中宮や東宮などの殿舎に限られるのか、説が分かれる。近年平間充子氏は男踏歌は宮中の中だけの行事で、外に出ることは原則なかったと論じた。唯一天暦四年の朱雀院の例があるだけだという(9)。

ところが、源氏物語には男踏歌が朱雀院や冷泉院などの後院《ごいん》、光源氏の六条院を回った様子が語られるが、特に「初音」巻は詳細であり、宮中を出た一行は朱雀院から六条院に来て酒食の馳走に与る。一行は催馬楽の「竹河」を歌い、猥雑な「寿詞《ことぶき》」を披露し、綿を賜って帰った。六条院では紫の上をはじめとする夫人たちや、明石姫君や玉鬘などもそろって見物した。平間氏は六条院の踏歌は天暦四年の朱雀院の踏歌を准拠にするものであると言う。六条院踏歌が朱雀院踏歌を准拠にするという指摘は、物語における光源氏と六条院の位置づけに関わる重要な意味を持つが、ただ源氏物語では朱雀院や冷泉院などの後院の踏歌が繰り返し語られることからすると、後院の踏歌は史実としては原則なかったと言えるかどうか、疑問が残る。

さて男踏歌の源氏物語における意味であるが、まず第一点として、これが桐壺帝、冷泉帝、今上の三代にわたって盛大におこなわれたと語られながら、ただ一人朱雀帝の時代には行われなかったというところに注目する必要がある。朱雀帝の時代は、光源氏が須磨に追いやられて不遇をかこった時代であり、外戚右大臣家が政権を恣にしたということで、物語ではあまりよくない時代という設定になっている。そのことと、朱雀帝の時代に男踏歌が行われなかったことは深くかかわっていたと見てよい。つまり桐壺帝・冷泉帝・今上の時代は親政の時代であり、朱雀帝の時代は右大臣・弘徽殿大后による典型的な摂関政治の時代であった。男踏歌は親政による理想的な時代を象徴する行事として、物語のなかでは意味づけされていたといえるのである。皇位の永続と豊年を祈るという男踏歌の意義が物語の中では、そのように位置づけられていたと考えてよい。

また仮りに平間説のとおり男踏歌が宮中行事であり、例外として朱雀院踏歌が行われたとすれば、それに準拠した「初音」巻の六条院踏歌は光源氏を上皇になぞらえることになる。それは光源氏の王権の問題に直結する。

源氏物語は政治家としての光源氏を語る物語でもあった。冷泉帝の後見として、その時代を後世から聖代と仰ぎ見られるような時代にしたいというのが源氏の願いであった。内大臣、太政大臣として、光源氏はそういう理想的な治世の実現に努めた。宮中行事で「新例」を開くことはその徴表であった。

さるべき節会どもにも、この御時よりと、末の人の言ひ伝ふべき例を添へむと思し、私ざまのかかるはかなき御遊びもめづらしき筋にせさせたまひて、いみじき盛りの御代なり。（「絵合」）

しかるべき宮廷行事である節会においても、冷泉帝の時代から始まったと伝えられる「例」を創始しようと源氏は考える。それだけでなく「はかなき御遊び」——ここでは藤壺中宮や冷泉帝の御前での絵合の催しであるが、そういう私的な行事も目新しい趣向で行うというのである。それが「新例」を開くことであり、「聖代」の徴表と見なされたのである。『河海抄』はここに「天下の明徳皆虞帝より始まる。例は聖代より始まる」と注釈したが、光源氏は後世にまで言い伝えられるような「例」を創始することで、今の時代を「聖代」たらしめようとしていたのである。

注

（1）これらの行事については、山中裕『平安朝の年中行事』（塙書房、昭和四七年）参照。

（2）群書類従本『内裏式』では「叫門」とあるが、改訂増補故実叢書本『内裏式』では「叩門」とある。ひとまず「門に叫ぶ」としたが、「門を叩く」とすべきかも知れない。

（3）悪鬼を逐うところは、原文では「方相先作儺声。即以戈撃楯。如此三遍。群臣相承和呼以逐悪鬼。各出四門。至宮城門外。京職接引。鼓譟而逐。至郭外而止」とある。

（4）朝賀の成立、儀式の内容、その「大唐開元礼」との比較については、倉林正次『饗宴の研究（儀礼編）』（桜楓社、昭和四〇年）に詳しい。

（5）日向一雅『源氏物語の準拠と話型』（至文堂、平成十一年）、第一章「桐壺帝の物語の方法」他。

（6）浅尾広良『源氏物語の准拠と系譜』（翰林書房、二〇〇四年）所収、「嵯峨朝復古の桐壺帝」。

（7）注1、山中裕『平安朝の年中行事』。

（8）小山利彦『源氏物語宮廷行事の展開』桜楓社、平成三年。

（9）平間充子「男踏歌に関する基礎的考察」『日本歴史』六二〇号。二〇〇一年一月。

資料

平安京条坊図

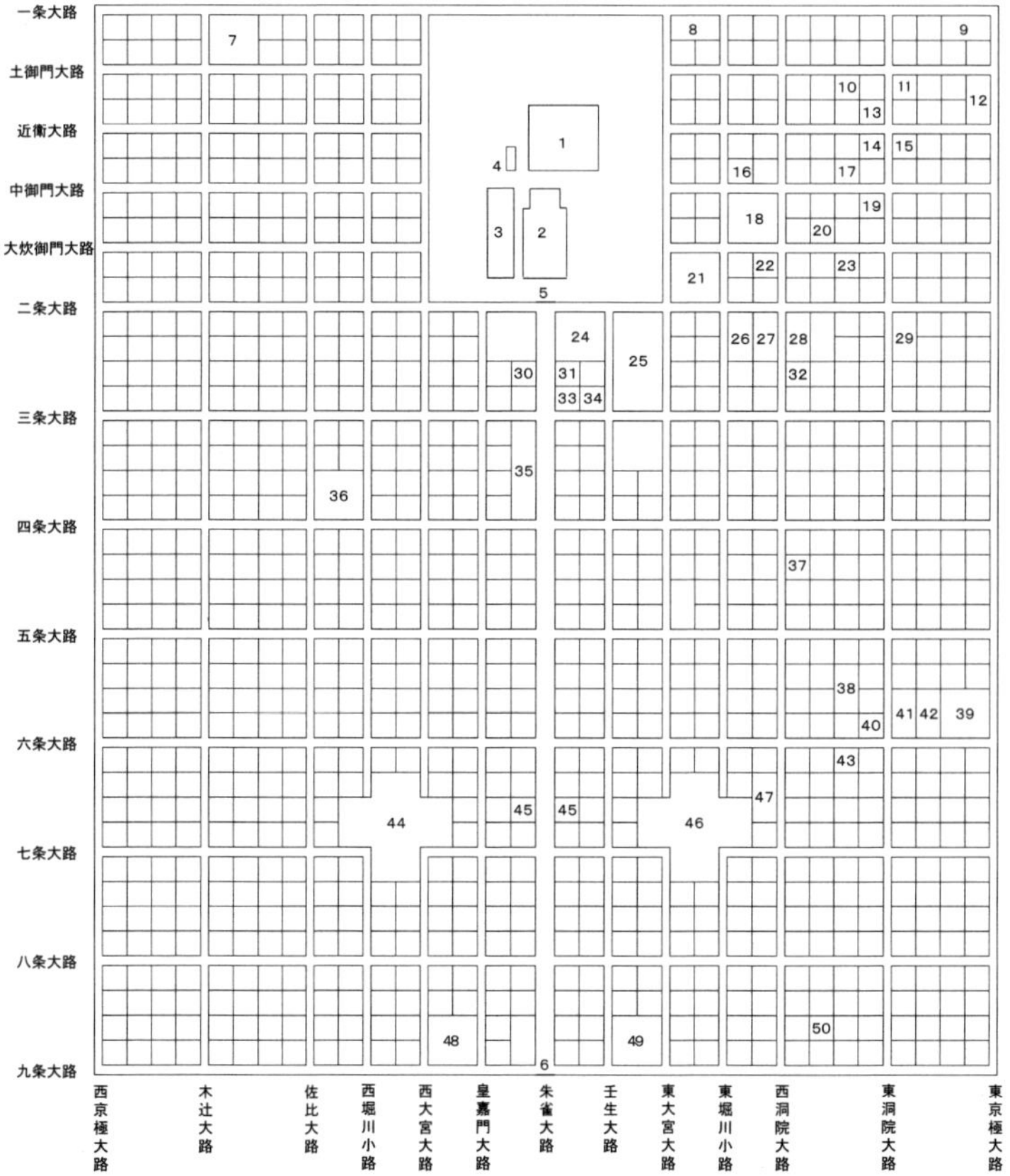

1 内裏　2 朝堂院（八省院）　3 豊楽院　4 真言院　5 朱雀門　6 羅城門　7 宇多院　8 一条院　9 染殿
10 土御門殿　11 高倉殿　12 京極殿　13 枇杷殿　14 小一条殿　15 花山院　16 本院　17 菅原院　18 高陽院
19 近院　20 小松殿　21 冷泉院　22 陽成院　23 小野宮　24 大学寮　25 神泉苑　26 堀河院　27 閑院
28 東三条殿　29 小二条殿　30 右京職　31 左京職　32 高松殿　33 奨学院　34 勧学院　35 朱雀院
36 淳和院（西院）　37 紅梅殿　38 小六条殿　39 河原院　40 中六条院　41 六条内裏（白河天皇）　42 六条院
43 海橋立（大中臣輔親）　44 西市　45 鴻臚館　46 東市　47 亭子院　48 西寺　49 東寺　50 九条殿

平安京大内裏図

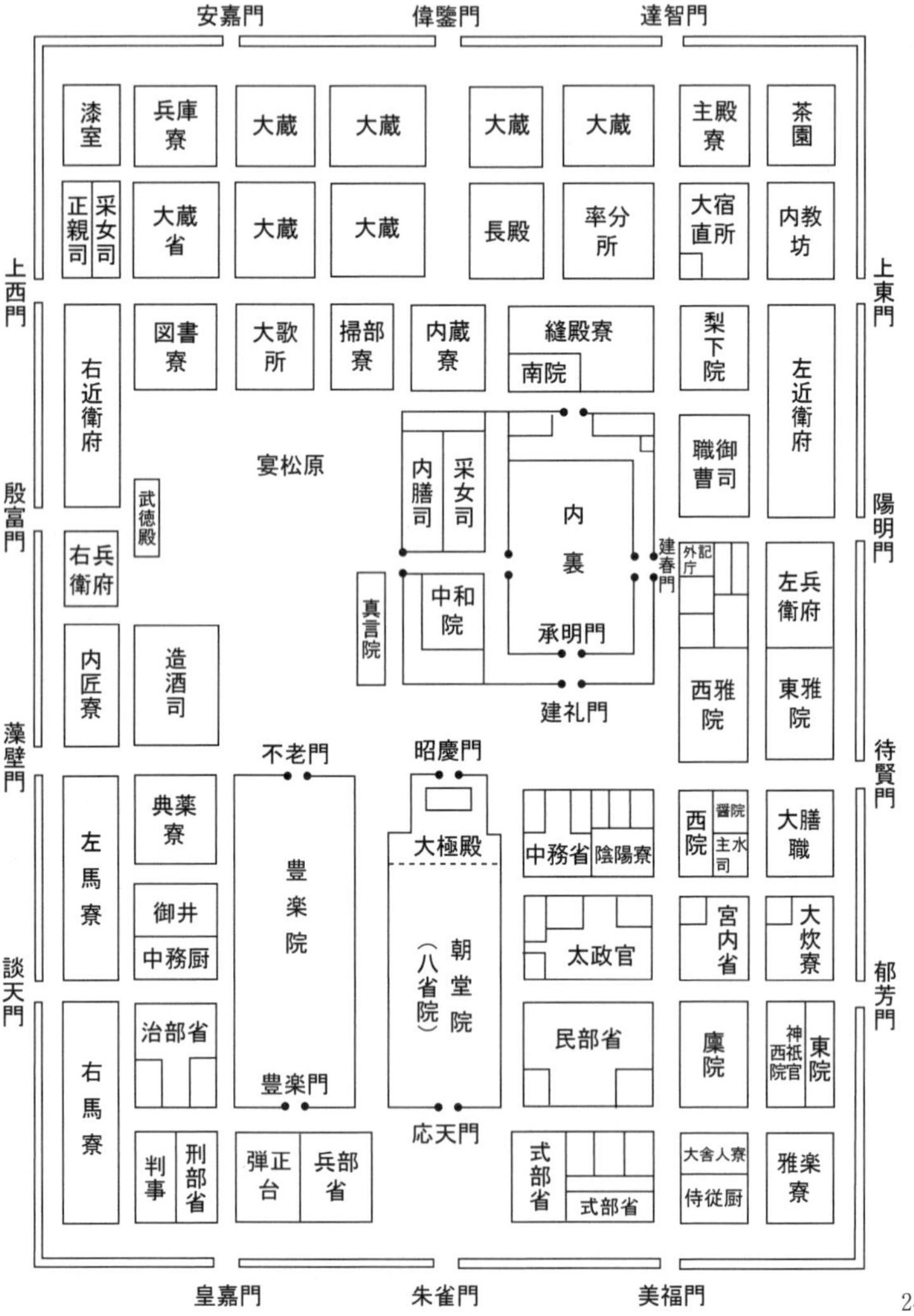

安嘉門
偉鑒門
達智門
漆室
兵庫寮
大蔵
大蔵
大蔵
大蔵
主殿寮
茶園
正親司
采女司
大蔵省
大蔵
大蔵
長殿
率分所
大宿直所
内教坊
上西門
上東門
右近衛府
図書寮
大歌所
掃部寮
内蔵寮
縫殿寮
南院
梨下院
左近衛府
宴松原
内膳司
采女司
内裏
職御曹司
殷富門
陽明門
武徳殿
右兵衛府
建春門
外記庁
左兵衛府
真言院
中和院
承明門
内匠寮
造酒司
西雅院
東雅院
建礼門
藻壁門
待賢門
不老門
昭慶門
左馬寮
典薬寮
豊楽院
大極殿
中務省
陰陽寮
西院
醤院
主水司
大膳職
御井
中務厨
朝堂院
（八省院）
太政官
宮内省
大炊寮
談天門
郁芳門
右馬寮
治部省
民部省
廩院
神祇官
西院
東院
豊楽門
応天門
判事
刑部省
弾正台
兵部省
式部省
式部省
大舎人寮
侍従厨
雅楽寮
皇嘉門
朱雀門
美福門

平安宮内裏図

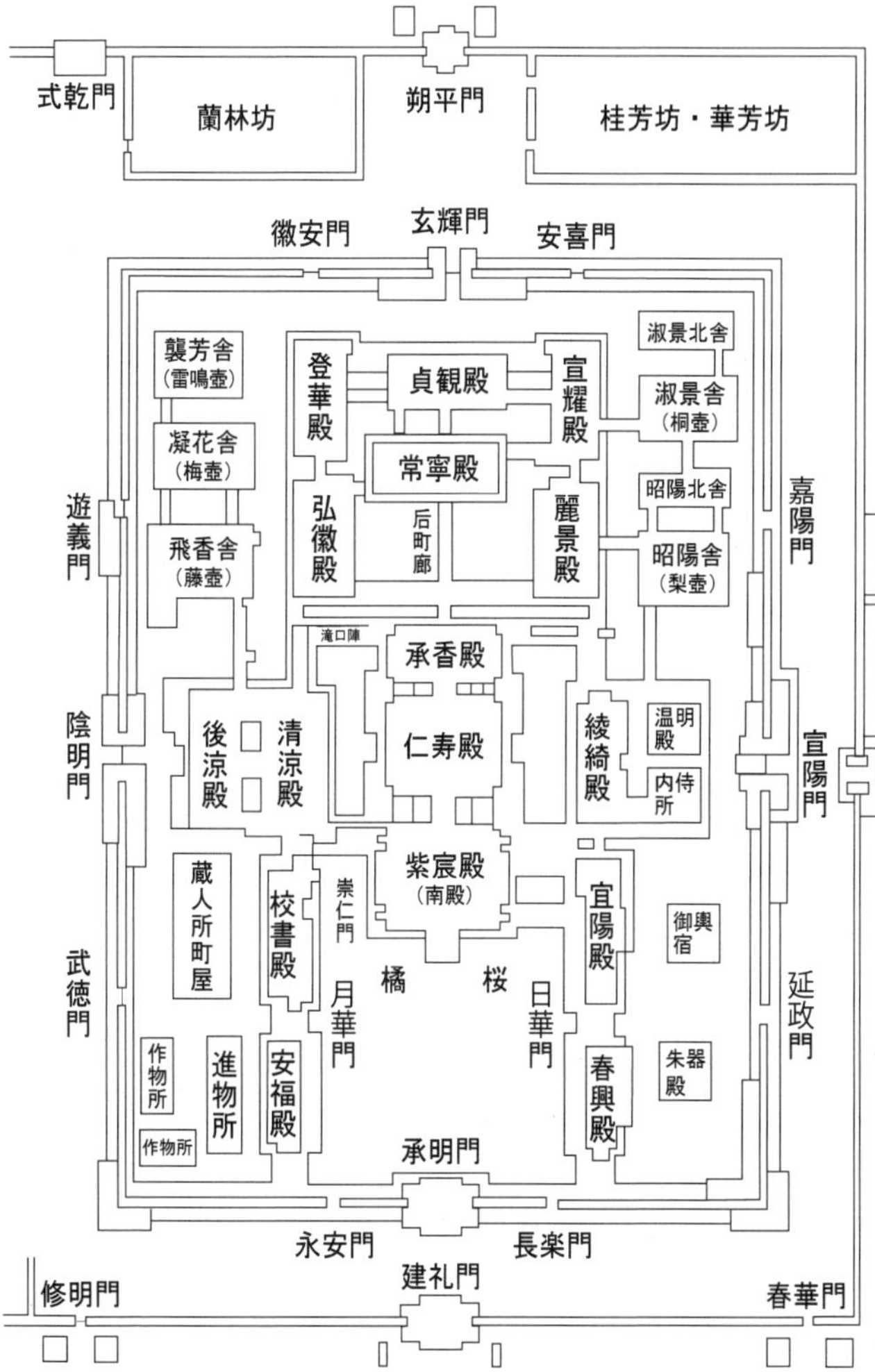
式乾門
蘭林坊
朔平門
桂芳坊・華芳坊
徽安門
玄輝門
安喜門
淑景北舎
襲芳舎
(雷鳴壺)
登華殿
貞観殿
宣耀殿
淑景舎
(桐壺)
凝花舎
(梅壺)
常寧殿
昭陽北舎
遊義門
弘徽殿
后町廊
麗景殿
嘉陽門
飛香舎
(藤壺)
昭陽舎
(梨壺)
滝口陣
承香殿
陰明門
後涼殿
清涼殿
仁寿殿
綾綺殿
温明殿
内侍所
宣陽門
建春門
蔵人所町屋
校書殿
崇仁門
紫宸殿
(南殿)
宜陽殿
御輿宿
武徳門
橘
桜
月華門
日華門
延政門
作物所
進物所
安福殿
春興殿
朱器殿
作物所
承明門
永安門
長楽門
建礼門
修明門
春華門

執筆者紹介

梶川　敏夫（かじかわ としお）
1949年生まれ。京都市文化財保護課長。
著書：『皇太后の山寺―山科安祥寺の創建と古代山林寺院―』（京都 柳原出版、2007年、共著）。論文：「ケシ山窯跡群発掘調査概要報告」（京都市埋蔵文化財調査センター、1985年）、「祥雲寺客殿跡の発掘調査―智積院講堂新築工事予定地の埋蔵文化財発掘調査報告―」（総本山智積院　1995年）など。

鈴木　亘（すずき　わたる）
1937年生まれ。
著書：『平安宮内裏の研究』（中央公論美術出版、1990年）。論文：「中世禅僧の詩に表現された書院窓」（『建築史学』第43号、2004年）、「中世住宅における書院と書院飾り」（『建築史学』第44号、2005年）、「室町時代における相国寺雲頂院の松泉軒について」（『建築史学』第49号、2007年）など。

小山　利彦（こやま としひこ）
1943年生まれ。専修大学文学部教授。
著書：『源氏物語　宮廷行事の展開』（桜楓社、1991年）。論文：「光源氏と皇権―聖宴における御神楽と東遊び―」（国語と国文学　81巻７号）、「源氏物語の皇城地主神降臨の聖空間」（『源氏物語重層する歴史の諸相』竹林舎、2006年）など。

朧谷　寿（おぼろや ひさし）
1939年生まれ。同志社女子大学特任教授。
『源頼光』（吉川弘文館、1989年）、『藤原氏千年』（講談社現代新書、1996年）、『平安貴族と邸第』（吉川弘文館、2000年）、『藤原道長』（ミネルヴァ書房、2007年）など。

横井　孝（よこい たかし）
1949年生まれ。実践女子大学文学部教授。同大学文芸資料研究所所長。
著書：『〈女の物語〉のながれ―古代後期小説史論』（1984年、加藤中道館）、『円環としての源氏物語』（1999年、新典社）、『紫式部集大成』（2008年、笠間書院、共編著）など。

上杉　和彦（うえすぎ かずひこ）
1959年生まれ。明治大学文学部教授。
論文：「平安時代の作庭事業と権力」（服藤早苗編『王朝の権力と表象』森話社、1998年）、「『栄花物語』の庭園関連記事をめぐる一考察」（山中裕・久下裕利編『栄花物語の新研究』新典社、2007年）など。

編者紹介

日向　一雅（ひなた　かずまさ）

1942年生まれ。明治大学文学部教授。

著書：『源氏物語の準拠と話型』（至文堂、1999年）、『源氏物語の世界』（岩波新書、2004年）、『源氏物語　重層する歴史の諸相』（竹林舎、2006年、編著）、『王朝文学と官職・位階』（竹林舎、2008年、編著）など。

源氏物語と平安京　考古・建築・儀礼

二〇〇八年七月三一日　初版第一刷発行

編　者　日向一雅

発行者　大貫祥子

発行所　株式会社青簡舎

〒一〇一-〇〇五一

東京都千代田区神田神保町一-二七

電　話　〇三-五二一三-四八八一

振　替　〇〇一七〇-九-四六五四五二

印刷・製本　株式会社太平印刷社

ISBN978-4-903996-09-7　C1093